MTA

GERRIT JÖNS-ANDERS

EBEN NOCH EDEN

Roman

MINIMAL TRASH ART

1

»Du solltest mich entsorgen!«

Genau das waren Evas Worte gewesen. Sie hatte ihm eine Notiz auf dem Tisch hinterlassen, dass der Schlüssel wieder an seinem Platz lag, im Garten, auf der zweiten Etage des Vogelhäuschens. Letzteres hatte sie nicht extra dazugeschrieben, weil Adam den Platz kannte. Auch den Brief hatte sie nicht extra erwähnt, den würde er schon finden, wenn er den Schlüssel holte. Sie hatte nach Worten gesucht, und als sie keine gefunden hatte, einfach drauflosgeschrieben: dass sie krank sei. Dass sie nicht gut genug auf sich aufgepasst habe. Dass sie über diesen Versuch, etwas Unmögliches zu schaffen, womöglich erst krank geworden sei. Und dass ihr Leben im Paradies damit nun ein Ende hätte.

Sechs Monate waren seitdem vergangen. Adam hatte nie auf ihren Brief reagiert, doch es schien, als solle sie recht behalten. Die ganze Welt konnte schließlich sehen, dass zwischen ihnen etwas zerbrochen war.

»Wirklich, du solltest mich einfach entsorgen!«

Adam sah sie verwundert an. Er war gerade dabei, ihr den Rücken mit Franzbranntwein einzureiben. Ein schönes, heilsames Ritual, weil es ihre Körper verband und diesen Geruch, den man wahrnahm, ohne ihn beschreiben zu können, wenn man das Schlafzimmer betrat, für einen Moment aus der Nase vertrieb.

»Was redest du da?«

Es war das erste Mal seit dem Brief, dass sie diesen hässlichen Gedanken wieder äußerte. Bis zuletzt hatte er gehofft, es sei ein einmaliger Ausrutscher gewesen. Dass sie ihn womöglich sogar wieder vergessen hätte.

»Weißt du, warum es ›entsorgen‹ heißt?«, führte Eva ihren Gedanken fort. »Weil man hinterher weniger Sorgen hat, so wie man nach einer *Ent*wässerung hinterher weniger Wasser hat. Oder nach einer *Ent*lastung weniger Last.«

Ihre Worte kämpften sich trotzig zu ihm durch. Auch ihre Stimme hatte sich in den letzten Monaten verändert, war dünner geworden, so wie ihr Körper stetig an Gewicht verlor.

»Verstehst du, was ich meine? Wenn du mich entsorgst, musst du dir keine Sorgen mehr um mich machen.«

Adam strich ihr über den Kopf.

»Rede bitte keinen Unsinn«, erwiderte er sanft, »wir schaffen das.«

Eva versuchte, ein Lächeln zustande zu bringen, doch er spürte, wie die Angst sie überwältigte. Sie beide. Als würde man den ganzen Raum langsam unter Wasser setzen.

»Ich sehe was, was du nicht siehst«, sagte Eva, »und das ist rot.«

Ein Spiel, das sie immer spielten. Oder gespielt hatten? Ab welchem Stadium ging man dazu über, in der Vergangenheit zu sprechen? Also: ein Spiel, das sie *immer noch* spielten. Adam lächelte, nahm ihre Hand in seine und tat so, als würde er darin ihre Gedanken lesen.

»Meinst du unsere roten Äpfel, mit denen ich immer den Apfelkuchen backe, den du so gerne magst?«

»Wie machst du das bloß?«, lachte sie, und sogleich wich das Wasser ein bisschen zurück.

»Ich weiß es selber nicht«, antwortete er. Aber das war nur die halbe Wahrheit. Tatsächlich erinnerte er sich ziemlich genau an den Tag, an dem er begonnen hatte, die Welt mit ihren Augen zu sehen.

⁂

Jeffreys Bay, November 2010.
Totale: ein Sandstrand, dahinter der Indische Ozean, auf dessen Wellenkronen vereinzelte Surfer. Nahaufnahme: Evas von der Sonne verbranntes Gesicht. Sommersprossen.

⁂

Sie waren kurz zuvor zwei Wochen durch die namibische Wüste gefahren und hatten beschlossen, einen Stopp an der Küste Südafrikas einzulegen. Für Adams Geschmack war dieses kleine, verschlafene Surfer-Paradies eine Spur zu zivilisiert, aber wenn die Haut in Fetzen vom Körper pellte, halfen saubere Laken, fließendes Wasser und der Stammtisch im *Nina's,* das just im selben Jahr eröffnet hatte, um die Batterien wieder aufzuladen. Man musste nur die Sommerhäuser berühmter Dichter besuchen, Gerhart Hauptmann auf Hiddensee, Anna Seghers am Tiefen See in Prieros, um zu verstehen, dass der Geist und die Seele beherbergt werden wollten. Nicht luxuriös, sondern idyllisch. Und der Indische Ozean konnte einen auf seine Art schon umgarnen. Oder der »kindische Ozean«, wie Adam ihn nach der zweiten Welle, die ihn überraschend unter Wasser gedrückt hatte, taufte, sehr zu Evas Freude, die es genoss, wenn ihr Mann selbst wieder zu dem albernen, jungen Kerl wurde, in den sie sich damals verliebt hatte.

Adam hatte am Strand aus Treibholz und zwei alten Decken ein Segel gebaut, das sie vor Wind und der größten Kraft der Sonne beschützte. Darunter lagen sie über Stunden zusammen im Sand auf dem Rücken, schauten in den Himmel und beobachteten den Zug der Wolken. Schnell war daraus ein Spiel entstanden. Sie beobachteten, wie die Wolken ihre Form veränderten, bis einer von ihnen Stopp! sagte und beide beschreiben mussten, was sie in der am Himmel entstandenen Formation erkannten. Erkannten sie beide das Gleiche, rechneten sie sich Punkte zu, wie in einer dieser Fernsehshows, in denen Paare gegeneinander antraten. Adam liebte dieses Spiel, bemerkte aber auch, wie es mit zunehmender Trefferquote an Leichtigkeit einbüßte. Irgendwann hatte Eva nach einem wiederholten Fehler – er hatte »Auto« gesagt und sie »Hund« – mit einem Mal, wenn auch spielerisch, ihre Beziehung infrage gestellt.

»Los, streng dich ein bisschen an«, feuerte sie ihn an, »sonst verlieren wir noch.«

Dabei hatte sie ihn auf eine merkwürdige Art angesehen, ernst und liebevoll zugleich, ein Ausdruck, den er so in all den Jahren, die sie zusammen waren, noch nie an ihr gesehen hatte. Es bestand kein Zweifel, dass für sie etwas Großes auf dem Spiel stand, und er fragte sich, was in sie gefahren war. Adam verkrampfte mehr und mehr, doch Eva ließ nicht davon ab. Schon bald sagte Adam nicht mehr das, was er wirklich in den Wolken erkannte, sondern das, von dem er dachte, dass Eva es womöglich auch so sah. Seine Taktik ging auf, auch wenn ihn die plötzliche Ernsthaftigkeit des Spiels anstrengte und dessen eigentlicher Sinn damit verloren ging. Doch er ordnete sich ihrem Wunsch unter, als Paar vor der natürlichen Wahrscheinlichkeit des Scheiterns zu bestehen. Ihr zuliebe. Und irgendwann, ein paar Jahre später, als das Wolken-Ratespiel längst im Schrank der Erinnerungen verstaubte, war ihm klar geworden, dass er von dem Tag an gelernt hatte, die Welt mit ihren Augen zu sehen.

Eva versuchte sich im Bett aufzusetzen. Adam beobachtete sie aufmerksam, jederzeit bereit, ihr zu helfen, wenn er sicher war, dass sie seine Hilfe wünschte. Schließlich hatte sie es geschafft, packte seinen Arm und zog ihn zu sich aufs Bett. Die Matratze quietschte, in der Decke raschelten die Daunen. Adam machte sich so schmal und so leicht, wie er nur konnte.

»Ich liebe deine langen Haare«, sagte sie, küsste ihn auf die Wange und blickte ihn erwartungsvoll an.

Manchmal tauschten sie die Rollen. Es war Evas Idee gewesen, so zu tun, als sei der eine die andere. Oder andersherum. Mit all den Macken und Eigenarten. Auch so zu sprechen wie der oder die andere. Eva fand es amüsant. »Ich liebe deine langen Haare«, sagte sie dann zu ihm, weil die Haare das Einzige waren, was sie an sich wirklich schön fand. Oder: »Los, setz dich auf mich«, auch wenn es der Logik widersprach. Und Adam sagte: »Nicht schlecht für einen emotionalen Krüppel«, weil das nun mal der Satz war, den Eva für ihn zu besonderen Gelegenheiten aufbewahrte.

»Nicht schlecht für einen emotionalen Krüppel«, sagte er also erwartungsgemäß, so wie ein Schauspieler seinen Text aufsagte.

»Ich liebe dich«, sagte sie.

»Ich liebe dich auch«, sagte er, und dafür brauchte er kein Drehbuch. Es entsprach der Wahrheit. Am Ende spielte es keine Rolle, wer wessen Rolle spielte.

Adam hatte gelernt, mit ihren Augen zu sehen, mit ihr

zu fühlen und manchmal sogar, wie sie zu denken. Ihr den Wunsch nach einem Stückchen Apfelkuchen von den Lippen abzulesen, war keine besondere Herausforderung.

2

»Erzähle mir bitte noch mal, wie wir uns kennengelernt haben«, sagte Eva, »ich höre die Geschichte so gern.«

»Das habe ich doch schon tausend Mal erzählt«, sagte Adam, in dem Wissen, dass er es eine Million Mal erzählen würde, wenn sie ihn darum bat.

Ost-Berlin, Oktober 1983.
Totale: Palast der Republik. Innen: der Saal, auf der Bühne: Udo Lindenberg, ihm zu Füßen ein entfesseltes Publikum. Nahaufnahme: Eva. Das kann Adam zu diesem Zeitpunkt aber noch nicht wissen.

Offenbar war sie ihm schon vorher aufgefallen, denn später würde er feststellen, dass er sie zuvor bereits mit seiner Kamera eingefangen hatte, wenn auch eher unbewusst. Zu groß waren die Vorfreude und die Anspannung an diesem in jeder Hinsicht denkwürdigen Abend.

Zum ersten Mal hatte es ein berühmter Sänger aus dem Westen mit staatlicher Erlaubnis ins sozialistische Deutschland geschafft. Rund viertausend Menschen waren zum Marx-Engels-Platz gepilgert und warfen die Hände in den Himmel, dankbar für dieses unverhoffte Stückchen Freiheit.

Dass die erste Sitzreihe von Parteibonzen und linientreuen Genossen besetzt wurde und die restlichen Eintrittskarten ausschließlich für die jungen Männer und Frauen der Freien Deutschen Jugend bestimmt waren, trübte die Stimmung nicht sonderlich. Dafür war das Ereignis viel zu gigantisch. Die krachende Musik, die frechen Texte und nicht zuletzt Udos politische Ansagen wirkten wie eine Gehirnwäsche. Die ostdeutsche Jugend verschaffte sich durch den Mann aus dem Westen, der dort oben am Mikrofon stand und den Auftritt als eine Art deutsch-deutsche Friedensmission verstand, zum ersten Mal Gehör, flankiert von unzähligen Vopos, die dem Ganzen einen uniformierten Rahmen gaben, sich der Begeisterung jedoch nicht entziehen konnten, genauso wenig wie Adam, der mit seiner Leica in der Menge stand und die Energie, die aus ihr erwuchs, bis in die Fingerspitzen spürte.

Der Manager der Band, dem Adam ein paar Wochen zuvor im *Dschungel* in Schöneberg über den Weg gelaufen war, hatte ihn beauftragt, die Crew auf dieser Reise in den wilden Osten zu begleiten und Fotos vom Konzert zu schießen. Von den Menschen. Doch an diesem Abend war es schwer, die Details zu kontrollieren. Lediglich vier Songs hatte man dem Künstler aus dem Westen zugestanden, aber es war, als erhebe sich aus der schwitzenden Masse ein übersinnlicher Geist, etwas so Großes, mit dem niemand gerechnet hatte. Zumindest war es das, was Adam wahrnahm: Wie sich ein ganzer Staat mit einem Mal vor der eigenen Courage ängstigte. Wie die Verantwortlichen der Staatssicherheit beteten, diese Energie möge den Grenzwert nicht überschreiten und der Funke, der von der Bühne übersprang, die Menge nicht zur Explosion bringen.

»Und dann passierte es!« Adam schlüpfte zu Eva unter die Decke und legte seinen Arm um sie. »Der Gitarrist jagte seinen letzten Akkord unter die Hallendecke. Scheinbar ewig hallte der verzerrte Sound über den verschwitzten Köpfen …«

»Ja«, flüsterte Eva, »ich erinnere mich noch genau, wir waren alle wie betäubt.«

Adam zog sie noch näher zu sich heran. Sie schloss die Augen und lehnte ihren Kopf an seine Schulter. Etwas in ihm schien fast zu zerspringen. Eva hatte recht, sie waren damals wie betäubt gewesen. Und zugleich völlig aufgeputscht. Udo wirbelte das Mikrofon ein letztes Mal durch die Luft, fing es mit einer Hand wieder auf, führte es an die Lippen und rief: »Weg mit dem Raketenschrott!« Und das junge Publikum, das sich hier im Auge des sozialistischen Hurrikans auf paradoxe Weise sicher und frei fühlte, schrie einen langen, hellen, erweckenden Schrei. Es war ein beinahe mystischer Moment, Adam brauchte bloß den Kopf ein wenig zu drehen und im Sekundentakt auf den Auslöser seiner Leica zu drücken. Jeder Blick ein Motiv. Jedes Bild ein bleibender Eindruck.

Der Schlagzeuger der Gruppe schritt erschöpft an den Rand der Bühne und winkte ins euphorisierte Rund. Dann verbeugte er sich, fixierte das Publikum und machte Anstalten, dass er gleich seine Stöcke in die Menge werfen werde. Der erste flog weit nach rechts und wurde sofort gefangen. Der Schlagzeuger winkte erneut, wandte sich dann der anderen Seite zu und deutete mit dem zweiten Stock in Adams Richtung. Johlende Männer in Jeansjacken und kreischende

Frauen in ärmellosen, weißen T-Shirts stellten sich auf die Zehenspitzen, doch Adam war in der besten Position, zudem großgewachsen wie sein Vater. Dabei ging es Adam gar nicht um den Stock, er wollte dieses Foto, auf dem sich hunderte Hände dem Heiligtum entgegenreckten. Er wollte es um jeden Preis. Blitzschnell riss er die Kamera vors Gesicht, die linke Hand an die Schärfe, einmal nachziehen, zweimal, Adam hielt die Luft an, diese Schnappschüsse waren seine Stärke, er drückte auf den Auslöser, einmal, zweimal, da kam der Stock auch schon angeflogen, er konnte ihn durch den kleinen Sucher nur erahnen, dreimal, vor dem Objektiv ein lebendiger Strauß aus flehenden, sehnsüchtigen Armen, viermal, er wollte auf Nummer sicher gehen, das Foto des Jahres könnte das werden, vielleicht würde sich sogar eine internationale Agentur dafür interessieren, sein Durchbruch als Fotograf stand also kurz bevor, all diese Gedanken schossen ihm in dieser Sekunde durch den Kopf, als ihn plötzlich etwas hart an der Schläfe traf. Er schrie auf. Ein junges Paar neben ihm blickte ihn erschrocken an. Der hölzerne Trommelstock landete auf dem Boden. Und diese junge Frau, die sich später als Eva entpuppte, war genauso schnell unten wie er, sodass sie heftig mit ihren Köpfen aneinanderstießen.

»Aua!«, entfuhr es Eva, als würde sie den Schmerz in dieser Sekunde noch einmal nachempfinden. »Und dann?«

»Du sahst mich wütend an und riebst dir die Stirn.«

»Herrgott, du hattest aber auch einen Dickschädel.«

»Meinst du, mir tat es nicht weh?«, fragte Adam und lachte. »Ich hatte gerade den Trommelstock abbekommen, und dann sind wir aneinandergerasselt, wie in einer dieser kitschigen amerikanischen Liebeskomödien.«

»Na ja«, sagte sie, »ein bisschen kitschig ging es ja auch weiter.«

»Ja, ich stand mit dem Fuß genau auf dem Stock. Und du wolltest das Ding unbedingt als Trophäe.«

Adam streichelte ihr erneut über den Kopf, bevor er fortfuhr.

»Du warst echt sauer, hast geflucht vor Schmerzen, und ich drückte dir den Stock in die Hand, wie ein Bußgeld. Daraufhin hast du mich zuerst völlig ungläubig angesehen und schließlich gelächelt. Und das war es auch schon.«

Es stimmte, das war bei ihm hängengeblieben: Man lernte das Wesen eines Menschen kennen, wenn er plötzlich von Ärger auf überraschte Freude umschwenkte. Dieser abrupte Stimmungswechsel im Gesicht, das war, als ob man das Visier hochklappte und für den Bruchteil einer Sekunde das Innerste seiner Seele offenbarte.

»Und wir haben wirklich kein Wort gesprochen?«, fragte Eva, wie immer, wenn er an diesem Punkt der Geschichte angekommen war.

»Nein, zuerst nicht. Wie auch? Wir hätten ja gar nichts verstanden bei dem Lärm um uns herum. Und ich wusste ja auch so, was zu tun war.«

Was Adam für sich behielt: Er hätte ihr schon in dieser Sekunde nicht nur den Trommelstock überlassen. Auch wenn der damals vielleicht sogar das Wertvollste war, was er zu bieten hatte.

»Ich kümmere mich jetzt mal um den Kuchen, und du ruhst dich ein bisschen aus.«

Adam deckte seine Frau behutsam zu, küsste sie auf die Stirn, zog den Vorhang zu und verließ das Zimmer.

Draußen auf dem Flur blieb er kurz stehen und fragte sich,

wie er das alles überstehen sollte. Eva so zu sehen, fiel ihm zunehmend schwer. Das ganze Zimmer begann etwas auszustrahlen, das er nicht in Worte fassen konnte. Er bemühte sich wirklich, die Situation zu akzeptieren, aber diese vage Vorstellung von einem Leben nach ihr fühlte sich manchmal schon so echt an, als sei es längst eingetreten.

Adam ging die Treppe hinunter in die Küche und holte das scharfe Messer aus der Schublade. Dann nahm er ein paar Äpfel aus der Obstschale und begann, einen nach dem anderen zu schälen. In kleinen Schnitzen drapierte er sie auf einem Teller. Als er den dritten Apfel in der Hand hielt, stutzte er, hob plötzlich seinen Arm und warf den Apfel mit aller Kraft gegen die Wand.

Adam hatte sich auf das Älterwerden mit Eva gefreut. Was andere Paare ängstigte, hatte in ihm eine beinahe wilde Vorfreude hervorgerufen: gemeinsam alt zu werden und den gemeinsamen Weg bis zum Ende zu gehen. Vor allem hatte er sich auf weitere Reisen mit ihr gefreut. Er dachte an die große Radtour über die Alpen, die sie unbedingt noch machen wollten. Evas Krankheit änderte daran nichts. Notfalls hätte er sie im Beiwagen den Berg hochgefahren. Oder auf dem Gepäckträger. Und dabei laut gesungen. Das Leben verlor seine böse Fratze, wenn man die Hand eines anderen in der eigenen spürte.

Doch irgendwann begann die Hoffnung zu bröckeln, erst ihre, dann seine, bis man sie am Ende aus dem Paradies vertrieben hatte. Besser konnte er es nicht ausdrücken, er vermisste seine Frau ja jetzt schon. Ihre kleinen Marotten. Zum Beispiel ihre Angewohnheit, an Flughäfen aus Langeweile in wildfremden Menschen bekannte Persönlichkeiten zu entdecken. »Guck mal«, sagte sie dann, »da ist doch der Nachrichtensprecher, der neulich erst diese junge Frau geheiratet hat.« Oder die berühmte Sängerin. Der gedopte Radsportler. Einmal erkannte sie am Check-in-Schalter der Air France das englische Prinzenpaar. Das Verrückte war, wenn man sich auf ihre Perspektive einließ, bestand in der Tat stets eine unverkennbare Ähnlichkeit. Sie besaß eine Gabe. Eine scheinbar nutzlose, aber sie hatte mit ihr so manchen Augenblick zwischen eben, jetzt und gleich in eine bleibende Erinnerung verwandelt.

Adam blickte aus dem Fenster. Kaum zu glauben, dass irgendwo da oben eine Sonne sein sollte, die das Ganze hier unten am Laufen hielt. Die kalte Luft kroch durch jede sich ihr bietende Ritze in die Wohnung. Alles war grau. Die Erde, der Himmel, einheitlich und übergangslos grau.

Eva liebte diesen Moment, wenn das Flugzeug durch die Wolkendecke stieß und plötzlich der blaue Himmel zum Vorschein kam. »Ich möchte bitte aussteigen«, sagte sie dann und tat so, als würde sie nun auf den Knopf drücken, um die Stewardess zu rufen.

Jetzt *war* sie ausgestiegen, lag oben im Schlafzimmer, gewissermaßen in ihrem Oberstübchen. Oder in seinem. Und ihre Berührungspunkte wurden täglich weniger. Ab und an kamen auch neue dazu, je nachdem, inwieweit Adam bereit war, sich zu vertiefen. Jeden Tag stieg er in sich hinab, tiefer und tiefer, wie in eine Jahrtausende alte Grotte, die Gefühlsgrubenlampe fest um die Stirn geschnallt, auf der Suche nach versteinerten Erinnerungen, die er, wenn er sie entdeckte, sorgsam freilegte und rekonstruierte, um am Ende immer wieder aufs Neue festzustellen, dass er an dem Tag, an dem er seine geliebte Frau zu Grabe tragen würde, erkennen müsste, dass *er* irgendwann wieder gehen würde, nach Hause oder was davon noch übrig wäre, und sie, Eva, würde für immer dort liegen bleiben, wo sie dann lag, und nie mehr ein lebendiges Wort mit ihm wechseln. Er hatte keinen Schimmer, wie er nur eine Sekunde danach weiterleben sollte, auch wenn der Moment noch gar nicht eingetreten war. Und da konnte man sie für so viel Liebe doch beinahe hassen, oder nicht? Warum, zum Teufel, war sie überhaupt in sein Leben getreten, wenn sie es nun viel zu früh wieder verließ?

Adam wischte mit ein paar Blättern Küchenpapier die Reste des zerfetzten Apfels vom Boden auf und warf sie in den kleinen, grünen Eimer für den Bioabfall. Er *entsorgte* sie, dachte er. Danach waren sie verschwunden.

Er schaltete das Radio ein. Der Klassiksender spielte eine von Beethovens Klaviersonaten, die *Nr. 25 in G-Dur*. Adam kannte das Stück, es war eigentlich eher eine Sonatine, kurz und prägnant, auf den ersten Blick, jedoch unangenehm für denjenigen, der sie dem Publikum kredenzen musste. Beethoven hatte sich, wenn man so wollte, darin selbst neu erfunden und ein eigenes Frühwerk, ein Ritterballett für ein höfisches Fest in Bonn, weiterentwickelt. Der erste Satz, *Presto alle tedesca,* ein Presto auf eine deutsche Art, eine Beschreibung, die, wie Adam fand, eigentlich alles über seine Heimat aussagte. Jedoch nicht tumb, dafür hatte der Komponist gesorgt, die kleine Sonate war geistreich, leicht, fast witzig. Und überraschend romantisch, obwohl Beethoven zu der Zeit die siebte Sinfonie noch gar nicht geschrieben hatte. Die großen Künstler lebten eben nie nur in ihrer Epoche. Sie waren genauso grenzenlos wie der Zeitstrahl der Geschichte selbst.

Adam drehte das Radio etwas lauter. Der zweite Satz hatte gerade begonnen, dem *Presto* folgte zögernd das *Andante,* aus G-Dur wurde g-Moll, da atmete die Musik kurz aus und langsam wieder ein und färbte sich auf eine beinahe russische Art dunkel. Adam musste sich an der Tischkante abstützen, so erfüllte ihn diese Schwermut, doch sie tat auch gut, half der Seele, wie Barbarinas Arie in *Figaros Hochzeit,* als sie die Nadel verliert und aufschluchzt: das kostbare Stück. Ein Wunder, wie eine so kleine Form solch eine Traurigkeit und Wichtigkeit in sich aufnehmen konnte.

Die Musik war so unerträglich schön, dass er das Radio wieder ausschaltete. Womöglich könnte er schon bald nie mehr schöne Musik hören.

Adams Kopf brummte. Ein untrügliches Zeichen dafür, dass er arbeitete, der Kopf. Einmal mehr wünschte Adam sich, er könnte ihn einfach abschalten. Wie das Radio. Zwar hatte ihm sein Kopf oft genug gute Dienste geleistet, aber leider war ihm auch alles zuzutrauen. Und wenn es um Gefühle ging, stand er eher im Weg. Auch Eva hatte Adams Herz erst erobert, nachdem sein Kopf sie durchgewunken hatte, so verrückt das war. Oder hieß es gewinkt? Irgendwie klang beides falsch, dachte Adam, ganz im Gegensatz zu »Liebe«, einem Wort, das sich in Anbetracht dessen, was es bezeichnete, absolut richtig anhörte. Genauso wie »Hass«. Adam stutzte. Legte man beide Worte schwarz auf weiß nebeneinander, erschien es undenkbar, dass eine so unscheinbare Aneinanderreihung von gerade einmal sieben verschiedenen Buchstaben die komplette Fallhöhe zwischen Himmel und Hölle abbildete.

Adam nahm die Streichhölzer aus der Schublade und entzündete den weißen Stumpen auf der Fensterbank. Eva liebte Kerzen, vor allem, wenn es draußen kälter wurde und die Abenddämmerung früher Einzug hielt. Im Notfall wäre sie wohl ganz ohne elektrisches Licht ausgekommen.

Er ließ das kleine, flackernde Licht einen Moment lang auf sich wirken und fragte sich, was von ihnen übrig geblieben war. Von außen betrachtet hätte man es nicht beschreiben können. Eva könnte seine Geliebte sein. Oder seine Gefangene. Er hätte sie weiterlieben können. Oder mit bloßen Händen umbringen. Adam kannte sich aus, er war ein Überlebenskünstler, von Kindesbeinen an, nur dass er irgendwann damit begonnen hatte, seinen Kopf zu benutzen, anstatt auf diesen Kindesbeinen jedes Mal die Flucht zu ergreifen.

3

Dass das Leben außerhalb seines Kopfes nicht existierte, bemerkte Adam bereits sehr früh. Nicht, dass er die Welt da draußen verleugnete; Berge, Seen, Wolken, Tiere, Pflanzen, andere Menschen, seine Frau: Dass es da *außer ihm* noch etwas gab, sah er ein, aber was diese Dinge für ihn bedeuteten, wie er sie wahrnahm, beurteilte und in sein Leben einbezog, war, von außen betrachtet, für niemanden einsehbar. Sein Leben stellte gewissermaßen eine innere Angelegenheit dar. Und seine Liebe fürs Fotografieren resultierte wahrscheinlich genau aus diesem Wunsch, Außenstehenden seine Welt erklären zu können oder, besser gesagt, zwischen der äußeren und der inneren Welt zu vermitteln. Und zwar vor allem sich selbst.

Im Laufe der Jahre wurden seine »Kopfgeburten«, wie Adam das Phänomen selbst bezeichnete, größer. Er begann, alles infrage zu stellen. Seine Umwelt, seine Herkunft, seinen Vater, an den er sich lediglich grob erinnerte, zunehmend auch seine Mutter, die dem Vater nur wenige Jahre später in den Tod gefolgt war, womöglich aus Liebe oder aus Verzweiflung, wer mochte das schon zu unterscheiden. Und das entbehrte dann selbst für Adam nicht einer gewissen Ironie: Offenbar empfanden seine Eltern so viel Liebe füreinander, dass für ihn, ihren einzigen Sohn, letzten Endes nur das gesetzliche Mindestmaß zur Verfügung gestanden hatte.

Nicht, dass sie bewusst bösartig gewesen wären, seine Mutter studierte ihre Erziehungsratgeber mit dem gleichen gelangweilten Gesichtsausdruck, mit dem sie auch ihre Heftchen mit Kochrezepten und Strickmustern verschlang. Und oft schmeckte das Essen, und ihre Socken und Mützen passten, wenngleich sie die Kälte nicht abzuhalten vermochten. Und der Vater lud ihn freundlich, aber keine Widerworte duldend, ein, ihm doch zur Hand zu gehen, bei der Präparation der Schmetterlinge, unten im Keller, der »Falterkammer«, die Adam insgeheim bald nur noch die »Folterkammer« nannte, weil sich sein Vater beim Nadeln, Spannen und Kleben der kleinen Wesen stets so vereinzelte, dass sich der Sohn selbst bald vorkam wie ein zum Forschungsobjekt verkommenes, auf dem Boden der Tatsachen aufgespießtes Insekt.

Schon als Kind wurde Adam dieses Gefühl nicht los, dass es bei allem, was seine Eltern taten, nie um ihn ging, sondern um etwas anderes. Um eine abstrakte Aufgabe, die unweigerlich Teil ihres Lebens geworden war und die sie nun mehr schlecht als recht erledigten, ohne so wirklich zu wissen, warum.

❦

Irgendwo im Sauerland, Ende der Sechziger Jahre.
Totale: ein Dorf wie jedes andere. Nahaufnahme: ein Thermometer im roten Bereich. Volle Bierkrüge, erhitzte Gemüter, ein Sog, dem sich niemand entziehen kann.

❦

Die Pfingsttage standen vor der Tür, und ein ganzes Dorf konnte sich vor lauter Vorfreude kaum noch auf den Beinen halten: Ein neuer Schützenkönig wurde gesucht.

Es war für die Jahreszeit ungewöhnlich warm. Eine vorwitzige Sommersonne schürte den Durst und befeuerte die Wirkung des Alkohols. An diesen »Feier-Tagen« herrschten andere Regeln. Gesetze traten einfach außer Kraft. Beinahe jeder Fehltritt wurde verziehen.

»Das Paradies auf Erden für die armen katholischen Seelen«, murmelte Adams Vater und nahm seinen Sohn an die Hand. Der Neunjährige schaute ihn verwundert an.

»Wo gehen wir hin?«, fragte er zaghaft, so als könne sich der Moment durch den Klang seiner Stimme sofort wieder in Luft auflösen.

»Wirst schon sehen«, antwortete der Vater, und Adam glaubte sogar ein kleines Lächeln in dessen Gesicht zu bemerken. Der Vater, der ihn oft gar nicht wahrzunehmen schien. Der Vater, der Mühe hatte, ohne seine Frau ein Mann zu sein. Der kaum jemanden einen Freund nannte. Der keinen Sport trieb, nie Karten spielte und noch seltener trank. Der in Turbulenzen geriet, sobald er den sicheren Heimathafen verließ.

Adam spürte, dies könnte ein besonderer Tag werden. Er drückte die Hand des Vaters, nur um sicherzugehen, dass er nicht träumte.

»Waren wir beide schon mal auf der Kirmes?«, fragte der Vater, und Adam schüttelte heftig seinen kleinen Kopf, er konnte sein Glück kaum fassen.

Schon von Weitem war der Trubel zu hören, die bunten Karussells, leuchtend wie die Augen des Jungen, hin- und hergerissen zwischen den Fahrgeschäften und den vielen Buden, über denen der Duft von Zuckerwatte und gebrannten Mandeln schwebte. Jetzt verstand Adam, was der Vater meinte, als er vom Paradies auf Erden sprach.

»Was machen wir hier?«, fragte Adam schnell, weil er es sich gar nicht vorstellen konnte. Und am Blick des Vaters erkannte er, dass der sich auch nicht sicher war, was sie hier sollten. Dass er mit jedem Schritt, der sie weiter ins Vergnügen führte, zunehmend zu schwanken begann.

Zwischen den Fressbuden die Bierzelte, platziert an langen Tischen das halbe Dorf, mit Ausnahme derjenigen, die sich noch vom Vorabend erholten und erst später wieder dazustießen.

»Hier ist aber was los«, rief sein Vater irritiert und blieb kurz stehen. Gleich am ersten Tisch im Eingang saß der Nachbar mit anderen Nachbarn, die Adam nicht kannte.

»Kerr, getz binnich baff. Der Adam und dem Adam sein Ollen. Setzt dich, du Heiopei, und trink n Pilsken mit, is ja nich zum Aushalten, wie einem der Lorenz auffe Birne knallt.«

Der Vater zögerte, scheu und ungeübt in diesen Dingen wie Freude und Geselligkeit, setzte sich dann aber. Man wollte ja auch nicht unhöflich sein. Adam spürte, wie sich eine Schlinge um seinen Hals legte.

»Watt ziehste sone Fleppe, Jungchen?«, lachte der Nachbar mit glasigen Augen. »Willste n Bömmsken?«

»Ich möchte Karussell fahren«, entfuhr es dem Jungen leise, doch da hatte der Vater schon das erste Bier vor der Nase und kurz darauf, zur Hälfte, schon im Bauch, und dem ersten folgte ein schnelles zweites. Man wollte ja auch nicht unhöflich sein. Aus diesem Grund bestellte der Vater höchstpersönlich sogleich die nächste Runde und für den Jungen eine große Limonade, die dieser in einem Zug herunterstürzte, weil ihm das ganze Verhalten fremd war, und weil er glaubte, je schneller sein Glas leer war, desto schneller könnten sie wieder aufstehen und weitergehen, weg von diesem blöden Tisch, an dem die lachenden, alten Männer ihm den Vater entrissen. Adam hasste diese Männer. Und er hasste seinen Vater. Wie hatte er nur glauben können, dass es diesmal wirklich um ihn gehen würde? Zu allem Überfluss musste er nun auch noch auf die Toilette, zu schnell hatte er die Limonade getrunken, dazu die Aufregung, die Hilflosigkeit, die Angst. Einer der Männer wies ihm vage den Weg, während sein Vater zu dem Bier den zweiten Schnaps serviert bekam. Sein Vater, der niemals Karten spielte und noch seltener trank, begann nun regelrecht zu saufen.

»Geh schon, du Angsthase«, lallte er mit angeklebter Zunge. Und Adam spürte, dass er für ihn wieder unsichtbar geworden war. Einmal mehr.

Langsam erhob der Junge sich vom Tisch, enttäuscht und müde schleppte er sich durch die Menge, bedrohliche, übergroße, stinkende, triefende Körper, die wie Schlingpflanzen rechts und links den Weg zum Klo in einen Höllenritt verwandelten. Adams Blase drückte schrecklich, er suchte und suchte, und als er endlich eine Toilette gefunden und die Tür hinter sich verriegelt hatte, kamen ihm vor lauter Erleichterung die Tränen. Das Wasser floss nur so aus ihm heraus, oben und unten, wie bei dem eisernen Engel am Springbrunnen im Park, dachte der Junge, nur dass er irgendwann leer wäre und zu seinem Vater zurückgehen könnte, obgleich Adam sich in dieser Sekunde vorstellte, es sei vielleicht das bessere Schicksal, am Brunnen im Park festgeschweißt zu sein. Eiserne Engel kannten keine Enttäuschung.

»Hallo?«

Plötzlich ruckelte jemand von außen an der Klinke, und eine tiefe Männerstimme röhrte: »Junge, biste ins Tö geplumpst?« Adam hätte erneut heulen können, diesmal vor Wut, aber er war leer, vollkommen leer. Hastig riss er die Hose hoch, ergriff den Plastikknauf der Tür und versuchte ihn zu drehen, doch der Mechanismus klemmte. Er versuchte es nochmal, aber die Tür ließ sich nicht öffnen. Er ruckelte an der Klinke, vorsichtig, dann immer verzweifelter.

»Watt is denn los?«, brüllte der Mann und riss nun seinerseits wieder von außen an der Tür. Adam wollte antworten, ihm sagen, dass die verdammte Tür klemmte, doch er bekam kein Wort heraus, weil er wusste, es war sinnlos. Es machte keinen Unterschied, ob er hier drinnen war oder da draußen. Sein Blick fiel auf die Wände aus zigfach übermalter Pressplatte, die ihn umschlossen wie die Mauern eines Verlieses, die siffige Rolle Klopapier, in Fetzen auf dem nassen Zellenboden verteilt, von wegen Paradies, dachte Adam, ein riesiges Scheißhaus war das, das Schrecklichste, was er je erlebt hatte, die ganze Welt hatte sich gegen ihn verschworen. Einmal mehr.

Adam hatte keinen Schimmer, aus welchem Grund er existierte, aber spätestens jetzt war ihm eines klar: Er war für menschliches Vergnügen nicht vorgesehen. Oder andersherum. Es gab die Anderen: arme, katholische Seelen, die sich an diesen Tagen hemmungslos amüsieren durften, und es gab ihn, Adam, einen Jungen ohne Vater, außerhalb von allem, der Klotüren nicht alleine öffnen konnte und bis zu seinem fünfundzwanzigsten Lebensjahr nie mit einem Karussell gefahren sein sollte.

Letzteres konnte er zu diesem Zeitpunkt allerdings nur erahnen.

4

Adam befeuchtete die Kuppen seines Daumens und seines Zeigefingers mit der Zunge und drückte die Flamme des Stumpens wieder aus. Es war noch zu früh.

Er spürte den kurzen, piksenden Schmerz, als das Licht erlosch. Nichts war so real wie körperlicher Schmerz, dachte er. Er hatte manchmal diese Träume. Träume, die von Erlebnissen aus seiner Kindheit herrührten, von denen er heute nicht mehr sicher sagen konnte, ob sie wirklich passiert waren oder einfach nur hätten passiert sein können. Es machte aber vielleicht auch gar keinen Unterschied. Es waren eben andere Zeiten damals und seine Eltern traumatisierte Kriegskinder traumatisierter Kriegseltern, die ihr Trauma an die nächste Generation weitergaben wie die Farbe ihrer Augen oder Haare. Wohl niemand kam auf die Welt und schwor sich, später seinen eigenen Kindern das Leben zur Hölle zu machen. Aber das war keine Garantie dafür, dass es im Einzelfall nicht eben doch passierte. Und manchmal, in Momenten wie diesen, in denen er sich stark genug fühlte, die Tür zur geheimen Dunkelkammer seiner Kindheit zu öffnen, empfand Adam so etwas wie Erleichterung für einen Bruder oder eine Schwester, die es nicht gab. Weil ihm oder ihr ein ähnliches Schicksal erspart geblieben war.

Im selben Moment hörte er Evas Stimme.

»Adam, wo bist du?«

Adam fragte sich, wie viel Zeit vergangen war, seitdem er das letzte Mal oben gewesen war. Er fragte sich, ob es sein konnte, dass sie schon wieder nach ihm rief, oder ob er nur, im wahrsten Sinne, Stimmen hörte. Und dann fragte er sich, warum man in diesem Zusammenhang die Formulierung »im wahrsten Sinne« benutzte, wo doch das Attribut »wahr«, das in diesem Zusammenhang wohl eher »sprichwörtlich« meinte, gar keinen Superlativ nahelegte, denn etwas war entweder wahr oder unwahr, oder etwa nicht, um sich dann zumindest diese letzte der drei Fragen selbst zu beantworten: Elativ.

Adam schmunzelte. Obgleich er sicher war, dass sich wesentliche Aspekte des Lebens in der Blackbox seines Kopfes abspielten, amüsierte ihn doch hin und wieder die Erkenntnis, wie vielseitig einsetzbar Sprache war. Was für ein cleveres Instrument, zwar nicht perfekt und immer noch genug Potenzial, um im Bruchteil einer Sekunde Chaos anzurichten, aber richtig angewandt gelang ihr eben auch das Gegenteil. Adam hatte einen Höllenrespekt vor dieser Ausdrucksform, verspürte bei der Beschäftigung damit zugleich aber einen Heidenspaß. Und auch wenn die Tatsache, dass die

Menschen diese komplexe Form der Verständigung aus eigenem Antrieb erfunden hatten, die ganze Art in Adams Augen in ein besseres Licht rückte, tendierten Eva und er von jeher dazu, mit den Worten zu spielen. »Höllenrespekt«. »Heidenspaß«. Um Gottes Willen.

»Komm, wir besuchen Andi Luft.«

Er vermisste auch, dass Eva sagte: »Komm, wir besuchen Andi Luft.« Anstatt einfach zu sagen, dass sie spazieren gehen wollte. Oder dass sie ihn einen »Gedankenlaser« nannte, mit ›a‹ statt mit ›e‹, wenn er ihr mal wieder einen Wunsch von den Lippen abgelesen hatte. Und dass sie diesen albernen Ausdruck stets mit einer ausholenden Geste verband, so als führe sie ein mächtiges Schwert in den Händen, ja, als würde die Macht mit ihr sein. Aber so war es im Grunde ja auch.

Erneut stieg Adam die Treppe hinauf, ging die paar Schritte über den kleinen Flur zum Schlafzimmer, öffnete vorsichtig die Tür und spähte hinein.

Eva war wieder eingeschlafen. Er schlich an sie heran und befeuchtete ihre Lippen mit einem Schwamm, den sie stets in einer kleinen Schüssel am Bett aufbewahrte. Sein erster Gedanke: Jesus Christus, wie er am Kreuz hing. Dann eine Frage: Wie oft musste man Lippen geküsst haben, bis man sie nicht mehr als solche wahrnahm? Bis einem dabei nicht mehr ein Blitz in die Glieder fuhr? Bis sie sich wieder zurückzogen und nur noch Gesicht waren?

Adam setzte sich auf die äußerste Kante des Bettes und betrachtete seine Frau. Heimlich. Durch die dünne Haut konnte er ihren Schädel erkennen. Unheimlich. Und noch eine Frage: Was blieb von einem Gefühl, wenn irgendwann jeder Gedanke in einem Wortspiel verendete?

Auf Evas Nachttisch lag ein Stapel Bücher, dazu lose Blätter, Notizen, Zeichnungen und Beobachtungen, die sie in den letzten Monaten vom Bett aus gemacht hatte. Er fragte sich, was man von hier aus überhaupt noch sehen konnte, wovon der Kopf sich nicht schon längst ein Bild gemacht hatte.

Er berührte die Bücher, die Papiere mit den Notizen, widerstand aber der Versuchung, sie zu nehmen und darin zu lesen. Plötzlich verspürte Adam den Wunsch, Eva möge noch Geheimnisse vor ihm haben. Es würde wieder ein Stückchen Normalität in ihr Leben bringen. Schon jetzt war ihm klar, den Stapel auf ihrem Nachttisch würde er nie anrühren, der würde für immer weiterleben. Wie eine Uhr am Handgelenk eines toten Soldaten. Ein schöner Vergleich, dachte Adam, und fragte sich, wo er ihn gelesen hatte.

Früher, wenn Eva sich alleine wähnte, wenn sie, zum Beispiel, in der Küche stand, um Tee zu kochen, und auf der Suche nach der richtigen Sorte mit einem Mal begann, mit sich selbst zu sprechen, oder, nachdem die Wahl auf Bergkräuter, Ingwer, Rooibos oder Darjeeling gefallen war, mit der Meise vor dem Fenster, und Eva sie dann fragte, was sie, die Meise, denn von Bergkräutern halte, da hatte Adam das Gefühl, seiner Frau wirklich nah zu sein. Sie wirklich kennen zu lernen. Und jetzt, da er darüber nachdachte, kam ihm der Gedanke, dass diese Momente, von denen sie nichts wusste, womöglich die reinsten seines Lebens gewesen waren.

Langsam erhob er sich wieder von der Bettkante. Eine Weile stand er da im Raum, unschlüssig. Ein Spion ohne Mission, dachte er. Das reimte sich sogar. Adam sah sich um. Kam es ihm nur so vor, oder wurde der Raum immer kleiner? Also natürlich *musste* es ihm nur so vorkommen, trotzdem, in letzter Zeit schien er sich fast täglich zu verändern. Aber *warum* kam es ihm so vor, als würde er den Raum jedes Mal wieder aufs Neue betreten?

Sein Blick wanderte über die Wand, an der einige der persönlichsten Motive ihrer Reisen hingen. Es hatte ihn immer fasziniert, wie ein und dasselbe Foto über die Jahre die unterschiedlichsten Bilder in ihm auslöste. Er fragte sich, ob Bücher das auch konnten. Ob man denselben Text wieder und wieder hervorholen und darin jedes Mal eine andere Geschichte lesen konnte, so wie man auf ein und dieselbe Frage im Laufe der Zeit zu verschiedenen Antworten fand.

Für eine Reportage über eine Gruppe von Großmüttern in Swasiland, die ihren HIV-infizierten Kindern und Enkeln mittels eines gemeinnützigen Kunsthandwerk-Verbunds das Überleben sicherte, hatte Adam einen renommierten Foto-Preis gewonnen. In der Begründung war neben dem Blick fürs Motiv vor allem seine Empathie gelobt worden. Mitgefühl, das sich, wie es ein Mitglied der Jury formulierte, »trotz der nötigen, journalistischen Distanz immer wieder in den Aufnahmen Bahn bricht«, was seine Frau Eva zu eben jener liebevollen Gemeinheit verführte, die zwischen ihnen über die Jahre zu einem wiederkehrenden Witz geworden war: »Nicht schlecht für einen emotionalen Krüppel.«

Er nahm ein Foto von der Wand und betrachtete es wie

zum ersten Mal. Eines war klar: Er durfte nicht zulassen, dass sein Kopf wieder die Kontrolle übernahm. Dass er alles, im wahrsten Sinne, zu Tode analysierte.

Auf dem Foto war Eva zu sehen, aufgenommen in Ruanda, in diesem höllischen Sommer, als Gott sich wieder einmal vorübergehend aus der Welt verabschiedete, die Menschen zunächst der Willkür des Teufels und schließlich sich selbst überließ. Eva lachte und hatte ihren Arm um einen bewaffneten Kindersoldaten gelegt, dessen festgehaltener Gesichtsausdruck keinen genauen Aufschluss darüber gab, ob er diese Momentaufnahme genauso lustig fand wie sie.

Ruanda, »Land der tausend Hügel«, April 1994.
Nahaufnahme: Schwere Schuhe. Evas und seine. Schritt für Schritt. Durch die rote Erde. Erde, so rot, dass sie Adam an die Fußballplätze seiner Jugend in der Heimat erinnert. Sie hinterlassen Spuren, die der Wind sogleich wieder verweht. Als würden sie nie hier gewesen sein. Totale: Links und rechts Akazienbäume, aufgereiht zu einer verwegenen Allee. Man denkt hier aber nicht »Allee«. Auch nicht Weg, Pfad, Straße, Luft, Sonne, Wasser oder Wald. Die afrikanische Natur steht für sich. Sie beschreibt sich selbst, entfaltet erst im Kopf ihre volle Blüte und kommt mit dem Nötigsten aus, was sie bezeichnet: Leben oder Tod. Die Natur, die von karg bis üppig alle Töne der Farbskala produziert. Alles wird elementar. Die Hitze, das Wasser, das nicht an jeder Ecke aus dem Hahn kommt, sondern im Zweifel, mit der Hand aus einem Dreckloch geschöpft, vor dem Verdursten rettet.

»Langsam verstehe ich deine Liebe für Afrika«, sagte Eva nach ein paar Tagen, als sie gerade aus dem Dachzelt ihres Jeeps gekrochen waren und frischen Kaffee in einer Blechkanne über dem Feuer aufbrühten.

Adam ging in die Hocke und fotografierte mit dem Makro-Objektiv ein paar Tautropfen, die wie kleine Diamanten im Licht der Morgensonne an zittrigen Gräsern klebten.

»Dann erkläre es mir mal«, sagte er, »ich verstehe sie ja selbst nicht.«

Eva lachte. »Ständig muss man auf der Hut sein und genau abwägen: Kann ich das Wasser wohl trinken, oder sterbe ich dann an Typhus? Ist die Löwin satt, oder stürzt sie sich gleich auf mich? Mal ganz abgesehen von der politischen Lage.«

»Und das ist erst der Anfang«, ergänzte Adam.

Eva nahm die Kanne vom Feuer und verteilte den Kaffee in zwei weiße Emailletassen.

»Hast du keine Angst?«, fragte sie leise. Es war so ruhig, nur das Knacken des Feuers mischte sich in die Stille.

»Nein, du?«

»Vielleicht«, antwortete sie nachdenklich, »auf der anderen Seite habe ich noch nie so sehr im Hier und Jetzt gelebt. Ich meine, im Osten war es auch gefährlich, auf eine andere Art. Aber hier bin ich frei. Man kann mit Gefahr anders umgehen, wenn man ein freier Mensch ist.«

Adam nickte. Mit einer kleinen Umdrehung löste er das Makro-Objektiv von der Kamera, legte es behutsam in den Koffer und wechselte zurück auf die Standardoptik; seine Lebensversicherung, wenn es schnell gehen musste. Dann legte er den Kopf in den Nacken und breitete die Arme aus.

»Ich weiß bloß, warum es ›Schöpfung‹ heißt, wenn ich das alles hier erlebe.«

Sein Blick wanderte weit hinaus, nichts schien sich ihm in den Weg zu stellen, im Gegenteil. Etwas, von dem man nicht sagen konnte, was es war, öffnete sich, ohne irgendwo an Grenzen zu stoßen.

»Ja, man muss das wirklich *erleben*«, bestätigte Eva, »deine Fotos sind schön, aber es ist nicht dasselbe.«

Er klickte auf den Auslöser, als sie an ihrer Tasse nippte.

»Selbst der Kaffee schmeckt hier besser.«

Die Sonne leuchtete warm und weich in ihrem Rücken und krönte Evas Haare mit einem heiligen Schein. Adam hätte für immer weiter fotografieren können.

»Es ist wie mit der Liebe zwischen zwei Menschen«, sagte er, »jemand, der nie geliebt hat, kann *Romeo und Julia* nicht verstehen. Die Ausweglosigkeit ihrer Liebe, ihre Verzweiflung. Diese Tragödie bloß zu lesen, ist nichts im Vergleich dazu, wirklich sein Herz für immer an einen anderen Menschen zu verlieren.«

»Ja, da hast du wohl recht.«

Der Anflug eines Lächelns umspielte Evas Mund. Ihr Blick drückte, wenn er das richtig interpretierte, fast so etwas wie Stolz aus. Wie bei einer Mutter, die soeben Zeuge wurde, wie sich ihr Kind am Sessel hochzog, um für den Bruchteil einer Sekunde zum ersten Mal auf eigenen Beinen zu stehen.

»Wie wollen wir nach ihnen suchen?«, fragte Eva.

»Wir hoffen auf den Zufall.«

Sie waren ein paar Tage zuvor im Auftrag der UN ins Zentrum des Bürgerkrieges gereist, um die Lage, die langsam außer

Kontrolle geriet, zu dokumentieren. Zudem hieß es, in den Reihen der Hutu-Milizen kämpften auch Kindersoldaten, und Eva und er sollten dem nachgehen. Es war bereits Evas zweite Reise nach Afrika. Adam glaubte, ihre Ausbildung zur Erzieherin, die sie nach der Schule in Ostdeutschland absolviert hatte, könnte ihnen im Umgang mit den jungen Menschen nützlich sein.

Roméo Dallaire, der Generalmajor der Blauhelmtruppen, hatte sie höchstpersönlich direkt nach ihrer Ankunft in Kigali kontaktiert. Er war verzweifelt, weil seine Warnung vor einem drohenden Völkermord in der New Yorker Zentrale als »Gerücht« abgetan worden war, was sich nun als fataler Irrtum erwies. Denn genau das war es: ein Völkermord. Aber hätten die USA diese Bezeichnung akzeptiert, wären sie laut UN-Charta zum Eingreifen gezwungen gewesen. Und so musste Dallaire mitansehen, wie um ihn herum alles in Blut ertrank. Am Telefon erzählte er Adam, er habe von 14-jährigen Soldaten gehört, die das Kommando über eine Armee von dreißig anderen Kindern führten, könne aber von Kigali aus nicht mehr viel bewirken. Kurz darauf verlor er eine belgische Spezialeinheit bei dem Versuch, die Premierministerin zu beschützen.

Adam hatte nach diesem Telefonat mit Dallaire den Entschluss gefasst, nicht in Kigali mit den Recherchen zu beginnen. Zu gefährlich, zu unübersichtlich, ein Pulverfass ohne Boden. Stattdessen hatten sie ihr Camp in der Wildnis aufgeschlagen, in einem Meer aus schwarzer Asche in der Nähe der Virunga-Vulkane, in sicherer Entfernung zu den Dörfern, in denen die Hutu begonnen hatten, ihre Nachbarn vom Stamm der Tutsi abzuschlachten wie Tiere. Adam hoffte, hier in der Einöde auf einzelne Krieger zu treffen, womöglich Deserteure, die er umso leichter von den Hutu-Truppen isolieren könnte. Er kannte sich im Land aus, für die Verständigung reichten sein Englisch und ein paar universelle Grundbegriffe der Bantu, die er vor der Abreise noch gelernt hatte: Hallo, Danke, Hilfe. Für Essen und Trinken benutzte er eine Art Zeichensprache, zwei zu einer Schale geformte Hände, die man zum Mund führt, das hatte bislang immer genügt. Adam konnte sich überall verständigen. Streng genommen gab es in seinem Leben nur ein einziges »Fremd-Wort«: Angst.

»Wir brauchen noch Obst und Pflanzen für das Kleine«, sagte Eva, während sie die Tassen ausspülte.

»Ja«, erwiderte Adam, »aber ich frage mich, was wir mit ihm machen, wenn es wieder gesund ist.«

Sie sah ihn mit einem fragenden Blick an, dem zugleich inne lag, dass sie die Antwort ahnte, diese jedoch auf keinen Fall hören wollte.

»Glaubst du, es war falsch, es mitzunehmen?«

»Nein, du hast das Richtige getan.«

Am Tag zuvor hatten sie am Waldrand ein Berggorilla-Junges gefunden, schwerverletzt, eine tiefe Bisswunde im linken Bein, vielleicht von einem Leoparden. Eva hatte das kaum noch atmende Tier behutsam aufgenommen und das verwundete Bein notdürftig mit ihrem Halstuch umwickelt, um die Blutung zu stoppen.

»Wir müssen es mitnehmen«, hatte sie gesagt, während sie das Tier in den Armen wog, »sonst stirbt es.«

Adam wusste, es war falsch, das Tier mitzunehmen. Er wusste jedoch auch, um nichts in der Welt hätte Eva sich in diesem Moment davon abbringen lassen.

Interessanterweise war er in der Hinsicht häufig der Vernünftigere von ihnen beiden gewesen. Ein ums andere Mal hatte sie das vor größerem Schaden bewahrt, doch im Grunde hasste er es, diesen Part zu spielen. Also hatte er diesmal gar nicht erst versucht, Eva vom Gegenteil zu überzeugen, sondern sich notgedrungen mit der Idee angefreundet, für ein paar Tage »Affen-Papa« zu spielen, als plötzlich, wie aus dem Nichts, die echte Mutter des Jungen vor ihnen stand.

»Nicht bewegen«, flüsterte Adam.

Das Gorillaweibchen schnaubte, vor Kraft strotzend, keine zwanzig Meter von ihnen entfernt. Offenbar war es ihrer Spur gefolgt, raus aus dem sicheren Wald. Ein erhebender Anblick. Adam war hin- und hergerissen, ob er seine Kamera oder den Revolver zücken sollte, den er bei gefährlichen Einsätzen immer mit sich trug.

Eva ging langsam in die Knie, legte das verletzte Junge auf die Erde und zog sich ein paar Schritte zurück. Das Gorillaweibchen zeigte keinerlei Angst. Adam beobachtete es fasziniert. Es war wild entschlossen, sein Junges zurückzuholen. Zügig kam es näher, in dem für Gorillas typischen Gang, nicht aufrecht, aber auch nicht wirklich auf allen vieren. Es raste auf Eva zu und hackte seine dicken Finger bei jedem Satz vor sich in den Boden wie ein Skilangläufer seine Stöcke kurz vor dem Ziel. Eva stand bewegungslos da, plötzlich ging alles so schnell, Adam blieb nicht einmal mehr Zeit, seine Waffe zu ziehen. Das Gorillaweibchen hetzte die letzten Meter auf sie zu und setzte mit einer Art Kampfgebrüll zum Sprung an. In dieser Sekunde feuerte aus dem Dickicht ein Schuss, wie ein heller Blitz. Eva schaffte es gerade noch, in die Hocke zu gehen, und als sie den Blick erschrocken und im Angesicht des sicheren Todes nach oben wandte, brach das Weibchen, von der Kugel getroffen, über ihr zusammen.

Adam eilte zu seiner Frau, die sich aus den Fängen des toten Gorillaweibchens zu winden versuchte. Schließlich schafften sie es mit vereinten Kräften, den pelzigen, schwarzen Koloss von ihr herunterzurollen. Im nächsten Augenblick trat ein junger Soldat aus dem Busch. Adams Hand tastete wieder nach dem Revolver.

»Don't do that«, sagte der Soldat, im Anschlag eine Maschinenpistole, und die Art und Weise, wie er sie hielt, ließ keinen Zweifel daran, dass er das Magazin zuletzt häufiger gewechselt hatte.

»Hands up!«, rief er.

Sie gehorchten. Der Soldat kam ein paar Schritte näher und musterte sie eingehend. Gerade in dem Moment, in dem Adam dachte, die Situation könne endgültig kippen, kam seiner Frau die rettende Idee.

»You! Sir!«, rief sie. »Hungry?«

Der junge Mann schien kurz zu überlegen, dann nickte er.

Jamal war schon als Fünfzehnjähriger von Hutu-Offizieren rekrutiert und mit Alkohol und Drogen gefügig gemacht worden. So die kurze Version. Die Einzelheiten seiner Geschichte hingegen waren so unbegreiflich, dass Adam seine eigene Kindheit plötzlich als gar nicht mehr so schlimm empfand. Auch deswegen kam er in diesem Teil Afrikas gut klar: Er führte ihn zurück an den Ursprung der Menschheit. In ein Leben ohne Dekoration. Ohne Überfluss. In ein Leben ohne Gequatsche, in dem man dennoch sofort die Tragweite verstand, wenn Jamal in einem wilden Mix aus Englisch und einer Bantu-Art seine Lebensgeschichte erzählte.

Wenn man genau hinsah, konnte man in Jamals Gesicht

diese Geschichte ablesen. Straffe, junge Haut, in der ein ungleicher Nahkampf gegen sämtliche Widerstände dieses Lebens tiefe Narben hinterlassen hatte. Genau wie in seinen Augen, deren Glanz verblasst war, weil sie Dinge gesehen hatten, die das Gehirn dahinter nie wieder vergessen würde. Ein Stamm zog durchs Land, um einen anderen auszulöschen.

Zu *entsorgen,* dachte Adam in diesem Moment, während er sich mit dem Foto in den Händen wieder zu seiner Frau ans Bett setzte.

Eva atmete schwach, aber hörbar durch den offenen Mund. Er fragte sich kurz, wie alt sie jetzt war. Zahlen waren ihm immer zuwider gewesen. Wenn er richtig rechnete, ging sie geradewegs auf die Sechzig zu. Sie sah jünger aus. Und doch war es kaum zu glauben, dass dies dieselbe Frau war, mit der er im Nyungwe-Nationalpark bei dem Anblick des Federkleides eines Riesenturakos, einer dort ansässigen Vogelart, in euphorischer Begeisterung über die beinahe sirenische Ambivalenz der Farbe Blau philosophiert hatte.

Knapp vier Monate hatten sie es in Ruanda ausgehalten. Im August begleiteten sie Roméo Dallaire zum Flughafen und flogen im Gefolge des UN-Generalmajors wieder nach Hause. Dallaire war um Jahre gealtert, ein gebrochener Mann. »Ich glaube an Gott«, hatte er Eva auf dem Rollfeld zugeraunt, »weil ich in Ruanda dem Teufel die Hand geschüttelt habe.« Später würde er zweimal versuchen, sich das Leben zu nehmen. Letztlich kam er nie darüber hinweg, dass seine Warnung vor dem Massaker ungehört geblieben war.

Adam erinnerte sich gut daran, wie Eva damals aus dem Flugzeug von oben auf das geschundene Land blickte und sagte, das Einzige, was dieses Land retten könne, sei die Kraft der Frauen. Und genauso war es gekommen.

Als sie wieder zu Hause angekommen waren, hatte er die Fotos sogleich entwickelt und noch in der Dunkelkammer gedacht, die Begegnung mit Jamal hätte auch ihr Ende bedeuten können. Er hatte es in dem Augenblick gedacht, als sich das Motiv, das er nun in den Händen hielt, im Entwicklungsbad allmählich auf dem weißen Fotopapier materialisierte. Als sei es erst dadurch wahr geworden: Jamal hatte Eva das Leben gerettet. Vielleicht weil sie nicht in sein Beuteschema passte. Vielleicht auch ohne zu wissen, warum. Jamal trug die Waffe immer im Anschlag, wie ein zusätzliches Körperteil, und vielleicht hatte er Eva so reflexartig gerettet, wie er sie, wenn der Gorilla nicht gewesen wäre, womöglich getötet hätte.

5

All dies erinnerte Adam jetzt, nun mit einer gewissen Ruhe. Als säße er auf dem Grund eines Swimmingpools, während oben eine Blaskapelle spielte.

Noch immer betrachtete er das Foto in seinen Händen, jeder Blick warf eine neue Frage in ihm auf: Ob deutsche Hersteller bei der Konstruktion von Waffen bedachten, dass sie auch von Kindern bedient wurden? Und welche Konsequenz zogen sie daraus? Wie alt war Jamal jetzt? Was er wohl machte? Warum hatten Eva und er nie Kinder bekommen? Und wie konnte ein Körper innerhalb eines halben Jahres so viel an Kraft einbüßen?

In diesem Moment fiel Adam auf, dass er lange kein Foto mehr von Eva gemacht hatte. Es war fast so, als ob seine Kamera die ganze Tragweite der Situation eher erfasst hatte als er selbst. Wenn man ehrlich war, war es unklar, ob er überhaupt jemals wieder ein Foto machen würde. Die Welt löste sich zunehmend auf. Alles Schöne und Wunderbare, was von ihr noch übrig war, lebte nun in ihm. In seinem Kopf. Beim nächsten Mal, dachte Adam, würde er genauer hinschauen. Und sich mehr Zeit nehmen.

Zu seiner Überraschung würde er auch diesen Satz aus ihrem Mund vermissen. Ob in der Wüste Namibias, auf dem Kapitol in Rom, im elften Bezirk in Paris oder im siebten in Wien, Eva hatte an den schönsten Orten der Welt stets gesagt, hier sollten sie sich beim nächsten Mal »mehr Zeit nehmen«. So war nach und nach zu jeder Reise, die sie unternahmen, eine Nächstes-Mal-Version dieser Städte und Länder hinzugekommen, bis es Adam schließlich einmal zu viel wurde, und er ihr daraufhin entgegnete, dass es manchmal kein nächstes Mal gäbe, sondern die Kunst beim Reisen auch darin bestehe, die Dinge, die man zum ersten Mal sah, so zu betrachten, als sei es zugleich auch das letzte Mal. Sonst würde sich eine Reihe von spannenden Erlebnissen irgendwann in eine Reihe von Nächstes-Mal-Erlebnissen verwandeln, bis schließlich das ganze Leben nur noch ein Nächstes-Mal-Leben sei. Und auch wenn Adam zu der Idee der Wiedergeburt in sentimentalen Momenten durchaus eine gewisse Affinität verspürte, wollte er genau das nicht, weil ein Nächstes-Mal-Leben womöglich bedeutet hätte, auch ihre Beziehung sei für Eva nur der Prototyp einer Beziehung, die in ihren Augen erst in der Nächstes-Mal-Version praxistauglich werden würde.

Adam schaute sich noch einmal um, dann hängte er das Bild wieder an die Wand und ging zurück in den Flur. Barfuß. Seine Mutter war nicht ein einziges Mal mit ihm Schuhe kaufen gegangen. Also natürlich hatte er als Kind Schuhe an den Füßen getragen, aber sie hatten nicht ein einziges Mal gemeinsam welche gekauft. Ob ihm seine Schuhe gefielen oder nicht, ob sie ein wenig zu groß waren oder zu klein, spielte für seine Mutter keine Rolle. Kein Wunder, dass er gerne barfuß ging.

Der dicke Wollteppich schluckte jeden seiner Schritte. Um ihn herum war es in diesem Moment so still, dass Adam dachte, nun sei es endlich so weit. Nun war er der eine Überlebende, nicht nur von zwei Liebenden, sondern einer ganzen Zivilisation. Ein künstlicher Moment, der sich so echt anfühlte, dass er glaubte, mit den Fingern schnipsen zu können, damit sich alles in einer langen Schwarzblende auflöste. Aber schon in der Sekunde, in der ihm dieser Gedanke durch den Kopf schoss, stand er wieder im Licht, im Leben, in ihrer freundlichen Maisonettewohnung mit den beigen Wänden, auf dem sandfarbenen Teppich, einem Wüstenstreifen mitten in Westeuropa, der ihm und seiner Frau Heimat geworden war und seine, im wahrsten Sinne, »Gedanken-Gänge« ertrug. Und je eher er sich an diese Stille, die ja nur ein Vorbote ihrer selbst war, gewöhnte und mit ihr zu leben lernte, desto besser.

Aber wie? Ihm fehlte es am nötigen Handwerkszeug. Genauso, wie er erst hatte lernen müssen zu lieben, stand er nun diesem Gefühl der Trauer ohnmächtig gegenüber. Doch der einzige Mensch, der es ihm hätte zeigen können, war ausgerechnet die Ursache für dieses Gefühl. Die Ironie des Schicksals war manchmal gnadenlos.

Adam versuchte, sich mit beiden Händen Augen und Ohren zuzuhalten. Die Stille setzte ihm zu. Er wollte schreien, einfach nur, damit die Stille draußen blieb. Wie schön es wäre, wenn Eva jetzt einfach aufstehen würde, mit einem Lächeln auf ihn zukäme und ihn zur Begrüßung in den Arm nähme. So wie früher. Warum konnte ihm denn niemand helfen?

Am Kopfende des Flures hing ein Kruzifix, ein Geschenk von Evas Tante, die vor einigen Jahren ins Salzkammergut ausgewandert war. Ein kleines, schlichtes Holzkreuz mit dem Sohn Gottes darauf, in der bekannten Position seiner langen, qualvollen Hinrichtung, die beim Betrachter allein durch das Hinschauen Schmerzen hervorrief.

Kruzi-Fix! Klang wie ein Instant-Produkt, dachte Adam, ein Leidensmittel in Pulverform. Zum Einnehmen.

Eva und er waren vor Jahren mal in Rom gewesen, für eine Fotoreportage über die Katakomben: geheimnisvolle, dunkle Gänge, die Menschen vor zweitausend Jahren aus christlicher Nächstenliebe dreißig Meter tief unter der Erde gegraben hatten. Gräber für Geächtete, Kilometer um Kilometer, die Decken und Wände der Stollen verziert mit Motiven aus dem Neuen Testament. Es gab keine älteren Darstellungen, die vom Christentum erzählten.

Adam erinnerte sich daran, wie begeistert Eva von den Wandbemalungen war, weil sie so fröhlich schienen. In dieser frühchristlichen Unterwelt zeigte sich der Glaube von seiner lebensbejahenden Seite: Bilder von der Taufe, dem

Abendmahl und von Wundern, die die Menschen bewegten.

Tatsächlich war es Adam gewesen, der darauf bestanden hatte, das Kreuz in der Wohnung aufzuhängen. Er glaubte daran, ohne wirklich daran zu glauben. Weil es ihn daran erinnerte, dass die Kraft des menschlichen Geistes Berge versetzen konnte. Wobei ihm der Gedanke, dass dieser Mann Gottes Sohn sein sollte, nicht besonders plausibel erschien. Die Frage lautete doch: Wie konnte Gott der Schöpfer aller Menschen und zugleich der Vater von Jesus Christus sein? Im Alten Testament war doch alles klar beschrieben: Gott hatte Adam geschaffen. Und danach Eva. Aus dessen Rippe. Oder Trommelstock, wer wusste das schon so genau? Aber Adam war der erste Mensch. Er sah die Schöpfung zum ersten Mal. Er musste lernen, zwischen Gut und Böse zu unterscheiden. Zwischen richtig und falsch, Liebe und Hass. Er, Adam, war der allererste Mensch, der Entscheidungen treffen und, vor allem, mit den Folgen dieser Entscheidungen weiterleben musste.

Adam fühlte sich diesem anderen Adam, der zuerst da gewesen war, durchaus verbunden. War das Gute nicht mitunter falsch, wenn es um die Liebe ging?

Er betrachtete den Gekreuzigten und rieb sich die Handinnenflächen. Immer wenn er davorstand, glaubte er mit einem Mal den gewaltsamen Stoß durch die Haut zu spüren, den jemand, dem tatsächlich ein solch barbarisches Schicksal widerführe, spüren würde.

Unter dem Sockel, auf dem die zarten Füße des Heilands übereinander festgenagelt waren, prangte eine Tafel aus Bronze, darauf in gravierter Schrift ein Vierzeiler:

In allen Stürmen
in aller Not,
mög' er Dich beschirmen
der treue Gott

Adam hatte sich immer an diesem Reim gestört: ›Gott‹ auf ›Not‹. Dieses kurzes ›o‹, das auf das lange ›o‹ folgte, verursachte ihm regelrecht Schmerzen, und immer, wenn er den Spruch las, ertappte er sich, wie er instinktiv versucht war, die Unreinheit dieses Reimes auszugleichen und das ›Not‹ wie ›Nott‹ oder das ›Gott‹ wie ›Got‹ auszusprechen, einfach, weil er es nicht ertrug.

Adam ging die Treppe hinunter in die Küche und warf einen Blick aus dem Fenster. Der Himmel riss allmählich auf. Auf der anderen Seite der Scheibe ließ sich die Meise auf den Fenstersims fallen, im Schnabel einen Halm, mühsam ergattert aus den Fängen des Schnees.

Er musste unbedingt Futter für das Vogelhäuschen besorgen. Der Winter hatte am Wochenende vorbeigeschaut, eine schöne Abwechslung. Und ein gutes Gefühl zu wissen, dass er sie nach all den Jahren noch besuchte. Über Nacht war der Schnee von einer feinen Bestäubung zu einer weißen Decke angewachsen. Als hätte sich die ganze Welt zur Ruhe gelegt.

Vereinzelt ragten kleinere Büsche durch die eiskalte Oberfläche. Adam empfand fast eine Art Mitgefühl für die unzähligen kleinen und großen Pflanzen, die da unten manchmal über Tage oder Wochen vom Schnee erstickt wurden und trotzdem am Ende, im Frühjahr, wieder zu neuem Leben erwachten.

Wiederauferstanden! Adam bekam die festgenagelten Füße des Heilands nicht aus dem Kopf.

Auch heute noch waren die Menschen zu barbarischem Tun fähig. Wenn Adam seine Nachbarn durch den Alltag hetzen und dann am Wochenende mit diesem gequält-glücklichen Ausdruck im Gesicht in ihren Gehegen, die sie Gärten nannten, auf ihren weißen Plastikstühlen sitzen sah, die genauso hässlich wie nützlich waren, dann musste man einfach zu diesem Schluss kommen: dass die Menschen ihr Mitgefühl offenbar versetzt hatten, wenn die Größe des Grills und die Dicke der Steaks über das Lebenswerk entschieden. Sie umgaben sich mit Müll, sie aßen Müll, und sie redeten Müll, aber dieser Müll war alles, was die Menschen hatten, und wenn sie fürchteten, dass ihnen jemand ihren Müll wegnehmen könnte, wurden sie früher oder später zu Unmenschen.

Der Balkon am Haus gegenüber wurde nie bepflanzt. Das einzige Lebenszeichen: zwei verkümmerte Zedern in einem schwarzen Mörtelkasten. Wie das vernachlässigte Grab eines Menschen, für den man zu Lebzeiten nicht besonders viel empfunden hatte, dachte Adam. Sollte es mit Eva so weit sein, würde er sicherstellen, dass sie auf ewig in einem Meer aus Blumen schwimmen würde; oder ihre Asche über dem »kindischen Ozean« verstreuen.

Adam spürte, wie er langsam abzuschweifen begann. Seine Gedanken, sein Blick, alles schien von ihm abzufallen, hinaus in die Welt, von der er nicht sicher sagen konnte, was von ihr blieb, wenn er sich einmal von ihr abwandte.

Er nahm eine Dose Bier aus dem Kühlschrank und trank

sie zur Hälfte aus. Er musste sich vorsehen. Seit diese Krankheit, für die bislang niemand die genaue Ursache geschweige denn eine Therapie gefunden hatte, Eva ans Bett fesselte, trank er wieder. Er versuchte es so, dass sie nichts davon mitbekam, aber im Grunde machte es keinen Unterschied. Trinken wurde nur zum Problem, wenn man am Leben der anderen teilnahm. Da draußen. Er war ja schon froh, dass er noch immer ohne die Tabletten auskam.

Er stellte das halbvolle Bier zur Seite und befreite die Arbeitsplatte von den letzten Apfelresten. Dann bereitete er alles für die Zubereitung des Kuchenteigs vor. Mehl, Eier, Butter, Milch, Zucker, Salz, er konnte das Rezept im Schlaf. Womöglich, weil er immer dieses Kinderlied gesungen hatte. Vom Kuchenbacken.

»Die Prise Salz ist wichtig«, hatte seine Mutter stets gesagt. Nicht zu ihm, eher zu sich selbst. Und Adam hatte für sie gesungen und sich gefreut, dass sein Gesang etwas war, das sie offenbar weniger störte.

Bei »Salz« musste Adam auch immer an das eine Märchen denken, in dem die Königstochter zu ihrem Vater sagt, sie liebe ihn wie das Salz, und daraufhin aus dem Reich verbannt wird. Das musste man sich mal vorstellen, ein Liebeswettstreit unter den Töchtern um den Vater, und die jüngste und klügste Tochter sagt: Ich liebe dich wie das Salz. Und alle Erwachsenen am Hof lachen beschämt, und sie bekommt eine zweite Chance zur Korrektur, aber sie bleibt dabei: Ich liebe dich wie das Salz. Und dann wird sie vom Hof gejagt! Was bildet die sich ein? Aber die Macht ist auf ihrer Seite, und alles Salz am Hof verwandelt sich in Gold. Und alle rasten aus, yeah, was für ein Reichtum, Koch, nimm doch Zucker, ist doch egal. Aber es ist nicht egal. Es ist ihr Untergang.

Salz. Hof. Chance. Korrektur. Seite. Gold. Zucker. Man konnte es drehen und wenden, wie man wollte, für sich genommen, waren Worte so merkwürdig wie die einzelnen Teile eines Körpers. Jedes Wort totaler Quatsch. Fast hässlich. Bis auf »Milch« vielleicht.

Adam stemmte die Hände in die Seiten und ließ ein paar Mal seine Hüften kreisen. Die Arbeitsplatte war eine Maßanfertigung aus *Iroko*, einem afrikanischen Hartholz. Sie hatte schon ein paar Jahre auf dem Buckel und war für seine Größe eigentlich ein paar Zentimeter zu niedrig, was sich, wenn er länger in der Küche zugange war, leider stets in seinem Rücken bemerkbar machte.

Dann verrührte er die Zutaten mit dem Mixer. Eine nach der anderen. Er liebte das Salz so sehr, wie er seine Eltern hasste, dachte er und spürte, wie seine Kräfte schwanden. Am Ende starrte er in die Rührschüssel und wusste nicht, ob er lachen oder heulen sollte. Die gelbe Pampe darin widerte ihn an. Es war, als hätte ihn das Leben zum zweiten Mal gefangen genommen.

Draußen hopste die Meise am Fenster entlang. Der Halm war ihr entglitten, vielleicht hatte sie ihn auch schon verarbeitet oder gefressen. Adam kam es vor, als würde sie frieren. Tief durchatmen. Einmal, zweimal, dreim…

Adam stellte die Schüssel auf den Tisch, wusch sich die Hände, öffnete die Tür zur Vorratskammer und schaute nach, ob er alle Zutaten für Meisenknödel dahatte. Das war jetzt wichtiger. Kokosfett erhitzen, zwei Esslöffel Speiseöl dazu und dann gemischte Körner unterrühren. Die Masse in einen Tontopf gießen, auskühlen lassen, fertig. Adam schwor auf Sonnenblumenkerne und gehackte Nüsse. Je mehr Körner untergemischt wurden, desto lockerer wurde die Masse. Und das Öl verhinderte, dass sie später im Topf wieder zerbrach. Die kleine Meise würde sich freuen.

Adam schaute erneut aus dem Fenster. »Fenster«. Ja, fast alle Wörter klangen komisch, wenn man sie laut dachte. Und man brauchte aus dem ersten ›e‹ nur ein ›i‹ zu machen, und schon bezeichnete das Wort sein Gegenteil.

Er versuchte zu rekapitulieren, wie lange Eva und er die Wohnung nicht mehr verlassen hatten, aber es gelang ihm nicht. Seit sie nicht mehr reisten, brauchte er jeden Tag ein kleines Projekt. Sein Kopfkarussell hatte in den letzten Wochen wieder Fahrt aufgenommen. Doch bevor er die Kraft fand, dem inneren Chaos zu begegnen, brauchte es eine gewisse äußere Ordnung. Meisenknödel selber zu machen, eignete sich gut dafür. Eine Schraube am Regal nachziehen, Bücher katalogisieren, Vorräte kontrollieren oder eine Tasse Kaffee trinken und dabei vielleicht einen wilden Gedanken zähmen, bis er ihm aus der Hand fraß.

Nichts Weltbewegendes.

»Adam?«

Er war an einem Punkt angekommen, wo er nicht verstand, warum manche Menschen nichts mit ihrer Zeit anzufangen wussten.

»Ist der Apfelkuchen schon im Ofen?«

Oder mit ihren Händen.

»Hörst du mich?«

Oder mit ihrem Leben.

Adam ging aus der Küche, die Treppe hoch, über den Flur. Im letzten Moment drehte er ab und ging geradewegs ins Badezimmer. Leise schloss er die Tür hinter sich. Den Schlüssel umzudrehen, traute er sich nicht. Der Typ im Spiegel, der ihn skeptisch beäugte, wusste, warum.

Evas Stimme war noch immer zu hören. Leiser, aber sie war da. Sie glühte in seinem Kopf wie ein kleines, ewiges Licht, das erst erlöschen würde, wenn sein eigenes, inneres Feuer erkaltet war. Zumindest vermutete er das so. Er wäre schon die eine oder andere Wette eingegangen, zum Beispiel, was das Wetter betraf, Fußballergebnisse, Präsidentschaftswahlen oder die Zukunft der Menschheit; die Frage jedoch, ob und vor allem wie der Mensch nach seinem Ableben weiterexistierte, war eine, über die er sich noch kein abschließendes Urteil erlauben wollte. Und erst recht kein leichtfertiges.

Die Tatsache, dass Eva ihn nun Stück für Stück verließ, fraß ihn von innen auf. Sie war das Gegengewicht, das ihn ausbalancierte. Das ihn vor einer Unwucht schützte, davor auszurasten, oder aus dem Rahmen zu fallen. Es gab einen Abdruck an der Wand im Flur auf Augenhöhe, den seine Stirn erst kürzlich dort hinterlassen hatte und der genau das bezeugte. Dass sie nun weniger wurde, blieb seinem Kopf nicht verborgen. Er sah es ja mit eigenen Augen. Und tief im Inneren spürte er, wie das Tempo langsam, aber stetig anzog, wie ein Raubtier im Käfig, das ungläubig vor den Gitterstäben innehielt und sich fragte, seit wann die Tür eigentlich schon offen stand.

Er nahm Evas Zahnbürste aus dem Becher und betrachtete sie eingehend. Dann steckte er sie sich langsam in den Mund. Niemand konnte ihn daran hindern. Er drehte sie ein paar Mal hin und her, befühlte die Borsten eingehend mit seiner Zunge und zog sie wieder heraus. Ein Gerät zur Säuberung der Zähne. Griff und Größe so gestaltet, dass es im

Mundraum agieren kann. Wenn es das wirklich geben müsste, sähe es wohl so aus, dachte Adam.

Als er kurz darauf wieder aus dem Bad herauskam, hatte Eva aufgehört, nach ihm zu rufen. Wahrscheinlich war sie wieder eingeschlafen. Er würde ihr später sagen, dass er Kopfhörer getragen habe. Und sie würde ihn fragen, warum er sie anlog. Und er würde antworten, dass er sie noch nie angelogen hatte. Und sie würde erwidern, dass er es genau jetzt, in dieser Sekunde, gerade wieder tun würde. Und dann?

6

Ost-Berlin, Oktober 1983.

Totale: Marx-Engels-Platz. Das gelbliche Licht der Natriumdampflampen erhellt die Dunkelheit. Die Menge stiebt auseinander wie eine Herde Vieh. Beseelte FDJler, die immer noch nicht fassen können, was sie soeben erlebt haben, stoßen draußen auf dem Platz auf einige Hundert Fans, die ohne Tickets geblieben sind und deshalb dort eine friedliche Mahnwache abhalten. Alle, die sich an diesem Abend am Palast der Republik versammelt haben, infizieren sich mit einem Virus, das sich nach einer Inkubationszeit von sechs Jahren unabwendbar seinen Weg bahnen wird, mitten ins Herz des Volkes. Nahaufnahme: Eva, mit schweißnassen Haaren, die rechte Hand um einen Trommelstock geklammert, wie um eine Art Zepter, als liege das Wohl der Welt in ihrer Hand. Gleich würde sie Adam ihren Namen nennen, wenn er sie denn danach fragte.

»Wie heißt du?«

»Eva.«

»Nicht dein Ernst.«

»Warum?«

»Nichts.«

Adam konnte sich ein Lachen nicht verkneifen.

»Was ist daran so lustig? Hast du vielleicht einen besseren Namen?«

»Nein, wirklich … du wirst es mir nicht glauben.«

Sie zog die Augenbraue hoch, genauso, wie sie es auch die nächsten Jahre und Jahrzehnte machen würde, wenn sie das Gefühl nicht loswurde, dass er sie auf den Arm nahm.

»Ich heiße Adam.«

»Oh, …«

Jaja. Adam und Eva. Haha! Hätte er jedes Mal einen Groschen bekommen, wenn sich jemand über ihre beiden Namen lustig machte, könnte er seine Frau heute von einem Spezialisten behandeln lassen. Im Ausland. Adam stutzte, vielleicht gab es hierzulande für Evas Zustand gar keinen Begriff?

Aber so was konnte sich doch niemand ausdenken, oder? Adam. Und Eva. Nicht Lea, Ester, Judith oder Maria. Und auch nicht Evelyn, wie in Schulzes Roman, den Eva so mochte. »Eva« war im Arbeiter- und Bauernstaat in manchen Kreisen ein beliebter Mädchenname, weil man damit auf unverfängliche Weise ein Zeichen gegen die staatlich verordnete Gottlosigkeit setzen konnte. Doch warum seine Eltern *ihm* ausgerechnet diesen Namen verpasst hatten, das war Adam tatsächlich immer ein Rätsel geblieben. Und natürlich bestand die Gefahr, dass sie sich allein wegen ihrer Namen füreinander bestimmt hielten. Wer wollte ihnen das vorwerfen?

Kurz nach dem unfreiwilligen Zusammenstoß ihrer Köpfe hatte eine aufgeregte Lautsprecherstimme das Ende des Konzertes verkündet und die Zuschauer aufgefordert, den Saal so zügig wie möglich zu räumen.

Adam schwor sich beim Rausgehen, Eva unter gar keinen Umständen aus den Augen zu verlieren und unbedingt nach ihrem Namen zu fragen.

Eva also. Und Eva eröffnete das Gespräch.

»Was machst du hier?«

»Fotos«, antwortete er, »für eine Westzeitung.«

»Das sieht man.«

»Wieso?«

»Deine Schuhe …«, sie deutete auf seine beigen Chucks, »die gibt es hier nicht.«

Sie sprach mit einem leichten Berliner Akzent. Es klang, als unterdrücke sie ihn, ohne ihn zu verleugnen, was Adam auf Anhieb sympathisch fand.

»Und wie bist du reingekommen?«, fragte er gleich hinterher. »Mitglied in der Nachwuchspartei?«

Eva musterte ihn skeptisch, klar, auch ein bisschen neugierig, aber das lag in der Natur der Sache.

»Hast du eine Zigarette?«, fragte sie.

Adam verneinte. Er rauchte nicht, was er in dieser Sekunde ziemlich bereute. Zumal Westzigaretten offenbar einen Trumpf im Ärmel bedeuteten.

Sie zündete sich eine von ihren eigenen an und hielt ihm die Packung hin. Reflexartig zog er eine heraus und steckte sie sich in den Mund. Sie gab ihm Feuer, und er paffte ein paar Mal, bis es womöglich so aussah, als würde er auch rauchen.

»Du rauchst gar nicht, oder?« Da war sie wieder, die hochgezogene Augenbraue.

»Nein«, antwortete er ein wenig beschämt.

Eva lächelte, und Adam gab sich äußerste Mühe, ihrem Lächeln standzuhalten. Nie zuvor war er so angelächelt worden. Ein Lächeln, das alles und nichts versprach, aber in seinen Augen zugleich keinen Zweifel daran ließ, dass nur er selbst in der Lage war, den Lauf der Dinge zu beeinflussen. Er war hingerissen.

»Ich war auch in der FDJ, falls du das meinst«, Eva zögerte kurz, bevor sie fortfuhr, »aber die Karten hat mein Vater organisiert.«

»Ein Parteibonze?!«

»Nein, Hausmeister. Im Palast.«

»Echt???«

»Ja, echt!!!«, blaffte Eva zurück und äffte dabei Adams ungläubigen Tonfall nach.

»Entschuldigung, so war das nicht gemeint«, lachte Adam abwehrend und versuchte, seinen Fauxpas sogleich wieder auszubügeln, »ist doch cool, ein tolles Gebäude: das Foyer, die Lichter, die Toiletten …«

»Die Klos sind aus dem Westen«, erwiderte Eva lapidar, »und ansonsten ist das Ding vollgestopft mit Asbest. Man kann nur hoffen, dass das kein Problem wird.«

»Echt?«

»Ja, tonnenweise. Überall. Und der Weichmacher, der das Zeug zusammenhält, löst sich langsam auf, sagt mein Vater.«

»Echt?«

»Kannst du noch etwas anderes sagen außer: *Echt?*«

Adam spürte, dass er den Start noch vermasseln könnte, also tat er das einzig Richtige: Er gab Gas.

»Ich würde mit dir gerne noch etwas trinken gehen.«

»Echt???«

Wieder äffte Eva seinen Tonfall nach, aber Adam spürte, dass ihr die Unterhaltung auch gefiel. Etwas Besonderes ereignete sich hier gerade, und er hoffte, jemand würde in diesem Moment die Pause-Taste drücken und sie in eine andere Dimension katapultieren.

»Ja, das wäre schön«, er zögerte, »ich habe allerdings kein Geld dabei. Du vielleicht?«

»Für zwei Bier wird es schon reichen.«

»Ich gebe es dir wieder, versprochen.«

»Wann denn?«, fragte sie und lachte.

»Nächstes Mal«, sagte er schnell, merkte aber gleich, wie verrückt das klang. Andererseits meinte er es in diesem Moment vielleicht sogar schon so ernst, wie er es sich Sekunden zuvor ausgedacht hatte.

»Okay, aber es gibt ein paar Regeln.«

»Kein Problem«, beeilte er sich zu sagen.

»Regel Nummer eins: Versprich nichts, was du nicht halten kannst.«

Adam nickte ernst. Ihre selbstbewusste Art schüchterte ihn ein wenig ein.

»Regel Nummer zwei: Keine Zeit verlieren«, sie gab ihm einen leichten Klaps auf den Arm, »wir haben nicht viel davon.«

Mit zügigem Schritt gingen sie über die Spreeinsel, weiter durch den Monbijoupark, über die Krausnick- und die Große Hamburger Straße und landeten schließlich in *Clärchens Ballhaus* in der Auguststraße.

Eva bestellte zwei Bier für 48 Ostpfennig und legte schon mal ein paar Münzen auf den Tisch. Adam nahm sie neugierig auf und begutachtete sie wie ein Forscher, der ein seltenes Insekt unter die Lupe nahm.

»Sie liegen so leicht in der Hand …«

»Ja«, lachte Eva, »dafür sind sie umso schwerer in die Finger zu kriegen.«

Adam sah sie an, ihm gefiel ihr Humor. Er nahm einen Bierdeckel aus dem Halter, legte ihn demonstrativ vor sich auf den Tisch, zog einen Stift aus der Innentasche seiner Lederjacke und begann, feierlich in Großbuchstaben zu schreiben: *ADAM&EVA! SCHULDSCHEIN ÜBER 48 OSTPFENNIG. PLUS ZINSESZINSESZINSESZINS!* Dann setzte er noch Ort und Datum hinzu und kritzelte seine Unterschrift unter das Ganze.

»Hier«, sagte er und schob ihr den Deckel entgegen, »jetzt hast du mich in der Hand.«

»Auf einem Bierdeckel?«, fragte sie und drehte den Deckel so, dass sie ihn lesen konnte.

»Klar«, antwortete er mit gespielter Entrüstung, »die wichtigsten Verträge der Geschichte wurden entweder auf Servietten oder auf Bierdeckeln geschrieben.«

Sie betrachtete ihn amüsiert.

»Ebenso viele bedeutende Urteile, große politische Reformen oder taktische Marschrouten und Aufstellungen vor großen Fußballspielen«, setzte er nach. »Vielleicht sogar einige der schönsten Liebesgedichte.«

»Ganz schön viele Zinseszinsen. Und was ist, wenn du nicht zahlst?«

Adam wog den Kopf hin und her.

»Dann soll mir ein Furunkel am Arsch wachsen, so groß wie ein Kohlrabi.«

»Das ist nur gerecht«, sagte sie und lachte. »Bist du dir sicher?«

Adam nickte, er war sich nie sicherer gewesen. Wo, in Gottes Namen, kam dieses Mädchen plötzlich her? In seinen Himmelssturm mischten sich sogleich ein paar dunkle Wolken. Er wollte sie anfassen, sie riechen, er wollte alles über sie wissen, doch ihm rannte die Zeit davon.

»Was machst du so?«

»Ich bin Erzieherin.«

»Toll, das ist in meinen Augen der sinnvollste Job, den es gibt.«

»Ja, außer Pflichtverteidiger vielleicht.«

»Oder Rettungssanitäter.«

Eine ältere, elegant gekleidete Frau brachte das Bier an ihren Tisch, frisch gezapft. Adam verspürte Riesendurst, zögerte aber. Er hatte gehört, DDR-Bier schmecke muffig, weil beim Brauen Rindergalle zugesetzt werde, traute sich aber auch nicht, Eva zu fragen, ob an dem Gerücht etwas dran sei. Als Eva ihm augenzwinkernd zuprostete und einen großen Schluck die Kehle hinunterjagte, tat er es ihr einfach nach.

»Schmeckt es?«, fragte sie.

»Super«, antwortete er eine Spur zu schnell. Bloß nicht an Rindergalle denken. »Und was machst du nachmittags?«

»Nachmittags?«

»Ja, wenn die Kinder wieder alle zu Hause sind.«

»Nachmittags«, begann sie langsam, »mahle ich Kaffee.«

»Was?«

Sie sah ihn aufmerksam an und legte sich die nächste Zeile auf die Zunge.

»Nachmittags setze ich den zermahlenen Kaffee rückwärts zusammen ...«

Er brauchte einen Moment, dann ging ihm ein Licht auf.

»Schöne schwarze Bohnen«, sagte er zaghaft.

Eva zwinkerte ihm zu und berührte für eine Sekunde seine Hand mit ihrer.

Er hatte den Test bestanden.

Auf dem Rückweg nahm sie seine Hand. Adam wünschte sich, sie würde sie nie wieder loslassen. Alles um ihn herum vermischte sich zu einem großen, rosafarbenen Traum. Er wusste, es würde schrecklich kitschig klingen, würde er es mal jemandem erzählen, aber er hätte es nicht anders beschreiben können. *Jedem Anfang wohnt ein Zauber inne*. Es stimmte. Nichts bleibt, wie es am Anfang erscheint. Jeder Anfang wird im Moment seines Entstehens von seiner eigenen Endlichkeit infiziert. Und der Verfasser dieser Zeile musste es wissen, schließlich hatte er seine erste Frau Maria (sic!) mit drei kleinen Kindern und großen seelischen Problemen sitzen gelassen, ein Fakt, der sein gesamtes Werk in Adams Augen in einem schlechteren Licht erscheinen ließ. Insofern hätte er, Adam, diesen Satz so auch nicht unterschrieben. Es war doch vielmehr so, dass explizit *diesem* Anfang mit Eva ein Zauber innewohnte, weil Adam hoffen durfte, dass all das Zauberhafte, das ihre erste Nacht umgab, nicht mit dem ersten Tageslicht sogleich wieder verfliegen würde. Die Szenerie war so anders in diesem gedrungenen Teil Berlins, in dieser Welt des Sozialismus, die Adam von der ersten Sekunde an auf eine romantische Art verehrte. Und die Tür zu dieser Welt war Eva, Tochter eines Hausmeisters, ebenso lustig und klug, wie sie hübsch war. Was für eine überraschende Wendung des Abends. Ein literarischer Moment, frohlockte Adam, ja, ein *Schloss-Gripsholm*-Moment, was nicht einer gewissen Komik entbehrte, weil sie in diesem Augenblick, da er das dachte, gemeinsam über die Oranienburger liefen und von dort in die Tucholskystraße einbogen, als am anderen Ende der Straße plötzlich zwei Vopos um die Ecke kamen.

»Scheiße«, zischte Adam.

»Was?«, fragte Eva. »Hast du keinen Tagesschein?«

»Doch, äh, schon, also …«, stammelte er, »der Manager der Band hat ihn.«

»Wieso das denn?«

»Weiß nicht, es ging alles so schnell, als wir kamen, und er hat die ganzen Papiere.«

»Verdammt.«

»Ich wusste ja nicht, dass ich nach dem Konzert noch was trinken gehen würde …«

Sie sah ihn an, packte ihn mit beiden Händen am Kragen und lächelte.

Die Polizisten beschleunigten ihren Schritt. Möglich, dass sie misstrauisch geworden waren. Auch davon hatte Adam gehört. Hier im Osten lag es sozusagen im Genom der Staatsdiener, ständig und überall und vor allem ohne Anlass misstrauisch zu werden und unbescholtenen Bürgern von jetzt auf gleich das Leben zur Hölle zu machen.

»Wir müssen sofort zurück«, flüsterte Adam.

»Nein«, wehrte sie ab, »schnell, hier rein.«

Sie verschwanden zwischen zwei Häusern und versteckten sich im Hinterhof hinter einem dichten Busch. Die beiden Polizisten kamen näher, verlangsamten ihr Tempo, es raschelte und knarrte, so als würden sie sich direkt neben ihnen genauer umsehen. Zum Glück schienen sie nicht ganz bei der Sache zu sein. Sie sprachen über das Konzert, über den Star aus dem Westen und die jungen Menschen aus dem Osten, die gekommen waren, um seine Botschaft zu hören. Es war nicht ganz klar, ob sie die Sache kritisch sahen oder nicht. Adam war aber auch nicht besonders erpicht darauf, das herauszufinden.

Eva zog Adam noch dichter an sich heran, sodass ihre Lippen seine Wange berührten. Er spürte ihren Atem und ein Kribbeln, gepaart mit einer dunklen Vorahnung, dass sie in wenigen Sekunden Probleme bekommen könnten. Aber er fühlte keine Angst. Der Himmel hatte ihm soeben einen neuen Weg aufgezeigt, und er war nicht bereit, sich diesen von zwei uniformierten Handlangern versperren zu lassen.

»Warte noch«, raunte ihm Eva ins Ohr, doch Adam spürte, wie ihm das Kribbeln langsam in den Kopf stieg.

»Komm mit mir in den Westen«, flüsterte er, »heute Nacht noch.« Keine Ahnung, wo das herkam. Er nahm ihre Hände in seine, mit einem Mal wurde ihm fast ein bisschen schwindelig.

»Wie stellst du dir das vor?«, lachte sie leise hinter vorgehaltener Hand.

»Großartig stelle ich mir das vor«, sagte er tollkühn und wunderte sich selbst über seinen plötzlichen Mut.

Als die Vopos endlich verschwunden waren, trat Eva aus ihrem Versteck. Plötzlich stand sie im Lichtkegel einer Hauslaterne. Als hätte ein Filmteam extra für diese Szene einen Spot aufgebaut. Adam bemerkte erst jetzt ihre Ohren. Nie zuvor hatte er so bezaubernde, kleine Ohren gesehen.

»Ich glaube, wir sollten uns jetzt lieber voneinander verabschieden«, sagte Eva leise.

»Ja, nicht, dass du wegen mir noch Schwierigkeiten bekommst.«

»Ach, ich sage denen einfach, der böse Klassenfeind hätte mich überfallen.«

Sie legte ihm eine Hand auf den Arm und sah ihm in die Augen.

»Vielleicht hältst du ja dein Versprechen und kommst wieder.«

Adam nickte, er spürte ein flaues Gefühl im Magen. Er ging einen Schritt auf sie zu und drückte ihr einen Kuss auf die Wange. Erst rechts, dann links, dann wieder rechts, dann wieder links …

»In Westdeutschland macht man das zur Verabschiedung zehn Mal«, sagte er, während er ihr weiter abwechselnd rechts und links mit leisen Schmatzern die Lippen auf die Haut setzte, »und der letzte Kuss muss immer auf den Mund.«

»Ist das so?«, fragte Eva und grinste.

»Ja«, bekräftigte Adam, »sonst gibt es ein Unglück.«

»Für wen?«

»Für uns beide. Nein, für die ganze Welt. Alle Böden werden versauern und alle Brunnen versiegen. Alle Tiere werden starr vor Schreck in ihrem Entsetzen verharren und alle Pflanzen vertrocknen. Die Wolken werden wie Steine herabfallen und die Engel mit ihren kleinen, zarten Händchen Blitze vom Himmel schleudern. Könntest du«, er machte ein dramatisches Gesicht »wirklich mit der Schuld leben, die ganze Welt ins Unglück gestürzt zu haben?«

Eva zog die Augenbraue so hoch, wie sie nur konnte.

»Hey«, Adam hob abwehrend die Hände, »ich habe diese Regel nicht gemacht.«

Eva sah ihn an. Ihre Wangen glühten. Sie lächelte, aber in ihrem Blick schwang noch etwas anderes mit. Eine Art Trauer, gemischt mit einer Spur Mitleid. Ja, das traf es vielleicht ganz gut, denn es war in der Tat nicht ganz klar, wer von beiden in dieser Situation eigentlich schlimmer dran war: derjenige, der nicht bleiben durfte, oder diejenige, die bleiben musste.

7

Adam horchte, es war still. Er stand noch immer in der oberen Etage ihrer Wohnung auf dem Flur vor dem Badezimmer und überlegte, ob er nach ihr schauen sollte. Aber was, wenn sie nicht schlief? Wenn sie nur darauf wartete, dass er ins Zimmer trat, um nach ihr zu schauen?

Wirklich, er liebte Eva. Mehr als sich selbst. Doch an manchen Tagen konnte er besser mit der Situation umgehen, wenn er ihr aus dem Weg ging. Er hasste sich dafür, dass es so war, er konnte es nicht ändern. Es gab auch andere Tage, an denen wich er ihr nicht von der Seite.

Er schlich die Treppe hinunter, ging zurück in die Küche und schaltete den Backofen ein. Dann setzte er sich und ließ seinen Blick schweifen. Alles an ihm fühlte sich plötzlich leicht an. Als säße er in Wahrheit gar nicht hier in der Küche, sondern ganz woanders. Als gäbe es gar kein »Hier«. Wobei ihm schon klar war, dass es dieses Zimmer gab. Es gab das Zimmer, weil sich auch Eva darin aufgehalten hatte. Zumindest in diesem Raum. Aber er wusste auch, dass sich dieses Zimmer, der Boden, die Wände, die Schränke, die Griffe der Türen, die Kaffeemaschine, die Topflappen, all die kleinen Details, die einen Raum zu einem Zimmer machten, erst in seinem Kopf zu alledem zusammensetzten. Auch wenn es sich dadurch nicht unbedingt echter anfühlte. An manchen Tagen konnte er hier auf dem Stuhl sitzen und minutenlang das Typenschild des Backofens betrachten, ohne zu zwinkern, bis seine Augen brannten und die Buchstaben, die eben noch zweifellos lesbar waren, vor seinem starren, nach innen gekehrten Blick verpufften.

Er war wie ein Docht, der immer wieder ins heiße Wachs eintauchte und so nach und nach zu einer Kerze wurde.

»Der Schein einer Kerze«, hatte Eva einmal gesagt, »unterscheidet die Toten von den Lebenden.«

Mit einem Mal hatte Adam eine Ahnung, was sie damit gemeint haben könnte.

Neben dem Fenster, auf einem kleinen Holzregal, standen ein paar Kochbücher. Daneben reihten sich noch einige andere Texte aneinander, die für Eva und ihn über die Jahre eine Bedeutung erlangt hatten. Unter anderem ein Bändchen mit Gedichten aus der Zeit der DDR, das – wie die Perle in einer Auster – auch Sarah Kirschs karge Zeilen über die schwarzen Bohnen enthielt, mit denen Eva ihn damals in *Clärchens Ballhaus* auf die Probe gestellt hatte.

»Nachmittags nehme ich ein Buch in die Hand«, murmelte Adam vor sich hin. Nicht nur, weil er genau das in dieser Sekunde tat, sondern weil so auch die erste Zeile dieses Gedichtes lautete.

Er schmunzelte. Ja, vielleicht war es albern, sich auf Grund eines Gedichtes zu verlieben. Andererseits hieß es im *Johannes-Prolog,* Kapitel 1, Vers 1: *Im Anfang war das Wort.* Das war mal ein Entree, dachte Adam, obgleich es ihm sonderbar erschien, dass ausgerechnet das jüngste und eigenständigste Evangelium genau zu wissen glaubte, was am Anfang gewesen sei: das Wort.

»Schwarze Bohnen«, auch diese beiden Worte waren über die Jahre in ihre Geheimsprache übergegangen. Eva sagte sie immer dann, wenn sie sich alleine fühlte. Wenn sie wünschte, dass er frischen Kaffee aufbrühte und sich zu ihr setzte, während hingegen Adam sie verwendete, um Eva in den kleinen Krisen ihrer Beziehung augenzwinkernd daran zu erinnern, dass er damals den Test bestanden und sie gewissermaßen ihr Rückgaberecht verwirkt hatte.

Er stellte den Gedichtband zurück und nahm das nächste Buch in die Hand, den Roman von Schulze, der so ähnlich hieß wie sie selbst. Eva war damals ganz begeistert gewesen, als er erschien. »Das ist *unsere* Geschichte«, hatte sie gesagt und ihn gezwungen, das Buch zu lesen. Adam hatte nie verstanden, warum das ihre Geschichte sein sollte. Obwohl sich Eva natürlich genau wie Evelyn danach sehnte, frei zu sein, und er, Adam, das musste er zugegeben, auch Fotograf war, aber ein richtiger, kein Maßschneider für Damenmode wie der andere, der die Welt ab und an durch den Sucher einer Kamera betrachtete. Außerdem war er kein Casanova, im Gegenteil, er war ein Krüppel, emotional und sexuell. Aber beides hatte er mit viel Training seinerseits und noch mehr Verständnis ihrerseits über die Jahre in den Griff gekriegt.

Und das Paradies? Klar, das war auch in ihrer Geschichte ein Thema. Aber war es das nicht für alle Menschen? Wenn man nicht mehr ans Paradies glaubte oder zumindest an etwas, was dem Paradies im wirklichen Leben am Ende entsprach, konnte man doch gleich aufhören, oder nicht?

Adam stellte das Buch zurück ins Regal. Sie hatten ihre eigene Geschichte, dachte er. Eine Geschichte, die so schön war, dass man sie sich nicht hätte ausdenken können. Sie hatten sich auf diesem Konzert in Ost-Berlin kennengelernt, genauso wie in dem einen Liebeslied des Sängers, der damals leibhaftig auf der Bühne gestanden hatte, *das* war ihre Geschichte, und zwar genau bis zu der zweiten Strophe, denn auch Adam hatte abends wieder abreisen und dieses kesse Ost-Girl zurücklassen müssen.

In diesem Moment fragte sich Adam, ob es am Ende nicht immer die Kraft der Liebe war, die große politische Umwälzungen in Gang setzte. Damals wie heute spürte er, Eva war die Richtige, ohne Zweifel, selbst wenn ihm die ganz großen Vergleichsmöglichkeiten fehlten. Aber so war das eben, wenn man auf Anhieb richtig lag. Jemand, der zum ersten Mal Lotto spielte und gleich die richtigen sechs Zahlen ankreuzte, geriet auch nicht ins Grübeln, sondern machte sich tunlichst daran, den überraschenden Schatz in Sicherheit zu bringen. Er konnte es selbst kaum begreifen. Es war ihm damals so erschienen, als wäre der Felsen, den er jeden Tag den Berg hochgerollt hatte, plötzlich auf dem Gipfel liegen geblieben.

Adam füllte den Teig in eine Springform und belegte ihn mit Apfelscheiben. Dann öffnete er die Backofentür. Die

Hitze drückte unnachgiebig in den Raum. Adam begann zu schwitzen. Und plötzlich musste er dabei über das Wort »schwitzen« nachdenken. Beinahe lautmalerisch beschrieb es ja das, wonach es klang.

Schwitzen.

Wie weit konnte man hinter sein Wissen zurück? Hinter seine Sprache? Im Grunde gar nicht. Adam hielt inne. Mit einem Mal wünschte er sich, rücklings auf einem ruhigen See zu treiben, ohne zu wissen, dass der Mensch schwimmen konnte. Ohne zu wissen, was Himmel, Erde und Wasser waren. Einfach nur gesteuert zu sein von seinem Instinkt, wie ein Tier.

Adam nahm den letzten Apfelschnitz in die Hand und betrachtete ihn. *Im Anfang war das Wort.* Ja. Nur, dass Gott ebenfalls gleich zu Beginn ein unmissverständliches Verbot ausgesprochen hatte. Es war verrückt, Adam konnte das Apfelstück in seiner Hand nicht ansehen, ohne an die Geschichte in der Bibel zu denken: wie das Böse in die Welt kam! Eva hörte auf die Schlange, stahl einen Apfel vom verbotenen Baum und verführte Adam dazu, ebenfalls davon zu kosten. Ob Adam wusste, dass es eine verbotene Frucht war, gab der Text nicht her. Vermutlich ja, schließlich stand er bei ihr, als Eva in den Apfel biss, so hieß es zumindest im *Ersten Buch Mose*. Oder sollte er etwa später dazugekommen sein und die Rede der Schlange nicht mitbekommen haben?

Adam ging die Passage in Gedanken durch, er kannte sie auswendig, zumindest sinngemäß, er hatte früh geahnt, dass es im Grunde auch um ihn ging. Um sein Schicksal. Und um Evas. Oder war es gar nicht Evas Schuld? Adams Gedanken begannen zu rasen. War in der Bibel überhaupt wörtlich von einem Apfel die Rede? Vielleicht drehte es sich nämlich gar nicht um diesen verdammten Apfel, sondern in Wahrheit einzig und allein um ihre Liebe!? Oh Gott, vielleicht hatte *er*, Adam, ohne es zu wissen, ganz allein von der verbotenen Frucht genascht? War das jetzt die Strafe? Dass Evas Körper zu verfaulen begann wie eine vom Baum gefallene Frucht?

»Adam, wo bist du?«

Adam antwortete nicht.

Er wusste, dass Eva wusste, dass er sie gehört hatte, aber er bekam keinen Ton heraus. Unnötiger Lärm. Obgleich Adam mehr und mehr erkannte, wie furchterregend es sein konnte, wenn Gespräche plötzlich erstarben, war ihm die Stille heilig geworden. Er versank in diesen Momenten, in denen sich der Pegel auf ein Minimum herunterfuhr, und Adam sich selbst dabei zuhören konnte, wie er einfach nur da war. Eva hatte sich an diese Eigenart von ihm gewöhnt, deswegen durfte Adam auch davon ausgehen, dass sie keine prompte Antwort erwarten, sondern nach einer kurzen Bedenkzeit, die, wie er gerade einschätzte, am Ende dieses Gedankens erreicht sein könnte, ihr Anliegen präzisieren würde.

»Alle Kreter sind Lügner«, klang es von oben herunter.

Adam schmunzelte. Die Lügner-Paradoxie des kretischen Philosophen Epimenides: Wenn seine Äußerung wahr ist, dann lügt er, und was er sagt, ist falsch. Obwohl es stimmt.

»Ich komme gleich«, rief er zurück.

Es erfreute ihn, wenn Eva sich an diese Kleinigkeiten erinnerte. Auch der Humor war mit ihnen gealtert. Früher hatten sie viel gelacht. Laut und gemeinsam, die schönste Art des Lachens. Er erinnerte sich an einen ihrer letzten Ausflüge, im vorigen Herbst, als sie mit den Fahrrädern durch die

Felder rauschten und er Eva beim Anblick eines Treckers mit ernster Miene erklärte, die Bauern müssten ihr Mobiltelefon auf dem Acker wegen der Unfallgefahr stets in den »Pflugmodus« schalten.

Adam konnte sie leicht zum Lachen bringen. An manchen Tagen genügten eine Grimasse oder wie er ihre Art imitierte, die Augenbraue hochzuziehen oder Dinge zu äußern; eine Kunst, die er perfektioniert hatte, weil er sie nie bösartig interpretierte. Und daran hatte sich nichts geändert. Evas rätselhafter Zustand hatte zwar die Tür zum Schattenreich geöffnet, doch es war ihnen gelungen, sie schnell wieder zu verriegeln.

Zumindest bis heute.

Eva erwartete ihn bereits, als er das Schlafzimmer betrat. Er fragte sich, ob sie womöglich das Bett verlassen und heimlich geduscht hatte. Ihre Haare waren zu einem Zopf gebunden, ihre Haut rosig, sie machte einen ungleich frischeren Eindruck als zuvor.

»Ist der Kuchen schon fertig?«

»Fast.«

Adam fuhr sich verlegen über die Stirn. Er ärgerte sich, weil er bei der Zubereitung so getrödelt hatte.

»Aber er ist schon im Ofen.«

Eva strich sich eine Strähne hinter das Ohr, eine Geste, für die er unter anderen Umständen alles gegeben hätte. Ihre entzückenden, kleinen Ohren waren ihm schon beim ersten Mal aufgefallen, und auch jetzt, Jahrzehnte später, wurde er nicht müde, sie mit einer Art staunendem Vergnügen zu bewundern.

Er setzte sich zu ihr aufs Bett, nahm die Strähne, die sie sich hinters Ohr geklemmt hatte, zwischen zwei Finger, drehte sie behutsam hin und her wie ein kleines Spielzeugfähnchen und betrachtete sie.

»Alles in Ordnung?«, fragte Eva.

»Ja«, antwortete Adam, obwohl das nun wirklich eine Lüge war. Aber hier, bei ihr am Bett, durfte er sich mit den Antworten nicht zu viel Zeit lassen. Wenn sie einen Moment zu lange schwiegen, machte sich sogleich die Trauer breit.

»Hast du schon gehört? Der amerikanische Präsident erhebt jetzt Strafzölle auf kleine Ohren.«

»Ist das so?«, kicherte sie, während Adam versuchte, ernst zu bleiben.

»Ja, und ich weiß nicht, warum du darüber lachst. Es wird uns in den Ruin treiben.«

Nun lachte Eva wirklich. Es brachte ein bisschen Licht ins Dunkel.

»Oh, Moment«, er klopfte ihr mit gespielter Aufregung auf die Ohrläppchen, »funktionieren diese kleinen Dinger überhaupt?«

Sie vergrub ihr Gesicht in seinem Arm und krallte sich an ihm fest. Adam stiegen die Tränen in die Augen. Als kleiner Junge hatte er sich das Weinen abgewöhnt, um sich über Wasser zu halten. Mit Eva waren die Tränen wiedergekommen, so, wie man nach einem Schlaganfall das Sprechen wiedererlernte. Den Schmerz herauszuspülen, auch das hatte sie ihn gelehrt. Sie war seine Retterin. Oder Helferin, wie im Märchen, der Held kam nur ans Ziel, wenn ihm jemand zur Seite gestellt wurde, der nichts Böses im Schilde führte: eine gute Fee, ein Zwerg oder ein Kater mit Stiefeln an den Pfoten. Adam wusste das, es gab Bücher zu diesem Thema. Eva war »Helferin« und Prinzessin in einer Person.

»Ich kann dir gar nicht genug danken«, flüsterte er.

Eva nickte. Sie versuchte zu lächeln. Adam zwang sich, stark zu bleiben. Er konnte sich sicher sein, dass die Frau, die neben ihm im Bett lag, immer für ihn dagewesen war. Sie verstand ihn. Sie kannte seine Abseiten nicht nur, sondern hatte mit ihnen umzugehen gelernt. Und nun brauchte sie ihn.

»Was sollen wir bloß tun?«, fragte Eva irgendwann in die Stille hinein.

Adam nahm wieder ihre Hand, mehr konnte er nicht tun. Aber er wusste, dass das nicht reichte.

»Kann man einfach aufhören zu leben? So lange, bis man schließlich gestorben ist?«

»Ich glaube«, begann er langsam, »unsere Natur ist stärker, als wir denken.«

»Meinst du?«

»Na ja, niemand kann sich selbst erwürgen oder die Luft anhalten, bis er stirbt. Unser Wille allein reicht nicht aus.«

»Es geht nur mit Gewalt«, ergänzte Eva.

»Ja, … genau.«

Adams Stimme stockte, sofort spürte er die seltsame Wirkung dieser Worte.

»Allerdings«, beeilte er sich zu sagen, »gab es auch buddhistische Mönche, die tatsächlich in der Lage waren, sich selbst zu mumifizieren.«

Eva sah ihn ungläubig an.

»Wirklich«, bekräftigte er, »es gab solche Fälle noch im 19. Jahrhundert.«

»Und wie funktioniert das?«

»Durch eine spezielle Atemtechnik, Meditation und Diät, in drei Phasen von jeweils 1000 Tagen.«

»Es ging also nicht von heute auf morgen«, sagte Eva.

»Nein, gegen Ende nahmen die Mönche sogar giftigen Tee zu sich, der den Körper entwässern und die Maden abhalten sollte.«

Eva verzog angewidert das Gesicht. Zugleich schien sie froh, dass er das Thema gewechselt hatte. Sie drückte ihm einen salzigen Kuss auf die Wange. Dann wurde sie mit einem Mal wieder sehr ernst.

»Nach all den Jahren weiß ich manchmal immer noch nicht, ob du die Wahrheit sagst oder nicht. Vor allem, wenn du mir so verrückte Dinge erzählst.«

Adam lächelte.

»Die letzten 1000 Tage verharrten die Mönche im Lotossitz in einer kleinen Höhle oder einer Gruft. Die einzige Verbindung zur Außenwelt waren eine Luftröhre und eine Glocke. Jeden Tag läutete der Mönch die Glocke, um der Außenwelt mitzuteilen, dass er noch lebte. Sobald sie aufhörte zu klingeln, wurden die Luftröhre entfernt und die Gruft versiegelt. Erst am Ende der 1000 Tage öffnete man die Gruft. War der Mönch mumifiziert, galt er als Buddha.«

»Wow!«, hauchte Eva.

Sie schlug die Decke zur Seite, setzte sich aufrecht hin und zog beide Unterschenkel, so nah, wie es eben ging, an ihren Körper. Adam konnte sehen, wie schwer ihr diese Bewegungen fielen.

»So?«, fragte sie schließlich nicht ohne Stolz.

»Ja«, entgegnete Adam, »aber gewöhnlich setzte bei den meisten doch früher oder später die Verwesung ein.«

»Na toll«, seufzte sie und verlor sofort wieder an Spannung.

Plötzlich sprang Adam auf und wirbelte die Decke durch die Luft wie ein Torero, viel zu hoch und zu schwungvoll, sodass Eva vor Schreck lachte.

»Es wird alles gut.« Adam bemühte sich um eine feste Stimme. »Versprochen.«

Eva musterte ihn.

»Du kennst Regel Nummer eins«, flüsterte sie.

»Ja«, sagte er und wandte sich zur Tür.

»Apropos Verwesung, vielleicht schaust du mal nach dem Kuchen.«

Dann lächelte sie noch mal, zog die Decke über ihre Nasenspitze und schloss die Augen.

8

Adam eilte die Treppe hinunter in die Küche, nahm den Kuchen aus dem Ofen und stellte ihn zum Abkühlen auf die Fensterbank.

Nun konnte er sich Zeit lassen. Eva war tief und fest eingeschlafen, noch während er das Zimmer verließ. Er war wieder allein. *Mit sich allein.*

Er setzte sich an den Tisch und atmete einmal tief durch. Diese kurzen Gespräche mit Eva wühlten ihn auf. Weil sie entweder ihre Krankheit zum Thema hatten oder, was mitunter sogar schwerer war, dieses Thema krampfhaft umschifften. Adam fühlte sich beinahe selbst wie ein buddhistischer Mönch. Ihre Wohnung war nichts anderes als eine Grotte, in der er hockte, durch ein kleines Luftröhrchen atmete und langsam vertrocknete. Sendete er nicht selbst jeden Abend verzweifelt zarte Lebenszeichen mit einem unsichtbaren Glöckchen, die niemand vernahm?

Er würde eine Lösung finden müssen, früher oder später. Für sie beide. Notfalls mit Gewalt. Eva hatte es doch selbst gesagt, notfalls mit Gewalt.

Sssssst! Mit einem Mal spürte Adam wieder dieses Ziehen in seinem Kopf. Dieses sperrige, lähmende Ziehen, das sehr bald in ein brummendes Pochen übergehen würde, wenn er … ja, … wenn er die Pillen nicht nahm. Er presste seine Hände an die Schläfen. Nun war er so lange ohne diese verdammten Tabletten ausgekommen, um keinen Preis wollte er wieder damit anfangen. Zumal er schon bei dem Alkohol schwach geworden war. Er war nicht er selbst, wenn er sie nahm, dachte Adam. Aber was würde aus ihm werden, wenn er sie *nicht* nähme?

Adam erhob sich vom Tisch, durchschritt langsam die Küche und öffnete den Hängeschrank an der Wand.

Mit einem Mal wurde er ganz ruhig. Da lag er nun in seiner Hand, kalt und mächtig: ein *Smith&Wesson* Model 29 mit vier Zoll Lauflänge, die handliche Variante.

Ja, er besaß ihn immer noch. Im Hängeschrank mit den Gläsern hatte er von innen ein Holster an die Schrankwand geklebt. Eva wusste davon. Sie hieß es nicht gut, aber würde er die Waffe vorschriftsmäßig aufbewahren, hätten sie ebenso gut auf sie verzichten können. Das hatte er Eva auch gesagt: Welcher Einbrecher würde schon geduldig warten, bis der Hausherr in den Keller gegangen wäre, um in aller Ruhe den Waffenschrank aufzusperren, die Knarre herauszuholen und anschließend womöglich auch noch zu laden? Nein, Adam wusste, es war zwar unwahrscheinlich, dass sie irgendwann ein Geist aus seiner Vergangenheit heimsuchte, um eine alte Rechnung zu begleichen, aber eben nicht unmöglich. Er musste vorbereitet sein. Im Falle eines Falles hätte Adam auf Zeit spielen können: dem Eindringling einen Drink anbieten, zum Schrank mit den Gläsern gehen, die Waffe aus dem Holster ziehen und wie der Blitz dem Bösewicht dessen entsetzten Ausdruck aus dem Gesicht zaubern. *Das* hatte er Eva so allerdings nicht gesagt.

Adam steckte sich den Revolver in den Hosenbund, hielt einen Moment inne und zog ihn, so schnell er konnte, wieder heraus. Dabei zielte er auf sein Spiegelbild im Fenster und schätzte die Entfernung zum Ziel. Auf kurzer Distanz war er ein guter Schütze. Beinahe unfehlbar.

Draußen hüpfte die Meise den eisglatten Fenstersims entlang. Adam öffnete den Brotkasten, auf der Suche nach ein paar Krümeln. Nichts. Wie konnte man nur so penibel sein? Nanu, schaute ihn die Meise etwa an? Wo bleiben die Knödel, Nichtsnutz, schien sie sagen zu wollen.

Im nächsten Frühjahr würde sie sich wieder um ihren Nachwuchs kümmern. Ihr Nest befand sich direkt neben dem Fenster, dort, wo das Regenrohr vom Dach kam und einen Knick machte, bevor es die fünf Meter senkrecht nach unten in den Boden ging. Adam liebte das Gezeter der kleinen Schreihälse. Jedes Junge war sich selbst der Nächste, und die Eltern sorgten aufopferungsvoll dafür, dass keines zu kurz kam. Adam hatte mal gelesen, dass sie im Zuge der Aufzucht bis zu zehntausend Insekten herbeischaffen mussten.

Die kleine Meise hüpfte vor seinen Augen auf und ab. Adam verhielt sich ganz ruhig. Es rührte sein Herz, wie tapfer sie sich der Natur entgegenstellte oder, besser gesagt, sich in deren großen Plan einfügte. Tag für Tag. All ihre Gedanken kreisten um die nächste Brut, keinen einzigen verschwendete sie an sich selbst. Oder gab es auch bei den Tieren schlechte Eltern? Dachte die Natur in diesen Kategorien? Machte es das eine Meisenpaar besser als das andere? Und war das vernachlässigte Junge am Ende schlechter oder vielleicht sogar besser für den späteren Überlebenskampf gewappnet?

Stundenlang konnte Adam hier am Fenster stehen und in den Garten schauen. Auf die Erde.

In diesem Moment schlich die braune Nachbarskatze am Komposthaufen vorbei. Adam bewunderte, wie sie sich in dieser verwegenen, geduckten Haltung an ihre Beute heranpirschte. Niemals hätte er in die Hände geklatscht, um einen Vogel oder eine Maus zu warnen, im Gegenteil, es war, als befände er sich plötzlich selbst auf der Jagd. Adams Blick fiel auf den frisch gebackenen Kuchen. Wie erbärmlich musste es für eine Hauskatze sein, täglich um ihr Essen zu betteln, weil sie nicht raus durfte?

Katzen brauchten keinen Luxus. Sie legten sich in einen Pappkarton, selbst wenn daneben ein weiches Körbchen stand. Ihnen genügte die Anmutung eines Nestes. Nicht so wie das Weibchen des Webervogels, das sich dem Männchen erst dann hingab, wenn das von ihm gebaute Nest ihren Ansprüchen genügte. Wenn Adam es recht erinnerte, bauten manche Männchen des Webervogels deshalb mehrere Nester zur Auswahl. Das hätte ihm allerdings auch passieren können. Er hätte Eva damals eine ganze Stadt gebaut, um auf Nummer sicher zu gehen.

Eva. Er vermisste es so sehr, mit ihr zusammen zu sein, mit ihr zu reden, unbeschwert, ohne immer gleich an das Schlimmste denken zu müssen. Das Leben war ja tragisch genug, von Anfang an. Er war damals dabei gewesen, als sein Vater nach dem Besuch der Kirmes, betrunken wie er war, die Kellertreppe hinuntergestürzt war. Mehr noch, er stand direkt neben ihm, als der Fuß des Alten gleich die erste Stufe rasant verfehlte und mit ihm auch der im Fischgrätmuster ummantelte Rest wie ein nasser Sack in die Tiefe polterte. Dieses Geräusch würde er wohl niemals vergessen. Ein Spielball der Schwerkraft!

Adam klopfte vorsichtig an die Scheibe. Erschrocken flog die Meise davon.

Wieso hatten Eva und er sich eigentlich nie eine Katze angeschafft? Wo sie doch schon keine Kinder hatten.

Adam hatte mal von einer Katze gelesen, die einen Sturz aus dem 34. Stock eines Hochhauses überlebte. Diese kleinen Wunderwerke verfügten über einen besonderen Reflex: Sie drehten sich instinktiv in der Luft, spreizten die Gliedmaßen wie einen Fallschirm und federten die Landung auf allen vieren ab. Deswegen waren Stürze aus dem zweiten Stock für Katzen auch gefährlicher als aus dem fünften, weil die kürzere Fallzeit nicht für eine ganze Körperdrehung ausreichte. Aber eine Treppe herunterzufallen? Dazu noch betrunken? Niemals.

In Adams Kopf begann es zu pochen. Gerne hätte er noch mal mit seinem Vater über die Aufzucht von Jungen gesprochen. Dass es bei Menschen, um von artgerechter Haltung sprechen zu können, nicht reichte, genug Auslauf zu haben, täglich Futter bereitzustellen und das Wasser zu wechseln, wenn dies ohne Ansprache erfolgte. Oder Körperpflege anzuordnen, wenn die Seele verwilderte.

Seine Mutter war bei dem Anblick ihres gestürzten Mannes in Ohnmacht gefallen: der zerbrochene Schädel, die in grotesker Manier abstehenden Arme und Beine, sie kam nicht einmal mehr dazu zu schreien. Und so hatte er, neunjährig, stumm und kaum in der Lage, das Gesicht vom zerschmetterten Körper des Vaters abzuwenden, am Fuße der Treppe eine gefühlte Ewigkeit zwischen ihnen in der Hocke verharrt, bis seine Mutter allmählich wieder zu sich kam, um in den folgenden Wochen, Monaten und Jahren vollständig die Besinnung zu verlieren.

9

München-Schwabing, 20. Juni 2012.

Totale: die »Münchner Freiheit«, Feilitzschstraße Ecke Leopoldstraße. Es herrscht ein von der Mittagssonne aufgeheiztes, reges Treiben, ein kollektives Aufbäumen, bevor sich alle, die es sich leisten können, zu einer Siesta zurückziehen. Die Anmutung: urban-provinziell, wie immer in München. Auf der Ecke das Kaufhaus, schräg gegenüber die neue Busstation, das grün-weiße Ungetüm aus Stahl meistert die Gratwanderung zwischen »Aha« und »Oha« überraschend souverän. Von Westen her weht Geschrei herüber, es ist heiß, die Bootsverleiher im Englischen Garten machen drei Kreuze. An diesen langen Tagen im Juni entscheidet sich, ob es ein gutes Jahr wird. Adam und Eva stehen vor dem Eingang der nach diesem Ort benannten Kinos, die Fassade kämpft sichtlich um ihr Ansehen, über allem geistert der Chic von gestern. Nahaufnahme: Evas Gesicht, über die Jahrzehnte gereift, strahlend, fast wie früher, würde Adam beschwören, der, wie zum Beweis, seine Frau vor einem der Schaukästen fotografiert. In der Matinee läuft ein alter Film: *Zur Sache, Schätzchen.* Eva legt den Kopf zurück und lächelt ein Star-Lächeln. Sie trägt ein Matrosen-Shirt, dazu Jeans und Chucks, wie früher, ohne dass es albern wirkt, was auch an der klassischen Ralph-Lauren-Sonnenbrille und dem leichten, roten Sommermantel liegt, der lässig über ihrem Arm hängt. Adam drückt noch ein Mal auf den Auslöser, bevor sich eine vereinzelte Wolke vor die Sonne mogelt.

»Was ist los?«

Eva steckte sich die Sonnenbrille ins Haar.

»Keine Ahnung«, sagte Adam, »es ist … es sind diese alten Kinos.«

»Was ist damit?«

»Sie verströmen eine Aura der Endlichkeit.«

»Oje«, lachte Eva, »geht's noch etwas pathetischer?«

»Du kannst es auch ›Leichengeruch‹ nennen«, bemerkte Adam trocken. »Ich kann nichts dafür, es gibt ja dieses Alte, Traditionelle, von dem man ahnt, dass es alles überdauern wird …«

»So wie der Kölner Dom?«

»Genau. Und dann gibt es das Alte, Traditionelle, das trotz all seiner Liebenswürdigkeit nicht darüber hinwegtäuschen kann, dass es im Grunde längst überholt ist.«

»Weil es nicht *alt genug* ist«, ergänzte Eva.

»Ja, und weil es keine Lobby hat. Diese Kinos wird es in zehn Jahren nicht mehr geben, so bitter das ist.«

»Das kannst du nicht wissen«, sagte Eva sanft.

»Nein«, gab Adam zu, »das kann ich nicht, aber ich würde darauf wetten. Und der Grund wird profan sein, ein auslaufender Mietvertrag oder so was in der Art.«

»Die Menschen werden immer ins Kino gehen.«

»Kino wird aussterben«, hielt Adam dagegen.

»Du bist aber auch wieder herzzerreißend optimistisch heute.«

Sie fuhr ihm durchs Haar, er nahm sie in den Arm. Sie sahen sich in die Augen wie zwei ahnungslose Teenager und küssten sich. Er schmeckte den Eiskaffee, den Eva kurz zuvor im Englischen Garten getrunken hatte.

»Mit dir an meiner Seite werde ich alles ertragen«, flüsterte er, »sogar Fernsehserien.«

»Das musst du auch«, flüsterte sie zurück, »weil ich in diesem Leben nicht mehr von deiner Seite weichen werde.«

»Und wenn, müsstest du dich langsam entscheiden, sonst lohnt es sich bald nicht mehr.«

»Hey«, lachte Eva, »so alt sind wir noch gar nicht.«

Adams Blick wanderte die Fassade hinauf und endete dort, wo das Kino in das Kaufhaus überging.

»*Zur Sache, Schätzchen* haben sie hier in Schwabing gedreht, oder?«, fragte Eva.

»Ja.«

»Und wie hieß das andere? *Monaco Franze*?«

Adam nickte.

»Dem Helmut Fischer haben sie sogar ein Denkmal gebaut, vor seinem ehemaligen Stammcafé.«

»Verrückt, wie manche Schauspieler irgendwann so sehr mit ihrer Figur verschmelzen, dass von ihnen selber am Ende kaum etwas übrig bleibt.«

Eva trat einen Schritt an den Schaukasten heran und betrachtete einen Moment lang das vergilbte Plakat.

»Bist du bereit für deine Uschi, Kameramann?«

Adam schmunzelte.

»Natürlich.«

Ganz langsam drehte sich Eva zu ihm um, warf sich in Pose und parodierte perfekt diesen lasziv-unterkühlten Blick der Hauptdarstellerin auf dem Plakat.

»Uschi Glas war echt süß«, sagte Adam und drückte auf den Knopf. Klick.

»Absolut.«

»Nein, wirklich«, Adam setzte die Kamera ab und wischte sich mit dem Ärmel seines T-Shirts über die Augen, »sie hat uns mal zu Hause besucht.«

Eva sah ihn erstaunt an.

»Da musst du aber noch jung gewesen sein.«

»Alt genug, um mich auf der Stelle in sie zu verknallen. Sie hatte wirklich alles, was man an einem Mädchen toll finden muss.«

»Ach ja?«

»Ja, so wie du!«

»Hmmmm ...«

»Ich weiß, schwer zu glauben. Aber eine Zeit lang sind alle möglichen Leute bei uns ein und aus gegangen.«

Eva zog die Augenbraue hoch. Adam fixierte ihr Gesicht durch den Sucher der Leica, ging zwei Schritte auf sie zu, dann leicht in die Knie, zog an der Schärfe und drückte ein weiteres Mal auf den Knopf.

»Dieses Plakat ist aus feministischer Sicht natürlich ein Schlag ins Gesicht«, sagte Eva. »Guck mal, sie sitzt da halb nackt, und die beiden Typen starren sie an wie ein Stück Fleisch.«

»Tja, Ende der Sechziger. Da ging in der allgemeinen

Aufbruchsstimmung vielen Männern das Gespür verloren, vor allem in der Filmbranche.«

»Vielleicht wurde das Gespür auch neu definiert.«

»Ja«, Adam lachte bitter, »frag mal meine Mutter.«

Er drückte den Objektivdeckel auf die Linse und verstaute die Kamera in der Umhängetasche. Eva packte sein Handgelenk und zog ihn an sich heran. Sie strahlte. Er wusste, was sie dachte. Dass es richtig gewesen war, diese Reise in seine Vergangenheit zu unternehmen. Weil man nie sicher sein konnte, wie lange das noch möglich war. Weil man die Gelegenheit beim Schopf packen musste und immer so tun, als renne einem die Zeit davon, so wie an ihrem ersten Abend in Berlin. Weil das Leben kostbar war, und zwar noch viel mehr, wenn man es mit jemandem teilte, den man liebte.

Gemütlich schlenderten sie über den betonierten Platz, über die kleinen und großen Treppen, die hier grau in grau jeden Grashalm im Keim erstickten. Öffentlicher Raum, so funktional, dass man sich fragen musste, wer dafür verantwortlich war. Ein paar Rentner hatten sich um das große Schachfeld versammelt.

»Es gibt keine Figuren«, sagte Eva.

»Was?«

Eva blieb abrupt stehen und deutete mit seiner Hand, die sie immer noch festhielt, an den Rand des Platzes, wo man versucht hatte, mithilfe von eisernen, in die blanken Betonmauern verankerten Sitzschalen und einem aus zwei Sorten von Steinplatten skizzierten Schachfeld einen geselligen Ort zu schaffen.

»Da!«, sagte sie. »Es gibt ein Schachfeld, aber keine Figuren.«

»Schöne Metapher für eine ideale Welt«, lachte Adam.

»Wahrscheinlich wurden die immer geklaut.«

Sie blieben einen Moment lang stehen und ließen die Welt an sich vorbeiziehen. Die Mittagssonne hatte noch ein paar Kohlen nachgelegt. Die Rentner lüfteten ihre Hüte und wischten sich den Schweiß von der Stirn.

»Ich will mir schon seit Jahren einen Hut kaufen«, sagte Adam.

»Wirklich?«

»Ja, so einen wie Sam Shepard in *Homo Faber.*«

Eva trat einen Schritt zurück und musterte ihn.

»Kann ich mir gut bei dir vorstellen. Du müsstest dann aber auch den Rest deiner Garderobe umstellen. Dieser Hut sieht bei Sam Shepard ja nur deswegen gut aus, weil er dazu eine Leinenhose und eine Weste trägt.«

Adam nickte.

»Ich habe immer gedacht, einen Hut kaufe ich mir erst, wenn ich alt bin. Sam Shepard erschien mir damals uralt, als ich den Film zum ersten Mal gesehen habe. Aber in der Geschichte war die Figur *Homo Faber* jünger, als ich es jetzt bin.«

»Ich weiß«, lachte Eva, »und er hat sich in eine junge Frau verliebt, etwas mit ihr angefangen, und das Drama nahm seinen Lauf. Das sollte dir also eine Lehre sein.«

»Ich liebe dich«, sagte Adam leise.

Er sagte es gar nicht so oft. Aber manchmal überkam ihn dieses Gefühl mit solch einer Wucht, dass seine Knie zitterten.

»Du wirst immer so feierlich, wenn du das sagst«, flüsterte sie ihm ins Ohr, »so feierlich, dass es mir fast ein bisschen Angst macht.«

Sie sahen sich an, lange und eindringlicher, als es die Situation verlangte. Er zog sie an sich und hielt sie fest im Arm. Adam wusste, was sie meinte. Das Leben war ein Schatz, den man bergen musste. Mit vereinten Kräften. So gesehen, hatten sie viel zu verlieren. Und in jeder Bucht, die sie ansegelten, lauerten womöglich Piraten.

»Lass uns weitersegeln«, sagte Adam, »hier ist es mir zu voll.«

Er zog sie sanft am Ärmel. Tatsächlich nahm der Trubel zu. In dem kleinen Bistro in der Mitte des Platzes war kein Tisch mehr zu bekommen. Die heiße Luft vibrierte. Wer konnte, suchte unter einem der Sonnenschirme Schutz. Aufgereiht an den Mauern standen leere Bierflaschen vom Vorabend. Oder vom Vormittag, wer wusste das schon so genau?

Im Hintergrund überragte der Turm der Erlöserkirche die Szenerie, hell und groß, wie ein Mahnmal.

»Sollen wir noch in die Kirche?«, fragte Adam.

»Warum?«

»Wie ›warum‹?«

»Dass du immer in Kirchen willst …«

»Sie beruhigen mich irgendwie.«

»Inwiefern?«

»Weil da so viel drinsteckt, auch Gutes. Wenn wir Glück haben, probt der Organist für die Abendandacht.«

Eva sah sich unschlüssig um, die Hitze machte es nicht gerade leichter.

»Außerdem ist es da drinnen bestimmt schön kühl.«

»Ich rege mich nur wieder über die Touristen auf, die mit ihren Riesenkameras alles umschmeißen.«

»Das ist eine evangelische Kirche, da steht nicht viel Zeug herum. Außerdem«, Adam konnte sich ein Grinsen nicht verkneifen, »fotografiere ich auch gerne. Schon vergessen?«

»Also«, hob Eva seufzend an, »möchtest du *unbedingt* in die Kirche?«

»Na ja, nicht *unbedingt*«, lächelte Adam, »aber hast du nicht auch manchmal das Gefühl, dass wir …«

»Was?«

»… irgendwie zu Höherem berufen sind?«

»Wie bitte?«

»Wegen unserer Namen.«

»Nein«, begann Eva langsam, fast ungläubig, »dieses Gefühl habe ich nicht. Und ich hoffe, du auch nicht, sonst würde ich mir jetzt *wirklich* Sorgen machen.«

Totale: Die Erlöserkirche. Innen. Freundlich und hell. Rundherum ziehen sich geschwungene Bögen, darüber die Empore. Weiß, Gold und Hellblau, die dominierenden Farben. Der eigentliche Stil: bayerisch, floraler Jugendstil, ein bisschen Romanik, ein bisschen Gotik. Nahaufnahme: das kunstvolle Fresko in der Apsis, dem gewölbten Halbraum hinter dem Altar. Zwei Engel blicken von oben aus dem Himmelsblau nach unten, auf die Erde, dorthin, wo der Mensch nach seiner Geburt getauft und nach seinem Tod betrauert wird.

»Am Ende kommen sie immer wieder zurück«, sagte Adam.

Eva zog ihren roten Mantel wieder an, die dicken Wände ließen die Hitze vor der Tür.

»Es hat was Griechisches«, sagte sie, »mit den Säulen und der Empore. Wenn man sich statt der Bänke einen Pool denkt, könnte es auch antikes Bad sein.«

»Ja, dabei ist diese Kirche ziemlich modern.«

Langsam schlenderten sie den Mittelgang entlang. Die dunkelgrünen Holzbänke bildeten einen stilvollen Kontrapunkt zu den schlichten, hellen Wänden.

»Evangelische Kirchen sind heimeliger«, sagte Eva, »guck dir mal diese unprätentiösen, kleinen Fenster an.«

Adam nickte. Er war drauf und dran, die Kamera aus der Tasche zu nehmen, hielt sich aber noch zurück.

»Vor allem im Vergleich zu diesen riesigen Kathedralen der Katholiken«, sagte er. »Da begannen junge Männer mit dem Bau eines Doms und deren Urenkel in dritter, fünfter oder achter Generation durften den dann irgendwann beenden.«

»Wenn nichts dazwischenkam.«

Bedächtig schritten sie weiter voran, es herrschte eine angenehme Stille. Außer dem Küster, der noch ein paar Gesangbücher in den hinteren Bänken verteilte, war niemand da. Schließlich erreichten sie den Altar, schlicht und massiv, aus beige-goldenem Stein.

»Das wäre auch ein schöner Esstisch«, sagte Eva, »ich bezweifele allerdings, dass wir den durchs Treppenhaus bekommen.«

Adam lachte. Dann neigte er den Kopf zur Seite, um die beiden Engel über dem Altar besser erkennen zu können.

»Ich mag das Wort ›Protestanten‹«, sagte er. »Es hat etwas Rebellisches.«

»Für mich klingt es ein bisschen nach alten, meckernden Weibern«, kicherte Eva, »wie ›Protest-Tanten‹.«

»Trotzdem …«, nun zückte Adam doch die Kamera und deutete Eva an, sich auf dem Mittelgang vor das Fresko zu stellen, »gerade die katholische Kirche ist doch sehr vom Historismus geprägt. Aber wenn die Menschen ihr Handeln stets aus der Geschichte ableiten, ist es schwer, an die Zukunft zu glauben.«

Zwei-, dreimal korrigierte er ihre Position um ein paar Zentimeter. Eva lächelte langmütig, sie schaute ihn an, mit einer Mischung aus Unverständnis und Zuneigung.

»Dass du dich so dafür begeistern kannst.«

Adam drückte zweimal auf den Auslöser.

»Für das Fotografieren?« Er schaute noch einmal durch den Sucher und grinste zufrieden. »Mit dem roten Mantel siehst du aus wie eine Märtyrerin.«

»Nein«, sagte Eva, »für Kirchen.«

Adam zuckte mit den Schultern und verstaute die Leica wieder in der Tasche.

»Das Zusammenleben unserer Gesellschaft ist immer noch vom Christentum geprägt. Auch wenn vielleicht niemand mehr so richtig daran glaubt.«

»Andererseits ist es unfassbar, wie mächtig die Kirche über die Jahrhunderte war.«

»Mächtiger als viele Herrscher. Wenn ein Kirchenmann gesagt hätte: *Das Weib da im roten Mantel ist keine Märtyrerin, sondern eine Hexe!*, hättest du sofort ein ernstes Problem gehabt.«

Eva verzog ihr Gesicht, so als stelle sie sich genau das gerade vor.

»Lass uns gehen, bevor ich meine gute Laune verliere.«

Sie hakte sich wieder bei ihm ein. Links, rechts, links, im Gleichschritt gingen sie in Richtung Ausgang. Kurz vor der Tür hatte die Gemeinde eine große Spendenbox aufgestellt, aus Plexiglas.

»Guck mal«, sagte Eva und blieb kurz stehen, »das viele Kleingeld.«

»Eine Menge Eiskugeln.« Adam beugte sich leicht nach vorne. »Da liegt sogar ein 20-Euro-Schein drin.«

Eva blickte sich verstohlen um.

»Glaubst du, meine Hand passt durch den Schlitz? Komm, wir holen nur das zurück, was die Kirche den Menschen über die Jahrhunderte gestohlen hat.«

»Da kommst du mit 20 Euro wohl nicht hin«, lachte Adam.

»Ich bitte Sie: *Du sollst nicht stehlen.*«

Die sanfte Männerstimme kam aus dem Nichts. Adam und Eva drehten sich abrupt um. Es war der Küster, offenbar stand er schon eine Weile hinter ihnen und hatte alles mitangehört. Er lächelte milde.

»Können wir uns zumindest hier an seine Regeln halten, in seinem eigenen Haus?«

»Wir machen bloß Spaß«, sagte Adam beschwichtigend, »ich wollte sogar gerade selbst etwas geben.«

Er zog sein Portemonnaie aus der Tasche, ignorierte Evas vorwurfsvollen Blick und schob einen weiteren 20-Euro-Schein durch den Schlitz.

»Die Gemeinde dankt«, sagte der Küster. »Bleiben Sie zum Gottesdienst?«

»Nein«, antwortete Eva schnell, »Gottesdienste sind nicht so unser Ding.«

»Kirchen hingegen schon«, fügte Adam hinzu.

»Ich verstehe.« Der Küster schaute auf seine Uhr, sah wieder auf und lächelte sie erneut an. »Darf ich Ihnen dann vielleicht ein Glas Wein anbieten?«

»Wie bitte?«

Adam und Eva trauten ihren Ohren nicht. Der Küster lächelte immer noch, auf eine nette Art. Überhaupt machte er einen freundlichen Eindruck, fand Adam, friedlich. Er schien fast ein wenig von innen zu leuchten, so seltsam das klang.

»Warum nicht?«, fragte der Küster. »Zur Abendandacht werden nicht viele Menschen kommen. Außerdem habe ich bis dahin noch ein bisschen Zeit. Kommen Sie«, er drehte sich um und eilte voraus, »unser Messwein genügt höchsten Ansprüchen, und die Lagertemperaturen in der Sakristei sind perfekt.«

Adam und Eva sahen sich ungläubig an.

»Ich habe Angst«, flüsterte Eva, »er ist viel zu nett, wie die Schlange im Paradies.«

»Unsinn«, sagte Adam, »komm, diesmal verführe ich dich. Das wird lustig.«

Die Sakristei befand sich, wie üblich, seitlich neben dem Altar. Die Tür stand offen, der Schlüsselbund steckte im Schloss. Der Küster bat sie, draußen zu warten, doch es dauerte tatsächlich keine zwei Minuten, da stand er mit einer Flasche Wein und drei Gläsern wieder vor ihnen.

»Ich schlage vor, wir setzen uns nach oben«, sagte er und ging erneut voraus. Adam und Eva folgten ihm über die schmale Treppe auf die Empore. Sie setzten sich gleich vorne in die erste Bank. Der Küster füllte ihre Gläser zur Hälfte und stellte die Flasche vorsichtig auf den Boden. Dann hob er sein Glas. Adam registrierte das große Kruzifix, das nur ein paar Meter von ihm entfernt auf Augenhöhe an der gegenüberliegenden Wand hing. Er schloss die Augen, nahm einen Schluck und hielt kurz inne. Ein guter Wein, zweifelsohne.

»Das kommt jetzt etwas überraschend«, sagte Eva.

»Sehen Sie es als Abendmahl to go, ich weiß auch nicht, was in mich gefahren ist.«

»Ich war mir gar nicht sicher, ob in der evangelischen Kirche noch echter Wein ausgeschenkt wird, aber der hier«, Adam deutete auf das Glas in seiner Hand, »ist ausgezeichnet.«

»Und zwar sprichwörtlich«, schmunzelte der Küster, »wir schenken nur zertifizierte Messweine aus. Wobei wir beides anbieten, Wein und Traubensaft, auch wenn es die ganze Sache etwas komplizierter macht.«

»Wahrscheinlich auch unangenehmer für Alkoholkranke, wenn die sich vor dem Altar die Blöße geben müssen und zum Saft greifen«, mutmaßte Eva.

»Ja, wobei viele von denen gar nicht erst nach vorne an den Altar treten. Aber ganz auf Wein zu verzichten, ist für uns schlicht unmöglich.«

»Warum?«, fragte Adam.

»Es würde etwas fehlen. Der Wein stellt eine Verbindung zum Göttlichen her, und zwar in vielen Religionen. Weil es kein alltägliches Getränk ist …«

»… und natürlich auch berauscht«, fiel ihm Eva ins Wort.

»Für den Propheten Jesaja ist es die ideale Utopie: *Der Herr der Heerscharen wird auf diesem Berg für alle Völker ein Festmahl geben mit den feinsten Speisen, ein Gelage mit erlesenen Weinen.*«

»So was steht in der Bibel?«, fragte Eva.

»Na ja, im Alten Testament.«

»Jesus hat auch Wasser in Wein verwandelt«, gab Adam zu bedenken. Erneut blieb sein Blick auf dem gekreuzigten Heiland haften. Es war verrückt, die Christen beweinten hier ihren ermordeten Märtyrer, hatten aber selber im Laufe ihrer Geschichte zahllose Menschen auf noch viel grausamere Weise zu Tode gefoltert. Und nur wenige hatten es gewagt, sich der Willkür der mächtigen Kirche entgegenzustellen.

»Kamen die Illuminaten nicht auch hier aus der Gegend?«, fragte er.

Der Küster rümpfte die Nase. Für einen Moment schien sich ein Schatten über sein Gesicht zu legen. Dann holte er kurz Luft und besann sich wieder.

»Gegründet haben sie sich, soweit ich mich erinnere, in Ingolstadt.«

Adam beugte sich mit dem Glas in der Hand über die Brüstung. Unten huschte ein Mann über den Mittelgang. Er trug eine Mappe unter dem Arm. Der Organist, dachte Adam bewundernd. Die Orgel war eines der wenigen Instrumente, das er auch gerne beherrscht hätte. Sie zu spielen, war, wie den Schlüssel zu einer höheren Macht zu besitzen.

»Gilt es nicht bis heute als großes Rätsel, wie die Symbole der Illuminaten auf der amerikanischen Ein-Dollar-Note gelandet sind?«, fragte er.

»Ja«, lachte der Küster, »von der Sorte haben wir auch einige in der Kollekte. Ironie der Geschichte.«

Adam nickte und trank noch einen Schluck Wein. Er hoffte, der Organist würde gleich noch ein paar Tasten anschlagen.

»Warum hat die Kirche die Vernunft so lange von sich ferngehalten?«, fragte er. »Vernunft macht den Glauben doch erst interessant.«

»Das stimmt«, pflichtete ihm der Küster bei, »hätten unsere Vorgänger da schneller die Kurve gekriegt, würden heute vielleicht mehr Menschen in die Kirche gehen.«

»Ja«, sagte Eva, die Wangen von dem halben Glas Wein bereits gerötet, »und wenn ihre Kollegen keine Kinder missbraucht oder Frauen als Hexen verbrannt hätten.«

Der Küster nickte unmerklich mit dem Kopf und betrachtete schweigend die leeren Bänke. Dann schaute er erneut auf seine Uhr, hob die Weinflasche vom Boden auf und machte Anstalten zu gehen.

»Der Mensch trägt beides in sich«, sagte er leise, »und wenn der Teufel das Denken übernimmt, suchen die Engel das Weite.«

Nur ein paar Minuten später, nach einem kurzen Gang über die Ungererstraße, hörten Adam und Eva bereits aus einiger Entfernung Musik. Schon bald erkannten sie, vor den Bäumen geparkt, einen zur Bühne umfunktionierten Anhänger. Darin saßen drei Männer auf Holzstühlen und spielten, wie es klang, Lieder von früher.

Immer mehr Menschen versammelten sich vor der kleinen, provisorischen Bühne. Adam und Eva blieben stehen. Man spürte, etwas lag in der Luft, zwischen den Tönen, ein Nebel, der die Leute aus der Nachbarschaft in besonderer Weise verband. Eva blickte sich um. Überall waren gelbe, eindrücklich gestaltete Plakate ausgehängt. Das Motiv zeigte eine in Weiß gehaltene Person, die gewaltsam von drei in Schwarz gekleideten Polizisten abgeführt wurde.

»*Schwabinger Krawalle,* sagt dir das etwas?«, fragte sie.

Adam nickte.

»Heute vor genau fünfzig Jahren haben die Männer, die da vorne auf der Bühne stehen, hier im Viertel abends ein kleines Konzert gegeben. Alles war wie immer, ein lauer Abend, ausgelassene Stimmung, bis sich ein paar Nachbarn über den Lärm beschwerten. Das hat aber keinen interessiert, also haben sie die Polizei gerufen. Das Konzert wurde aufgelöst. Am nächsten Abend versammelten sich hier Tsausende Anwohner. Wieder wurde Musik gemacht. Und wieder kam die Polizei. Aber diesmal ließen sich die Leute nicht einfach nach Hause schicken.«

»Und dann?«

»Und dann ging es richtig rund.«

»Die Polizisten haben drauflosgeprügelt?«

»Später hieß es, die Schwabinger Krawalle seien der Ursprung der Studentenrevolte gewesen. Tatsächlich waren aber gerade einmal die Hälfte der Leute, die damals protestiert haben, Studenten. Der Rest wollte einfach Musik hören.«

»Kulturelle Selbstbestimmung«, sagte Eva.

Adam hob einen grünen Stein vom Boden auf, betrachtete ihn und warf ihn ins Gebüsch.

»Der junge Andreas Baader war allerdings auch dabei.«

»Sag nicht, den hast du auch kennengelernt?«

»Ich erinnere mich nicht genau. Bei uns in Schwabing kamen damals viele Menschen zu Besuch. Einige haben da auch mit uns gewohnt. Nicht die richtig schweren Jungs, eher so Möchtegern-Terroristen. Und Künstler. Aber nicht nur die coolen Typen, soviel steht fest.«

»Wie meinst du das?«

»Viele von denen wollten bloß über meine Mutter steigen und sich einmal satt essen.«

»Du klingst sehr hart.«

»Oh, es *war* hart.«

Eva lehnte ihren Kopf an seine Schulter. Sie roch gut, fast wie früher, dachte Adam, kaum zu glauben, dass sie es schon so lange mit ihm aushielt.

»Irgendwie seltsam, dass dieser Ort ein Teil deines Lebens war«, sagte Eva.

»Aber erst später. Als die Krawalle losgingen, wohnten wir noch im Sauerland. Ich war gerade erst geboren.«

»Wieso wollte deine Mutter überhaupt hierher?«

»Genau deswegen. Weil sie dachte, hier geht's ab. Sie liebte meinen Vater, aber nach seinem Tod brauchte sie offenbar das komplette Gegenteil.«

In diesem Moment standen die Musiker, die rebellische Band von einst, geschlossen auf und verabschiedeten sich höflich von ihrem Publikum. Drei ältere Herren in sauberen Hosen, Hemden und Westen.

»Die Geschichte ist schlecht erzählt«, sagte Eva.

»Welche Geschichte?«, fragte Adam.

»Geschichte an sich.«

»Findest du?«

»Ich weiß nicht«, Eva kaute nachdenklich auf ihrer Lippe, »vielleicht gibt es zu viele Erzähler.«

»Das Problem sind die, die sie schreiben wollen, nicht die Erzähler.«

Adam nahm seine Kamera und schoss ein Foto, als sich die Musiker ein letztes Mal verbeugten.

»Ich frage mich tatsächlich, was bei meiner Mutter zuerst da war«, setzte er noch einmal an. »War die Flucht in die Bohème ein Ausweg aus der Trauer? Oder war die Ehe mit meinem Vater für sie schon ein Kompromiss?«

»Dass sie aus dem Sauerland wegwollte, kann ich verstehen«, wandte Eva ein.

»Es ging ihr gar nicht um den Ort, sondern um ihre Verwandlung, wenn man das so nennen will. Ihr war die Bestätigung der Männer immer wichtiger als ich. Ich glaube, sie wollte gar kein Kind. Ich war für sie Teil des Kompromisses, den sie mit dem Leben an der Seite meines Vaters einging.«

»Ich bin mir sicher, dass du ihr mehr bedeutet hast, als du jetzt vielleicht denkst«, sagte Eva.

»Du verstehst das nicht«, beharrte Adam, »weil es bei dir zu Hause anders war. Aber bei uns gab es keine Wärme, keine Geborgenheit. Erst recht nicht nach dem Tod meines Vaters. Diese Zeit in Schwabing mit meiner Mutter war eine einzige Orgie. Und ich mittendrin.«

Eva sah ihn lange an. Adam wusste, wie schwer es ihr fallen musste, diese Dinge von ihm zu hören. Sicher hatte sie seine Not gespürt, immer wieder, über die Jahre, aber bislang war die Ursache dafür mehr oder weniger ein schwarzes Loch geblieben.

»Bist du missbraucht worden?«, fragte sie zögernd.

»Weiß man das immer so genau?«

»›Nein heißt Nein‹!«, sagte Eva. »Das war immer schon so, auch wenn das bis heute nicht alle verstanden haben.«

Adam schaute auf den Boden und scharrte mit dem Fuß im Kies, auf der Suche nach einer Antwort, die nicht alles noch schlimmer machte.

»Als Kind weißt du ja nicht, was richtig oder falsch ist. Du spürst vielleicht, dass sich etwas nicht richtig anfühlt, und du schämst dich auch dafür, aber … abends beim Zähneputzen habe ich aus dem Fenster gestarrt und gehofft, dass Uschi Glas kommt und mich rettet.«

Er versuchte ein Lächeln, Eva nahm seine Hand.

»Das hast du mir so nie erzählt«, flüsterte sie.

»Ich habe das noch niemandem erzählt. Ich dachte immer, mir glaubt sowieso keiner. Und mittlerweile weiß ich auch nicht mehr, was wirklich passiert ist und was ich im Laufe der Zeit dazugedichtet habe.«

»Das ist wohl normal. Deswegen schweigen auch so viele Opfer jahrzehntelang.«

»Wie in der Kirche«, brummte Adam, »oder in der Filmbranche.«

»Genau, aber irgendwann bricht ein Opfer sein Schweigen und tritt damit eine Lawine los.«

Eva hob den Kopf, plötzlich sah sie müde aus. Ein paar Strähnen klebten an der Stirn, ihr Gesicht war gerötet. Die Sonne kannte kein Erbarmen.

»Lass uns Eis essen«, sagte Adam und legte seine Hände auf ihre Schultern, »ich lebe ja noch.«

»Ja«, lächelte sie, »und zwar nicht schlecht für einen emotionalen Krüppel.«

10

Adam stand noch immer am Fenster und blickte hinaus. Die Meise war ein paar Mal hin- und hergeflogen und saß nun wieder auf dem Fenstersims. Erstaunlich, dass sie hier so lange ausharrte. Als wolle sie ihm etwas sagen. Aber was? Sollte er zu ihr rauskommen? Auf seine alten Tage versuchen, aus eigener Kraft zu fliegen?

Unter den »Mamos«, den geistigen Führern der Indigenen in den Bergen Nordkolumbiens, gab es ein Sprichwort: *Ein Vogel kann sein Gefieder wechseln, aber niemals seinen Gesang.*

Adam sah ein, warum manchen Vögeln magische Kräfte zugeschrieben wurden. Diese kleinen Wesen umgab etwas Rätselhaftes. Womöglich, weil man Vögeln dabei zusehen konnte, wie sie sich gewissermaßen in Luft auflösten.

Vögeln. Er hatte nie verstanden, warum dieses Wort synonym für Sex verwendet wurde. Vögeln. Vielleicht, weil die Menschen dabei so aufgeregt schnatterten und klapperten und im Eifer des Gefechts mitunter Federn ließen? Adam hatte es oft genug erlebt, als Kind zu Hause in Schwabing.

So treu und loyal sich seine Mutter vorher dem Vater gegenüber gezeigt hatte, so offen und wahllos zeigte sie sich nun im Umgang mit anderen Körpern. Sie ließ sich regelrecht stopfen. Als ginge es darum, eine große Leere zu füllen, ein Fass ohne Boden, oft von mehreren Männern gleichzeitig, gerade so, dass sie nicht an ihnen erstickte. Auf jede erdenkliche Weise nahm sie alles auf, was sich ihr entgegenreckte und er, der kleine Adam, mittendrin, als »Coffeeboy« oder »Händchenhalter« und um ihn herum ein Gekeuche, Gequietsche und Gestöhne, als wäre die Welt aus den Angeln gehoben.

»Weißt du, Junge«, seine Mutter nannte ihn meist bloß ›Junge‹, »in einem Staat, wo die Polizei gegen singende, junge Leute mit Gummiknüppeln vorgeht, da ist etwas nicht in Ordnung.«

Er hatte sich gefragt, wie seine Mutter »in Ordnung« definierte. Andererseits war er außerstande, sie konkret zu beschuldigen. Sie nötigte oder schlug ihn nicht, im Gegenteil, sie berührte ihn kaum, ignorierte ihn mehr denn je. Als würde sie ihm die Schuld am Tod des Vaters geben. Sie sprach es nicht offen aus, sondern ließ ihn durch das, was sie verschwieg und unterließ, in dem vagen Glauben, dass sie ihm *womöglich* die Schuld dafür gab.

Vielleicht war das die Antwort, dachte Adam jetzt, *das* war der Missbrauch. Er konnte sich nicht vorstellen, dass die Meise so ihre Jungen behandelt hätte.

Als er sich damals gegen den Umzug nach Schwabing zur Wehr setzte, hatte sie ihn bloß von oben herab angesehen und erwidert: »Es ist doch egal, wo du wohnst. Du hast doch eh keine Freunde.«

Das eigentlich Traurige war, dass er ihr nicht einmal widersprechen konnte. Er hatte zwar Freunde, sie waren sogar immer bei ihm, doch Adam war der Einzige, der sie sehen konnte. Und er hätte seiner Mutter bestimmt nicht von ihnen erzählt. Jahre später hatte er Bücher darüber gelesen. Schwarz auf weiß stand es da, dass er *nicht* »krank im Kopf« war, sondern Kinder in Notlagen sehr häufig unsichtbare Freunde erfanden.

Es stimmte, was die »Mamos« sagten: Er war so oft aus dem Nest gefallen. So oft hatte man ihn gezwungen, sein Gefieder zu wechseln, doch sein Gesang war über die Jahre stets derselbe geblieben: ein mit entstellter Stimme vorgetragenes, kindliches Klagelied. Bis Eva in sein Leben trat, die Reste zusammenfegte und einen neuen Menschen aus ihm formte.

Und jetzt? Ging alles wieder von vorne los?

Adam betrachtete den Revolver in seiner Hand. Er hatte die Waffe damals im Haus der Mutter entdeckt, 1977 musste das gewesen sein, bei der Haushaltsauflösung, kurz nach ihrem Tod. Herzinfarkt. Nein, das konnte man sich nicht ausdenken. Der Hausarzt, der den Totenschein ausstellte, schien einigermaßen bestürzt. Schließlich war er selbst regelmäßig Gast auf ihren wilden Partys gewesen. »Wir alle wissen, dass mit ihrem Herzen etwas nicht stimmte«, sagte Adam in seiner kurzen Trauerrede, doch keiner der anwesenden Gäste verstand die Botschaft.

Gerade erst volljährig, hatte er das Haus verkauft und war verreist. Mit unbekanntem Ziel, auf unbekannte Zeit. Um die ganze Welt und wieder zurück. Bloß nicht wieder zu Hause ankommen. Und wenn, dann wenigstens Berlin, zum Studium. Die beste Entscheidung seines Lebens.

Jedenfalls fand Adam die Waffe einige Tage nach der Beerdigung in der Vorratskammer im Keller, im obersten Regal ganz hinten, zwischen der H-Milch und den Ravioli-Konserven. Irgendeiner der Männer musste sie dort deponiert haben.

Der *Smith&Wesson* war das Standardmodell damals in der Gruppe, zumindest bei denen, die sich für tatkräftig hielten. Wie der Parka bei den Mods oder der Kamm bei den Poppern. Die Knarre ließ sich leichter zerlegen als eine Kamera, jeder Trottel schaffte das in zehn Minuten. Wie oft hatte Adam die Waffe in Einzelteilen in den Zwischenböden seiner Fotoausrüstung verstaut und später im Hotel wieder montiert. Und Munition fand sich immer. Auch am Ende der Welt. Gerade dort.

Eines hatte Adam in seinem Leben gelernt: Wenn der Instinkt die Vernunft in seine Pläne einweihte, konnte der Mensch jede Idee in die Tat umsetzen.

Ein Eichelhäher flog heran und landete auf dem Giebel des Vogelhäuschens. Als er sah, dass dort nichts zu holen war, flog er enttäuscht davon. Die Natur hatte so viel zu bieten, dachte Adam. Eine einzige große Schatzkiste, deswegen beutete der Mensch sie auch aus.

Er vermisste das Reisen, das Fotografieren. Die großen Geschichten. Und die kleinen. In den Bergen der *Sierra Ne-*

vada de Santa Marta lebten so viele verschiedene Vogelarten auf engstem Raum, wie an keinem anderen Ort auf der Welt. Einige waren ihm vors Objektiv geflogen. Ein paar Kolibris, aber auch ein sehr seltener Rotschwanzsittich. Hatte er die Filme eigentlich jemals entwickelt?

Die Frage hallte nach, in seinem Kopf, zog dann runter in seinen Brustkorb, Adam spürte, wie ihm schwarz vor Augen wurde, sein Herzschlag aussetzte. Einmal, zwei … nein, da war er wieder. Plötzlich, für den Bruchteil einer Sekunde, gab sein linkes Bein nach, so heftig, dass ihm der kalte Schweiß ausbrach.

Lieber Gott!

Adam hielt sich den Revolver an die Schläfe. Es schien einfach, das Karussell zum Stehen zu bringen. Aber er ahnte, es würde ihn Überwindung kosten, ein letztes Mal den Bremshebel zu ziehen.

Memento mori.

Bedenke, dass du sterben musst.

Bedenke, wie wichtig jeder Augenblick ist. Jede Idee, jeder Atemzug, jede Berührung. Jedes bisschen Liebe. Wie könnte er das je vergessen?

Vor ein paar Monaten, als Eva das Bett noch verließ, hatten sie überlegt, ans Meer zu fahren. »Das Meer macht alles schön«, hatte Eva gesagt und sich übergeben. Sie hätten einfach fahren sollen, dachte Adam in diesem Moment. Sich irgendwo an der Küste niederlassen und auf die heilende Kraft der Natur vertrauen. Denn es stimmte ja: Das Meer macht alles schön, sogar die Stadt. Der Anblick des Wassers entschuldigt fast alle Verbrechen der Menschen. Selbst, wenn es zum Mittäter wird.

Einer der Männer, die seine Mutter damals in Schwabing besuchten, hieß Lukas. Er war die Ausnahme, die die Regel bestätigte, und Adam stets zugewandt gewesen. Er fasste Vertrauen zu ihm, vielleicht weil Adam ein Kind war und niemand sonst ihn für voll nahm. Vielleicht auch, weil er bei normalen Menschen irgendwann zwangsläufig Mitleid erregen *musste*. Vielleicht auch, weil Lukas selber noch sehr jung war und ebenfalls früh seinen Vater verloren hatte.

Jedenfalls nahm ihn Lukas, wenn der Andrang zu Hause zu groß wurde, ab und an mit in die *Zwickmühle*, die damalige Stammkneipe der *Sechzger* oder *Münchner Löwen*, wie sie auch genannt wurden. Natürlich war auch das kein geeignetes Umfeld für ein Kind, doch die Leute waren liberal, und von außen betrachtet schien es, als sei Adam bei Lukas gut aufgehoben. Er spendierte ihm Eis oder Kakao, spielte mit ihm Karten, und wenn einer der anderen Gäste in irgendeiner Weise zudringlich wurde, richtete er sich auf und stellte sich schützend vor den Jungen.

Eines Tages spielten sie in der *Zwicke* mal wieder eine Runde Mau-Mau, als Lukas ihn plötzlich auf einen jungen Mann aufmerksam machte, der an der Theke stand und die Leute beobachtete.

»Weißt du, wer das ist?«, fragte Lukas, ohne von seinen Karten aufzuschauen.

Adam drehte sich unauffällig um.

»Nein!«, antwortete er. Woher hätte er ihn auch kennen sollen?

»Das ist Sven, ein Fotograf, ein ziemlich guter sogar. Weißt du, was ein Fotograf macht?«

»Fotos?«

Lukas lächelte. Dann legte er eine Herz Acht, brummte: »Einmal aussetzen!« und setzte dem Ganzen mit einer Herz Sieben noch die Krone auf. Adam seufzte, nahm zwei weitere Karten auf und versuchte, sie in seiner kleinen Hand unterzubringen.

»Genau«, fuhr Lukas fort, »Fotos. Sein bestes hat er bei der Weltmeisterschaft in England gemacht, 1966, vielleicht kennst du es sogar: der deutsche Stürmer, der nach dem verlorenen Finale mit hängenden Schultern den Platz verlässt.«

»Uwe Seeler?«, fragte Adam zaghaft.

»Sehr gut.« Er zwinkerte Adam zu und zog zufrieden an seiner *Gitanes* (Adam brachte ihm immer die neue Packung aus dem Automaten, zur Belohnung durfte er die glänzenden Münzen behalten, die als Wechselgeld in der Zellophan-Hülle steckten). Dann drehte er den Kopf nach links und pustete den Qualm an Adam vorbei in den stickigen Raum.

»Dieser Typ«, sagte Lukas, »hat es wirklich drauf. Und weißt du, was das Verrückte ist?«

Es war eine rhetorische Frage, aber Adam schüttelte brav den Kopf wie ein Zirkuspony.

»Sven ist der Sohn eines sehr mächtigen Mannes: Axel Springer. Und er heißt gar nicht Sven, das ist nur ein Tarnname. Die Leute hier würden ihn zum Teufel jagen, wenn sie wüssten, wer er wirklich ist. Weil sie seinen Vater hassen. Deswegen trägt er auch diesen Anstecker an der Weste: *Enteignet Springer!* Musst du mal drauf achten, wenn du an ihm vorbeigehst.«

Adam verstand kein Wort. Er hatte ohnehin Mühe, sich an diesem Ort auf seine Karten zu konzentrieren, aber was Lukas ihm da gerade erklären wollte, überforderte ihn komplett.

»Kapierst du das?«, fragte Lukas. »Er ist der Sohn eines Wolfes. Aber um das perfekte Foto zu schießen, zieht er sich einen Schafspelz über und verleugnet sein Rudel.«

Lukas leerte sein Glas und bestellte noch ein Helles. Dann mischte er die Karten, teilte eine neue Runde aus und erzählte Adam mehr von dem mächtigen Vater des Fotografen. Und weil Adam froh war, dass Lukas mit ihm sprach wie mit einem normalen Menschen, hörte er aufmerksam zu. Und weil er das tat, erzählte ihm Lukas auch noch von den vielen deutschen Männern, deren Verbrechen im Dritten Reich ungesühnt geblieben waren, von Benno, dem toten Studenten, einem feigen Krieg in Vietnam, und dass bald eine »große Sache« passieren und die Menschen endlich aufrütteln werde.

Heute wusste Adam, was Lukas damals gemeint hatte.

Der Revolver lag wie ein stummer Zeuge in seiner Hand. Der Hersteller hatte extra für diese Art von Waffen die Typenbezeichnung *Hand Ejector* eingeführt. Adam erinnerte sich, dass er damals allein aus purer Freude über diese skurrile Bezeichnung beschloss, die Waffe zu behalten.

Hand Ejector. Der Name war jedoch nicht der einzige Grund, warum ihn der Revolver, ob er wollte oder nicht, faszinierte.

Einmal hatte ihn sein Kumpel Lukas mit ins Kino genommen. Er kaufte an der Kasse zwei Karten für *Charlie und die Schokoladenfabrik*, lotste den Jungen dann aber heimlich in einen anderen Film: *Dirty Harry*.

Lukas stand dem Hollywood-Kino kritisch gegenüber, doch dieser Polizist, Harry Callahan, übte einen dunklen

Reiz auf ihn aus. Womöglich weil er zwar einer von den Guten war, die Grenze zum Bösen aber häufig übertrat. Wer ein höheres Ziel verfolgte, durfte nicht zimperlich sein. Das war die Botschaft, mit der sich Lukas und alle anderen aus der Gruppe identifizieren konnten.

Immer wenn Harry Callahan seinen Forderungen Nachdruck verleihen musste, zog er genau so einen *Smith&Wesson*-Revolver aus dem Holster unter seinem Jackett. Wieder und wieder hatte sich Adam über die Jahre diese eine Szene angeschaut. Inspektor Harry Callahan am Ende einer langen Verfolgungsjagd, der Täter entwaffnet, aber die Pistole zum Greifen nah. In den Augen des Täters die nackte Angst. Soll er es versuchen? Wie viele Schüsse waren gefallen? Callahan bleibt ganz ruhig, geht noch einen Schritt auf den Schurken zu und provoziert ihn von Angesicht zu Angesicht zu einem letzten Gedankenspiel: Na? Wie viele Kugeln hatte er, Callahan, wohl noch im Magazin? Eine? Oder keine?

Do I feel lucky?

Adam hatte diesen Satz nie vergessen. Lukas musste ihm dessen Bedeutung erst zu Hause erklären. Von da an hatte er sich wie ein Mantra in ihm eingebrannt.

Do I feel lucky?

Adam ging zurück zum Schrank, zögerte kurz, klemmte die Waffe wieder in den Hosenbund, nahm ein Glas aus dem Schrank und schloss die Tür. Der *Smith&Wesson* war seine Lebensversicherung, in doppelter Hinsicht. Er beschützte sie beide, seine Frau und ihn. Aber er wäre auch ein verlässlicher Schlüssel für die Tür ins Nirwana, falls er, Adam, doch irgendwann zu dem Schluss käme, dass sie auf dieser Seite des Lebens nichts mehr zu verlieren hätten. Oder, besser gesagt, nichts mehr verloren.

München-Schwabing, 19. Mai 1972.

Totale: Das Wohnzimmer ihres neuen Hauses, vaterlos, aber vergleichsweise geräumig. Nahaufnahme: Über dem Beistelltisch an der Wand ein gerahmtes Foto. Es zeigt Adams verstorbenen Erzeuger, darunter seine Mutter, leibhaftig, den Hörer des Telefons in der linken Hand. Sie trägt den blauen Rock für wichtige Anlässe. Mit dem Zeigefinger der rechten Hand dreht sie mehrfach die Wählscheibe, bis Adam, damals gerade mal zwölf Jahre alt, obwohl er einige Meter entfernt lesend auf dem Sofa liegt, ein Freizeichen hört.

»Adam, kommst du mal?«

Adam richtete sich auf. Seine Mutter rief nie nach ihm, höchstens in Befehlsform. Diesmal jedoch klang es anders.

»Schnell«, mit einem Mal klang ihre Stimme seltsam angespannt, »ich brauche deine Hilfe.«

Adam sprang vom Sofa und eilte zu ihr. Im selben Moment knallte sie den Hörer hektisch auf die Gabel. An ihrem Hals bildeten sich kleine, rote Flecken.

»Bitte!«, flehte sie. »Du musst das für mich machen, ich kann das nicht.«

Adam war verwirrt. Seine Mutter hatte »Bitte« gesagt. Er versuchte in ihrem Gesicht zu lesen, kam aber nicht weiter als bis zum nächsten Satz.

»Wir sollen diesen Anschluss anrufen. Zwei Mal.«

Er nahm den Zettel entgegen, den sie ihm hinhielt, darauf waren eine Nummer und ein Satz notiert, den er in der

Aufregung kaum entziffern konnte. Mit zitternden Händen begann Adam zu wählen.

»Warte!«, unterbrach sie ihn. »Nicht von hier. Kennst du die Telefonzelle unten an der Straße?«

Er nickte stumm. Sie lächelte gequält, ihre Hand strich fahrig über seinen Kopf.

»Es tut mir … du musst dich beeilen, Junge!«

Adam füllte das Glas mit *Amarula,* einem südafrikanischen Sahnelikör, für den er über die Jahre eine Schwäche entwickelt hatte. Er leerte es in einem Zug. Einen Moment lang schob er die süße, weiche Welle im Mund hin und her.

Mit Unbehagen dachte er an jene Zeit zurück. Der Mai 1972 war als *Blutiger Mai* in die deutsche Geschichte eingegangen, weil die *Rote Armee Fraktion* in jenem Monat mehrere Anschläge verübte.

Den Anfang machte eine Autobombe auf dem Parkplatz des Landeskriminalamtes in der Maillinger Straße in München. Es gab einen Anruf in der Landesbesoldungsstelle, die Behörde lag damals direkt neben dem LKA. »Los, verschwindet, räumt das Haus!«, so die anonyme Anruferin. »Gleich geht das Landeskriminalamt in die Luft!« Das LKA wurde natürlich sofort informiert, doch als die Beamten kurz darauf hinaus auf den Parkplatz flüchteten, ging genau dort die Bombe hoch. Der anonyme Warnhinweis der Anruferin entpuppte sich als perfider Telefontrick.

Adam konnte sich sehr gut an diesen Tag erinnern, weil sich der Anschlag im benachbarten Stadtteil ereignete. Später hatte er alles darüber gelesen, was er in die Finger bekommen konnte.

Lange waren die Experten davon ausgegangen, Gudrun Ensslin sei die anonyme Anruferin gewesen, die den hinterlistigen Warnhinweis abgegeben hatte, aber Adam wusste es besser: Es war dieselbe Frau, die genau eine Woche später auch beim Axel-Springer-Verlag anrufen sollte, um die Belegschaft vor einem erneuten Bombenanschlag zu warnen. Doch diesmal versagten ihr die Nerven: In ihrer Verzweiflung zwingt sie ihren minderjährigen Sohn, den Anruf zu übernehmen, drückt ihm den Zettel mit der Nummer in die Hand und schickt ihn zur Telefonzelle unten vor dem Haus, ruft ihm noch hinterher, er solle seine Stimme verstellen und möglichst tief klingen lassen. Um kurz nach halb vier nimmt die Telefonzentrale im Springer-Verlag einen Anruf entgegen. Eine jugendliche, männliche Stimme warnt: »In 15 Minuten geht eine Bombe bei euch hoch!« Eine Minute später meldet sich dieser Anrufer erneut, diesmal bei einer anderen Telefonistin. Doch das Gebäude wird nicht geräumt. Vermutlich, weil man den Anrufer nicht ernst nimmt. Kurz darauf explodiert im dritten Stock des Axel-Springer-Hochhauses eine Rohrbombe. Wenig später gehen zwei weitere Sprengsätze hoch, die in den Damentoiletten im sechsten Stock versteckt waren. 17 Menschen werden zum Teil schwer verletzt.

11

Der frisch gebackene Teig leistete leichten Widerstand, bevor die Klinge des Messers sanft in das noch warme, dampfende Innere des Kuchens hineinglitt. Adam zog sie wieder heraus und stieß sie an anderer Stelle wieder hinein. Und noch einmal.

Er hätte gerne gewusst, zu was er heute noch imstande war. In seinem Kopf häuften sich die Fragen. »Pressekonferenz« nannte Eva das immer, wenn er keinen Ausweg fand. »Na, wieder Pressekonferenz bei dir?«, fragte sie und lachte dann, und oft brachte ihn allein ihr Lachen auf andere Gedanken. Eva war sein Ausweg. Schon immer gewesen.

Wie viel Zeit wohl vergangen war, seitdem er das letzte Mal nach ihr gesehen hatte? Ob sie noch schlief? Oder hatte sie ihn vielleicht sogar gerufen? Er überhörte sie manchmal, wenn er seinen Erinnerungen hinterherhing.

Er legte sich ein gut gemeintes Kuchenstück auf einen ihrer braunen, von Hand getöpferten und mit roten Kreisen verzierten Dessertteller. Ein Souvenir von unterwegs, so wie überhaupt fast alles, was sie benutzten oder besaßen.

Im Vorbeigehen schaltete er das Radio wieder ein und setzte sich erwartungsvoll an den Tisch. Der erste Bissen war der beste, danach war er im Grunde schon satt. Beim Kauen fiel Adam auf, dass das französische »Souvenir« wörtlich übersetzt eigentlich »Erinnerung« meinte. Ein Souvenir sollte einen also später an den Ort erinnern, an dem man es gefunden hatte. Insofern waren die Teller eher ein Mitbringsel, denn sie benutzten sie. Auf welchem Markt Eva sie damals entdeckt hatte, war ihm tatsächlich entfallen. Er würde sie gleich danach fragen. Das würde sie ablenken.

Adam beugte sich über den Tisch und drehte das Radio lauter: die *Symphonie in g-Moll* von Johann Baptist Wanhal, das wohl bekannteste Stück dieses unbekannten Komponisten. Das Orchester befand sich noch am Anfang des ersten Satzes, *Allegro*, das Tempo beschwingt, die Melodien eingängig. Beinahe ohne es zu merken, summte Adam die markanten Akzente mit, mit denen der Kontrabass versuchte, sich in dem Frage-Antwort-Spiel gegenüber den leichtfüßigen Geigen Gehör zu verschaffen.

Es stimmte, schon immer war seine Stimme eigentlich zu tief für sein Alter gewesen. Und es gab, wie ihm in diesem Moment auf eine fast elektrisierende Weise klar wurde, tatsächlich noch ein paar einzelne, geschwärzte Passagen in der Geschichte seines Lebens, die Eva noch nicht bemerkt hatte.

Ja, so grausam es klang, die besten »Souvenirs« aus seiner Kindheit verband Adam womöglich mit dem 19. Mai 1972. Es war der Tag, an dem seine Mutter zu ihm sagte, sie sei stolz auf ihn.

Adam stellte den Rest seiner Portion auf die Spüle. Dann nahm er aus dem Bauernschrank (ein weiteres Erbstück der Kruzifix-Tante aus dem Salzkammergut) einen zweiten Teller, legte behutsam ein frisches Kuchenstück darauf und machte sich wieder auf den Weg nach oben.

Treppauf, treppab. Ein Wächter auf verlorenem Posten, dachte Adam. Vor ein paar Tagen war ihm der Gedanke gekommen, sich so einen alten, mechanischen Schrittzähler zuzulegen, der bei jedem Schritt hörbar klickte, weil er das Gefühl hatte, mehrmals am Tag bis ans Ende der Welt zu laufen. Obwohl er das Haus ja gar nicht mehr verließ.

Die Musik, die aus dem Radio ertönte, wurde leiser. Er konnte diese *Symphonie in g-Moll* hören und dabei echte Gefühle empfinden. Johann Baptist Wanhal war der erste wirklich freie Komponist seiner Zeit. Er finanzierte sein Leben ohne fürstliche Patronage, obwohl seine Eltern nur leibeigene Bauern waren. Doch die zuständige Gräfin erkannte das Talent des Jungen und schickte ihn nach Wien, wo er tatsächlich als Komponist Karriere machte, etwas Geld verdiente und sich als Erstes von seiner Leibeigenschaft freikaufte.

Er erkaufte sich seine Freiheit!

Adam liebte diese Geschichte. War es bei ihm nicht ganz ähnlich? War er nicht auch ein Sklave seines Schicksals gewesen? Ein Leibeigener der Geschichte? Und hatte er sich nicht durch seine Art, die Welt da draußen abzubilden, emanzipiert? Auf Schritt und Tritt konnte man das sehen. Auch hier, auf dem Weg nach oben, hingen seine Fotos an der Wand, die Beute seiner Streifzüge durch die Dschungel dieser Welt, die Leica immer im Anschlag, einen Meter fünfzig Abstand, die Blende auf Acht, da konnte im Nahkampf eigentlich nichts schiefgehen. Eine Waffe, mit der er schoss, ohne zu töten, und, ja, vielleicht hatte dieser ominöse Sven, auf den Lukas ihn damals in der *Zwicke* aufmerksam gemacht hatte, dieser Wolfssohn im Schafspelz, in dieser Hinsicht einen gewissen Einfluss auf ihn gehabt. Für ein gutes Foto, für ein *richtig* gutes Fotos, musste man sich selbst zurücknehmen und hinter dem Motiv verschwinden.

Adam öffnete vorsichtig die Tür zum Schlafzimmer und spähte hinein. Eva schien noch zu schlafen, zumindest zeigte sie keine Reaktion. Auf Zehenspitzen betrat er den Raum, stellte den Teller am Fußende des Bettes auf die Decke und beugte sein Ohr über ihren Mund. Sie atmete.

Eva schlafend in ihrem gemeinsamen Bett zu sehen, war ein so überwältigender Anblick. Vielleicht, weil er ihm vor Augen führte, was mit ihm passieren würde, wenn sie irgendwann nicht mehr aufwachte. Er würde an seiner eigenen Theorie, dass die Welt nur in seinem Kopf existierte, jämmerlich zugrunde gehen.

Plötzlich bemerkte er, dass er immer noch den Revolver im Hosenbund trug. Wenn sich jetzt ein Schuss löste, träfe die Kugel seine Aorta, und er verblutete in Nullkommanix. Was war bloß los mit ihm?

Do I feel lucky?

Adam *war* glücklich gewesen. Vielleicht waren sie es sogar immer noch, irgendwie, aber zumindest waren sie es einmal gewesen, daran bestand kein Zweifel.

Er dachte oft daran, wie sie sich auf dem Konzert in Ost-Berlin kennengelernt hatten. Dass sich ausgerechnet diese zwei Menschen unter Tausenden in derselben Sekunde gemeinsam nach einem Stock bückten, hätte man sich so etwas ausdenken können?

Sie hatten sich danach tatsächlich wiedergetroffen, im *Café Tute* am Alex oder im *Café Sibylle* in der Karl-Marx-Allee, wo es damals ein paar gute Restaurants gab. Adam verbrauchte die 30 Tagesscheine, die ihm pro Jahr zustanden, komplett. Fast jedes dritte Wochenende war er drüben.

Eva trug bei den Treffen, die sie beide bald mit einer Mischung aus Rührung und Zynismus ihre »Staatsbesuche« nannten, neben dem Deo-Klassiker *femme* (ein Duft, den er fortan nie wieder vergessen würde) stets auch einen Hauch zu viel Rouge, was ihre Aufregung unterstrich, und die Kette mit den Ohrringen, die ihre Oma ihr für besondere Anlässe geschenkt hatte. Bloß ihre Uhr ließ Eva stets zu Hause. Weil eine Uhr sie, wie sie sagte, daran erinnert hätte, wie kostbar und begrenzt ihre Zeit war, wenn sie sich sahen. Adam hätte sie dafür küssen können, wenn es noch einen weiteren Grund gebraucht hätte.

Nach den ersten Monaten, den schönsten seines Lebens, freuten sie sich auf ihren ersten gemeinsamen Sommer. Um dem wachsamen Auge des Staates zu entgehen, mischten sie sich unter die Punker, die im Plänterwald abhingen. Es gab diesen zauberhaften Schnappschuss, den Adam mit einer Hand von Eva und sich gemacht hatte, im Riesenrad, auf dem allerhöchsten Punkt. Sie waren dem Himmel so nah, das sah man ihren Gesichtern an, auch wenn Eva kurz darauf das Herz stehenblieb, bei dem Gedanken, die Kamera könne sich aus Adams festem Griff lösen und in die Tiefe stürzen.

Ost-Berlin, Plänterwald, Mai 1984.
Totale: Spreepark. Plänterwald, Laubbäume, Büsche, ostdeutscher Dschungel, eine Achterbahn, das Pferde-Karussell, die Wasserrutsche, die kleinen Raketen der Kosmosbahn, die Gondelbahn, ein Autoscooter und überall Familien mit Kindern. In der Mitte das Herzstück, der große, asphaltierte Platz mit dem Riesenrad. Drumherum viele bunte Buden, zum Essen oder zum Schießen, wie auf der Kirmes damals im Sauerland, nur weitläufiger. Aber auch nüchterner. Die Chefs der Fahrgeschäfte schwitzen in ihren Häuschen und verzichten auf launige Ansagen, die Losverkäuferin ruft auch nicht: »Gewinne, Gewinne, Gewinne!« Kontrollierte Lebensfreude. Nahaufnahme: Eva im Sommerkleid, an den Füßen neue, »echte« Chucks, in zwei verschiedenen Farben, links rot, rechts gelb.

Sie schlängelten sich nebeneinander über den großen Platz. Es war laut, es war voll, der erste wirklich warme Samstag im Jahr. Überall rannten Kinder mit Eistüten in der Hand herum, die übliche Mischung aus kindlicher Freude und leiser Alarmstimmung bei den Eltern, aus Angst, ein Kind gehe verloren.

Adam war versucht, Evas Hand zu nehmen, zögerte aber, weil er dachte, es könnte einen Grund dafür geben, dass sie seine noch nicht genommen hatte.

»Alles klar?«, fragte er.

»Ja.«

»Gefallen dir die Schuhe?«

»Ja, sehr.«

Sie drehte sich in seine Richtung ein und ging ein paar Schritte rückwärts vor ihm her. Obwohl es nicht zu Adams Stärken gehörte, die Gefühle anderer Menschen zu deuten, spürte er, dass Eva etwas beschäftigte.

»Aber?«

»Sie sind toll, aber …«, Eva druckste ein wenig herum, »nächstes Mal bitte in derselben Farbe.«

»Echt? Das ist bei uns gerade der letzte Schrei.«

»Der letzte *was*?«

Sie schaute ihn amüsiert an, und ihm fiel auf, dass die Formulierung »der letzte Schrei« tatsächlich etwas dämlich war.

»Es ist im Westen gerade in Mode«, versuchte er es noch einmal.

»Ich persönlich finde es auch cool, aber hier falle ich damit auf wie ein bunter Hund.«

Adam lachte.

»Ja, du siehst aus wie ein bezaubernder Clown!«

»Ich meine es ernst«, sagte Eva.

»Ist das ein Problem?«

»Ehrlich gesagt, ja. Es sind schon Leute für weniger bei der Stasi angeschwärzt worden.«

»Du machst Witze!?«

»Keineswegs. Meine Freundinnen sind auch schon ganz neidisch. Die Chucks, die Westzigaretten, der einen oder anderen würde ich es schon zutrauen, dass sie uns aus reinem Neid verpfeift.«

»Wem denn?«

»Keine Ahnung, dieser Ingrid Becker zum Beispiel.«

»Wer ist das?«

»Eine Kollegin meiner Mutter, die sich immer ganz neugierig nach mir erkundigt.«

»Wirklich?«

Eva seufzte.

»*Jeder* ist hier irgendwie bei der Stasi.«

»Verdammt.«

Adam runzelte die Stirn, er hatte im Vorfeld versucht, alles zu bedenken, aber dass ein paar Turnschuhe so viel Staub aufwirbeln könnten, darauf wäre er im Traum nicht gekommen.

»Nächstes Mal bringe ich dir den jeweils anderen Schuh mit. Dann hast du zwei Paare in der gleichen Farbe.«

Eva schaute sich kurz um und nahm verstohlen seine Hand, um sie sofort wieder loszulassen.

»Bist du jetzt sauer?«, fragte sie.

»Überhaupt nicht, schon gar nicht auf dich. Toll, dass du sie trotzdem trägst. Der linke passt super zu deinem Kleid.«

Adam lächelte und zog sie an sich heran. Sie blinzelte in die Sonne. Ihr Kleid leuchtete rot, verheißungsvoll, die Zeichen standen auf Anfang.

»Darf ich dich küssen?«

»Nicht hier.«

Sie trat einen Schritt zurück und ging langsam weiter. Adam folgte ihr blind.

»Mielke geht gerade wieder steil«, führte sie ihren Gedanken fort, »*Härte gegen Punk*, sein neues Mantra, er bespitzelt, verhaftet, verprügelt, schüchtert ein.«

»So schlimm?«

»Er zieht Leute, die ihm nicht passen, einfach in die Armee ein. Oder schiebt sie in den Westen ab.«

»Das wäre doch toll für uns«, witzelte Adam, doch in Wahrheit überkam ihn eine Stinkwut auf diesen Mann, über den er so viel Böses gehört hatte.

»Aber mal im Ernst«, sagte er, »wir sind doch keine Punker.«

»Nein, aber es geht nicht nur um die Irokesen. Für Mielke und die Stasi ist alles Punk, was anders ist: zu laut, zu lustig, kritisch, unangepasst …«

»… verschiedenfarbige Turnschuhe«, beendete Adam ihren Satz.

Eva nickte.

»Ich weiß was, wir verstecken uns im Riesenrad. Dort oben können nicht einmal die uns sehen.«

»Bist du sicher?«, fragte Adam, »Vielleicht haben sie alle Karussells mit Wanzen ausgestattet.«

»Quatsch, dafür sind sie zu geizig.«

Als sie am Autoscooter vorbeikamen, blieb Adam kurz stehen. Er beobachtete einen Vater und dessen kleinen Sohn.

Der Vater half dem Jungen einzusteigen, ließ ihn ans Steuer und zeigte ihm auf die Schnelle, wie das mit dem Lenkrad funktionierte. Wie man durch schnelle Rück- und Vorfahrmanöver am besten austeilte, möglichst ohne selbst Opfer einer Karambolage zu werden.

»Warum können Jungs eigentlich nie an der Autoarena vorbeigehen, ohne stehen zu bleiben?«, lachte Eva.

»Wie nennt ihr das?«, fragte Adam abwesend.

»Autoarena«, wiederholte Eva, doch Adam hörte schon nicht mehr hin. Die beiden dort so zu sehen, den Vater, stolz auf den Sohn, der wiederum in vollstem Vertrauen zum Vater etwas auf eigene Faust wagte, all das versetzte ihm einen Stich.

»Warum bohren Jungs in der Nase? Rennen um die Wette? Schmeißen Glasscheiben ein oder bewerfen Kaninchen mit Steinen? Oder quälen andere Jungs, die sich nicht wehren können? Man kann es nicht erklären. Alles funktioniert nach dem gleichen Prinzip: Instinkt. Außerdem«, setzte Adam noch hinzu, »möchte ich gar nicht fahren.«

»Magst du keine Karussells?«

Adam zuckte mit den Schultern und suchte nach passenden Worten. Dann versuchte er ein Lächeln. Ihre gemeinsame Zeit war kostbar, er musste sich sehr gut überlegen, ob er sich ein schweres Thema leisten wollte.

»Ich habe keine guten Erinnerungen daran«, begann er, »ich war nur ein einziges Mal auf dem Rummel, mit meinem Vater. Er hat sich total betrunken, ironischerweise auch nur dieses eine Mal. Ich war acht oder neun, den ganzen Rückweg musste ich ihn stützen. Als wir zu Hause ankamen, wollte er durch den Keller ins Haus, um meiner Mutter aus dem Weg zu gehen. Gleich auf der ersten Stufe ist er gestolpert und die komplette Treppe heruntergefallen, eine lange Steintreppe draußen am Haus. Er hat sich das Genick gebrochen.«

»Das ist ja grauenvoll«, rief Eva bestürzt.

»Ja, das war alles nicht so toll«, sagte Adam, »ich bin noch nie in meinem Leben Karussell gefahren.«

Evas Augen wurden feucht. Adam legte ihr seine Hand an die Wange, und die Tatsache, dass *er* jetzt meinte, *sie* trösten zu müssen, brachte beide zum Lachen.

»Ich habe das noch keinem Menschen erzählt«, sagte er irgendwann.

»Weißt du, was wir machen?«, Eva nahm seine Hände und sah ihn feierlich an. »Wir fahren jetzt Autoarena. Und dann Kettenkarussell. Und zum Schluss mit dem Riesenrad. Und dann wieder von vorne, bis uns schlecht wird. Ich kann dich heute nicht nach Hause lassen, ohne dass du Karussell gefahren bist.«

Und weil es ihr Ernst war, hängte sich Adam bei ihr ein, wie ein Bruder bei seiner großen Schwester. Und sie fuhren alles, was sich bewegte und so eben ihr Gewicht aushielt.

Als sie alles ein Mal ausprobiert hatten, kaufte Adam hinter Evas Rücken einen Paradiesapfel, leuchtend rot wie ihr Kleid. Sie bissen beide von dem Apfel ab, jeder von seiner Seite, und spürten, dass etwas Besonderes in der Luft lag.

»Er wird uns aus dem Paradies vertreiben«, sagte Eva und lachte, ihre Lippen glänzten verführerisch wie kandierte Früchte.

»Dann lass uns lieber schnell noch ein letztes Mal mit den Plastikschwänen fahren«, sagte Adam. »Wo waren die noch mal?«

»Drüben bei den Punkern«, rief sie und lief sogleich los. »Wetten, ich bin schneller?«

Adam blieb stehen, wo er war, nahm seine Kamera und schoss dieses Foto, das über Jahre sein Lieblingsfoto sein würde: Eva, wie sie mit wirbelnden Füßen, einem roten, einem gelben, über die grüne Wiese fliegt. Wie ein Kind, dachte Adam noch, Kinder teilten sich ihre Kraft nicht ein, sie rannten einfach los, bis sie nicht mehr konnten.

Am Ende wartete Eva auf ihn, die Hände in die Hüften gestemmt, außer Atem, aber glücklich.

»Wo bleibst du?«

»Ich musste ein Foto von dir machen. Es wird dir gefallen.

»Faule Ausrede«, lachte sie, »du hattest bloß Angst zu verlieren, gegen ein *Mädchen*.«

Sie zog das »Mädchen« extra in die Länge, um ihn zu ärgern, aber vergeblich, Adam war hingerissen von diesem »Mädchen«. Von ihrer Freude, ihrer Energie, ihrer wilden Schönheit.

Er legte seinen Arm um sie, dann schlenderten sie weiter. Aus der Entfernung konnte man sie schon sehen, die weißen Schwäne. Bereitwillig harrten sie aus, auf dem schalen Wasser des Kanals, und ließen das Getöse über sich ergehen. Eine Gruppe Bier trinkender Punker stand dicht gedrängt vorm Eingang.

»Was machen die hier?«, fragte Adam.

»Nix. Saufen und die Plastikschwäne blockieren. Ein bisschen die Familien erschrecken.«

»Ich meine, warum hier im Park?«

»Sie denken, sie sind hier unbeobachtet, dabei weiß die Stasi ganz genau, dass sie hier alle auf einem Haufen hat. Die Schwächeren unter ihnen versuchen sie sogar als IM anzuwerben. Kannst du dir das vorstellen? Aber wenn sie die Punks beobachten, haben sie kein Auge für uns.«

Auf den letzten Metern griff Adam ihre Hand. Die Punker machten keine Anstalten, zur Seite zu gehen.

»Dürfen wir mal vorbei?«, fragte Adam ruhig.

Niemand antwortete. Anstatt Platz zu machen, drehte sich ein Mädchen zu ihnen um und musterte Eva von oben bis unten.

»Hübsche Schuhe«, sagte sie.

»Danke«, sagte Eva.

»Solche hätte ich auch gerne … ey, guckt mal, Leute, die Schuhe von der Kleinen.«

Ihre Stimme bekam etwas Bedrohliches. Ein paar Typen drehten ihre Köpfe, sie waren ziemlich angetrunken, die Hitze, das billige Bier, eine üble Kombination.

»Geile Treter«, blaffte einer, er konnte sich kaum auf den Beinen halten.

Adam presste die Kiefer aufeinander, seine Muskeln spannten sich an. Es war lange her, dass er sich hatte verteidigen müssen, aber auch noch nicht zu lange. Er versuchte, die Situation einzuschätzen. Fünf Typen und drei Mädchen. Die Typen allesamt schon etwas hinüber, aber ein falscher Schlag, und sie würden wie Wölfe über sie herfallen.

»Lass uns gehen«, raunte er Eva ins Ohr, »das gibt nur Ärger.«

Er drückte ihre Hand und schwor sich, diese Hand nie wieder loszulassen, egal, was passierte. Sie gingen ein paar Schritte rückwärts, drehten sich langsam um und gingen über die Wiese zurück. Als sie weit genug weg waren, atmeten sie erleichtert auf.

»Ich dachte, die Punker wären harmlos«, sagte Adam.

»Sind sie eigentlich auch, keine Ahnung, was mit denen los war.«

»Deine Schuhe?«

Eva nickte.

»Ich hab's dir gesagt.«

»Sollen wir zur Polizei?«

»Bloß nicht, da sitzen wir den halben Tag. Und schon nach fünf Minuten geht es nicht mehr um die Punker, sondern um uns.«

»Verstehe.«

Eine Zeit lang gingen sie schweigend über die Wiese, ziellos, es war noch früh, zum Glück. Sie durchquerten ein kleines Waldstück. Als sie kurz darauf in eine Lichtung traten, traute Adam seinen Augen nicht.

»Guck mal, ein Tyrannosaurus Rex!«

»Ja«, lachte Eva, »er ist ja nicht zu übersehen.«

»Hinter einem Dino verstecken«, rief er, »das habe ich schon seit Urzeiten vor.«

Adam war schon hinter das Monstrum gelaufen und lugte an der Seite vorbei.

»Verstehst du? Seit Urzeiten, lustig, ne? Weil es ein Dinosaurier ist, und der ist ja alt.«

Eva verdrehte die Augen und kam langsam hinterher.

»Regel Nummer drei: Keine Witze erklären.«

Im Windschatten des Sauriers, der in dieser Sekunde zum Beschützer ihres Geheimnisses wurde, schlang Eva ihre Arme um Adams Hals.

»Ich liebe dich«, sagte Eva.

»Ich liebe dich auch«, sagte Adam. Sie küssten sich, und es war wundervoll. Ihre Haut und ihr Haar, alles roch nach Sommer und Freiheit, was, wie Adam im selben Moment auffiel, angesichts der Umstände beinahe zynisch erschien.

»Wieso darf uns euer Staat verbieten, zum Flughafen zu fahren und den nächsten Flieger nach Rom zu nehmen?«

Eva lächelte.

»Ich habe eben das Pech, in dieser Zeit zu leben. Am Ende wird es ein kleiner Irrtum in der Geschichte der Menschheit gewesen sein, aber ich lebe *jetzt*. Mein Leben ist davon betroffen, und ich muss damit klarkommen, ohne durchzudrehen.«

»Du musst mit mir fliehen«, flüsterte Adam.

Eva sah ihn eindringlich an. Sie konnte in seinem Blick erkennen, dass er kein Risiko scheuen würde, wenn es darum ging, mit ihr zusammen zu sein.

»Weißt du, was mit Frauen passiert, die versuchen zu fliehen, aber es nicht schaffen?«

Adam schüttelte den Kopf. Und so, wie sie es fragte, war er sich auch nicht sicher, ob er die Antwort hören wollte.

»Die kommen nach Hoheneck, in das berüchtigte Frauengefängnis. Mit Glück haben sie nicht viel gegen dich in der Hand, obwohl auch das keine Rolle spielt. Irgendwann wirst du genauso klammheimlich wieder freigelassen, wie sie dich hopsgenommen haben. In der Zwischenzeit kannst du Regale zusammenbauen. Oder irgendeinen anderen Mist. Aber wenn du Pech hast, wirst du zum Spielball einer der sadistischen Wärterinnen und siehst die Sonne nie wieder. Mein Vater hat Dinge erzählt, da wird dir ganz anders.«

»Das glaube ich sofort«, sagte Adam. »Das war leider immer schon so. Gib jemandem ein bisschen Macht, und er wird sie mit hoher Wahrscheinlichkeit missbrauchen.«

»Oder *sie*«, fügte Eva hinzu, »Frauen können auch böse sein, unvorstellbar böse sogar.«

Adam nickte.

»In Friedenszeiten behandeln wir unsere Psychopathen in Kliniken, in Zeiten des Krieges übernehmen sie früher oder später das Kommando.«

»Das ist klug.«

»Habe ich mal irgendwo gelesen.«

»Auch wenn das hier kein Krieg mehr ist.«

»Aber nach Frieden fühlt es sich nicht an.«

Adam ließ seinen Blick schweifen. Es war absurd. Hier, in diesem Wunderland, lachten die Kinder um die Wette, schwarze Plastikpferde und kleine Karussell-Autos mit Brille und Hut drehten sich lustig im Kreis, während nur ein paar Kilometer entfernt die Grenzposten auf den Türmen zwischen den Pausen ihre Gewehre ölten.

»Wir müssen Geduld haben«, sagte Eva schließlich, »die Menschen hier werden das nicht ewig mitmachen. Wir müssen darauf vertrauen, dass der gesunde Menschenverstand am Ende siegt. Ob das allerdings noch zu unseren Lebzeiten passiert?«

»Es *wird* passieren«, brummte Adam, »alles wird dieser Umwälzung zum Opfer fallen. Auch dieser Park. Im Ernst«, seine Miene hellte sich ein wenig auf, »ich wette um einen gelben und einen roten Turnschuh, dass sich hier, wo wir jetzt gehen, in dreißig Jahren die Natur ihren Lebensraum zurückerobert hat.«

Eva lächelte.

»Ich wünschte, du würdest recht behalten. Obwohl es schade um den Park wäre. Aber Afrika würde ich schon gerne mal sehen.«

»Ich verspreche es«, sagte Adam, und jetzt klang seine Stimme wirklich feierlich, »ich werde dir die Welt zu Füßen legen.«

12

Adam zog die Waffe vorsichtig aus dem Hosenbund, legte sie auf den Teppich und schob sie mit der Fußspitze unter das Bett.

Eva schlief tief und fest. Adam beneidete sie um diesen Schlaf. Seit Wochen kämpfte er mit … ja, womit eigentlich? Es gab keinen Ausdruck für diesen Zustand. Es gab den »Schlaf«, ein schönes Wort, das ziemlich exakt nach der Tiefe und der Ruhe klang, die es im Idealfall bezeichnete, aber was war das andere? Die Wachheit? Klang eher wie ein Hilfsbegriff. Wie ein Wort, das einsprang für eines, das bei der Planung übersehen worden war.

Adams Blick wanderte über den Nachttisch, die Wände, die Regale. Er fragte sich, wo das Foto war, das er von Eva gemacht hatte, als sie damals wie ein Kind über die Wiese gerannt war.

Er wird uns aus dem Paradies vertreiben.

Er erinnerte sich genau an Evas Worte, als sie von dem kandierten Apfel abbissen. Damals hatten sie darüber gelacht. Vielleicht war es dumm von ihnen gewesen. Andererseits hatten sie das meiste richtig gemacht; an ihrer jungen Liebe, die in diesen zwei inkompatiblen Systemen nicht auszuleben war, festgehalten, in dem unerschütterlichen Vertrauen, die Geschichte würde ihrerseits Wort halten.

Adams Blick fiel auf den Kuchen, der immer noch zu Evas Füßen stand. Wenn sie sich umdrehte, würde er auf dem Boden landen. Adam spürte ein Kratzen im Hals, die Luft war trocken. Seine Augen brannten, ständig, seit Kurzem ließ auch noch die Sehkraft nach.

Erbsünde.

Den Plänterwald hatten sie auch noch einmal besuchen wollen. Das würde wohl nicht mehr klappen, wenn nicht noch ein Wunder geschähe. Auch wenn dort kein Rummel mehr war. Der Vergnügungspark verkam zu einem Friedhof der Freude, die Karussells verrotteten, überwuchert von wildem Grün, die Dinos lagen auf der Seite, mit abgeplatzten Köpfen und gebrochenen Beinen, als wären sie ein weiteres Mal einem Meteoriten zum Opfer gefallen. Traurig, trauriger, Dinosaurier. Adam stutzte. Plötzlich war er sich nicht mehr sicher, ob es die Dinos bei ihrem ersten Besuch überhaupt schon gegeben hatte. Aber wenn nicht? Was erinnerte er womöglich noch alles falsch?

Adam hatte das Foto erspäht, auf einem kleinen Regal an der Wand. Nicht das, auf dem sie lief wie ein Kind, das andere, das »Selfie« aus dem Riesenrad. Nie wieder würde er von Eva und sich so einen lustigen Schnappschuss machen können, der sie beide in einer für ihr Alter unangemessenen Situation zeigte, im Skilift, auf einem Rockkonzert oder in einer altertümlichen Western-Kulisse eines Freizeitparks.

Er erinnerte sich an eine kleine Fotoserie, die er vor einigen Jahren von Eva erstellt hatte. Genauer, von einer beträchtlichen Schürfwunde auf ihrem linken Arm.

Sie war während eines gemeinsamen Spazierganges durch den Wald hinterm Haus für einen kurzen Moment abgelenkt gewesen. Adam hatte ihr ein Eichhörnchen gezeigt und sie mit der Bemerkung aufgezogen, sie sei ja auch so ein hamsterndes, aufgeplustertes, buschiges Ding, das immer Reißaus nahm. Bei der Vorstellung hatte sie ein solcher Lachanfall geschüttelt, dass sie über eine Baumwurzel gestolpert und der

Länge nach hingefallen war. Tränen schossen ihr in die Augen, so sehr schmerzte der Arm, woraufhin Adam sie, vom schlechten Gewissen geplagt, kurzerhand Huckepack nahm und auf seinem Rücken bis nach Hause trug.

Zu Hause hatte er die Wunde gesäubert. Und weil er dabei besondere Sorgfalt walten ließ, fiel ihm plötzlich auf, wie wunderschön verletzte Haut im Grunde war. Wie ein kitschiger Sonnenuntergang. Und welch ein Wunder, wie sich die verletzte Haut nach und nach von selbst erneuerte. Vom ersten Tag an hatte Adam die Wunde nach jedem Verbandswechsel dokumentiert, bis Evas Arm vollständig verheilt war.

Danach hatte er eine große Frage für sich beantworten können. Und zwei neue formuliert.

Adams Augen ruhten auf seiner Frau. Alles hätte er gegeben, um »ihre Haut zu retten«. Auch wenn es klang, als müsste er ihr dafür behutsam die Haut vom Körper ziehen und zum Trocknen über den Wäscheständer spannen.

Er griff sich mit der rechten Hand zwischen die Beine, sein Schwanz machte sich in letzter Zeit leider immer öfter bemerkbar. Wie ein Tier, das gefüttert werden wollte. Er wusste, es war ein unpassender Gedanke, aber ihm fehlte der Sex.

Früher lagen sie stundenlang im Bett, tobten sich aus, und danach erzählte Eva ihm Dinge, die ihr in den Kopf kamen. Aus ihrer Kindheit. Wie sie aufopferungsvoll Abend für Abend mit *Putzi*, der Zahnpasta für Kinder, ihre kleinen, weißen Zähnchen geschrubbt hatte, weil sie wollte, dass das Sandmännchen stolz auf sie wäre, wenn es nachts heimlich die ausgefallenen Milchzähne mitnahm und dafür seinen zauberhaften Sternenstaub daließ. Die Zahnfee gab es im Osten nämlich nicht, aber Eva wollte so gerne daran glauben, dass ihr Eifer nicht umsonst war und das Sandmännchen ihre glänzend geputzten Zähnchen mitnähme, um sie all den anderen Kindern als leuchtendes Beispiel vorzuführen. Diese und noch viele weitere Geschichten, deren Rahmenhandlungen Adam zwar kannte, die aber mit jeder Erzählung von ihr eine neue Facette enthüllten. Dann lag er da, neben ihr, und wunderte sich darüber, dass man offenbar nie genug miteinander reden konnte, weil es immer etwas gab, das man niemals voneinander erfahren würde. Es beruhigte ihn, wenn Eva erzählte. Manchmal machte er sich einen Spaß daraus und gab plötzlich, während sie sprach, Schnarchgeräusche von sich, so, als wäre er über ihre Erzählungen eingeschlafen. Ihren gekünstelten Zorn, der genauso zum Spiel gehörte, nahm er in Kauf, ebenso die zärtliche Rangelei, die sich daraus erhob und meist darin gipfelte, dass sie ihn mit spitzen Fingern in die Seite kniff, woraufhin er ihre Handgelenke packte und sich auf sie legte, wohlwissend, dass ihr Kneifen Spuren hinterlassen würde, winzige, blaue Liebesflecken, als untrügliches Zeichen ihrer Partnerschaft.

So oder so waren diese Überbleibsel in der Haut seine schönsten Trophäen. Nicht auszuschließen, dass er sich das zukünftig irgendwann selbst antun würde. Ob aus Verzweiflung oder aus Liebe, wer vermochte das schon zu unterscheiden?

Adam zögerte. Er könnte es sich einfach holen, auch wenn sie schlief.

Ganz langsam verschwand seine Hand unter der Decke.

Er ertastete Evas Bein. Seine Hand schreckte sofort zurück, als er sie berührte, aber nichts geschah. Eva schlief wie eine Tote. Adam fuhr mit den Fingern über ihren Oberschenkel, unmerklich, weiter zu ihrem Po, bis zu der kleinen Grenze zwischen Haut und Stoff, die ihm die Schweißperlen auf die Stirn trieb. Eva trug einen ihrer Seidenslips, für die Adam so schwärmte, er konnte den Stoff ganz genau fühlen. Adam spürte, wie der Druck zunahm und seine Hose langsam zu eng wurde. Es war ewig her, dass er so einen Druck verspürt hatte. Und dass er sie gefickt hatte. Adam mochte das *F-Wort* nicht. Es klang fies und schmutzig, selbst wenn man es nur dachte. So fies, dass Eva allein von dem Gedanken hätte aufschrecken müssen, aber sie reagierte immer noch nicht. Es schien ganz einfach. Er brauchte ihr nur den Slip herunterzuziehen, sich über ihren Hintern zu beugen und ihr von oben ganz tief seinen Schwanz reinzustecken. Gut möglich, dass sie das sogar genossen hätte, sie war in diesen Dingen nie besonders kompliziert gewesen. Anders als er, der mehr als einmal Opfer seiner sexuell ausschweifenden Mutter geworden war. Und es spielte keine Rolle, ob direkt beteiligt oder nur räumlich anwesend.

In dieser Sekunde drehte sich Eva mit einem lauten Murren auf die andere Seite. Schnell zog Adam seine Hand wieder zurück.

Er verließ das Schlafzimmer so leise, wie er gekommen war, eilte über den Flur ins kleine Bad und stellte sich vor die Toilette. Er schämte sich. Zum Glück hatte Eva nichts von seinem Annäherungsversuch mitbekommen. Der Druck war jetzt kaum auszuhalten. Adam hob den Klodeckel, öffnete seine Hose, tunkte den rechten Zeigefinger in die Fettcreme, die sonst Evas Becken vor Druckstellen schützte, und begann, seinen steifen Schwanz von unten bis oben einzuschmieren. Er bemerkte die Flecken auf seiner Hand, wie die Jahresringe eines Baumes. Dann schloss er die Augen und dachte an Eva, wie sie früher im Flugzeug oder im Jeep manchmal aus Daumen und Mittelfinger ein Oval formte, um ihm auf die Schnelle Erleichterung zu verschaffen.

Er riss ein paar Blätter Klopapier von der Rolle und wischte das Gemisch aus Fett und Sperma von seiner Hand. »Klopapier«, auch so ein Quatschwort. »Arschwurzen« hatte Lukas immer dazu gesagt, weil in Süddeutschland die Blätter der Pestwurzen in der Bronzezeit als Klopapier verwendet wurden.

Mit dem gleichen Papier hatte sich Eva bis vor Kurzem noch den Hintern abgewischt. Irgendwie brachte sie das wieder einander näher. Adam beugte sich herunter, zog an der Rolle und befühlte das erste Blatt mit Daumen und Mittelfinger. Der Mittelfinger. Wie oft er den zu Hilfe genommen hatte, wenn sie sich vor ihn kniete. Und dieser Blick, wenn sie sich dann zu ihm umdrehte …

In Indien wischten sich heute noch große Teile der Bevölkerung den Hintern mit der »unreinen« linken Hand ab. Warum hätte er das nicht auch tun sollen? Er war ja quasi allein. Sie konnte ihm nicht mehr auf die Schliche kommen. Nie mehr. Er konnte sich hier und jetzt mit seinen Exkrementen beschmieren, und niemand würde etwas bemerken.

Adam betrachtete sein Spiegelbild. Er wusste, dass er selbst es war, der ihn da anstarrte, konnte sich aber keinen Reim darauf machen, wie sie beide in diesen kleinen Raum passten. Im selben Moment wurde er sich bewusst, was er da gerade dachte. Verlor er wieder die Kontrolle?

Aus dem Wasserhahn sprudelte frisches, reinigendes, warmes Wasser. Adam wusch sich gründlich die Hände. Jeder Bürger hatte damals die Anweisung erhalten, wie man sich richtig die Hände zu waschen habe, um Infektionen zu vermeiden, und Adam war gut darin, jeder einzelne Finger bekam sein Fett weg. Doch das Gefühl der Scham ging nicht ab. Seine kranke Frau lag nebenan im Bett, und er ergötzte sich an kranken Fantasien, in denen eine gesunde, jüngere Version seiner kranken Frau die Hauptrolle spielte. Aber war das nicht immer noch besser, als wenn er dabei an eine andere dachte? Im Grunde betrog er sie ja nicht einmal. Er hielt sie in Ehren, vielleicht sogar am Leben, war es nicht so?

Als er wieder im Flur stand, blieb er kurz stehen. Sein Kopf brummte. Langsam ging er in die Hocke, setzte sich auf den weichen Wollteppich und lehnte sich mit dem Rücken an die Wand.

Auf dem Beistelltisch stand das Festnetztelefon. Es hatte ewig nicht geklingelt. Der Anrufbeantworter war verstummt. Daneben ein Fotoalbum, ein Notizblock, eine Probe *Chanel N°5* und Evas Zigaretten. Museumsreif, dachte Adam. Er nahm die Packung in die Hand. Sie war noch mehr als halb voll. Wenn man wissen wollte, ob jemand vom Schicksal überrascht worden war, musste man nur nachschauen, wie viele Zigaretten noch in seiner Packung waren.

Damals, als sie sich kennenlernten, rauchte Eva eine Marke namens *Salem Gelb*. Sie kosteten 1,60 Mark, ohne Filter und bitter im Geschmack. Manchmal rauchte sie auch *Real* oder *Jubilar,* ebenfalls filterlos und furchtbar stinkig. Dann zündete sie sich eine an und sagte dabei einen Spruch auf, zum Beispiel: *Die Frau an der Bar – raucht Jubilar* oder *Die Frau von Welt – raucht Salem Gelb.*

Westzigaretten waren ein beliebtes Mitbringsel. Eva gefiel, dass sie parfümiert waren und nicht so stanken. Häufig hatte Adam gleich mehrere Packungen im Gepäck, wenn er kam. Zwei für Eva, den Rest als Bestechungsmasse an der Grenze.

Adam zog eine Zigarette aus der Packung, schnupperte daran und fragte sich, wann Eva wohl die letzte geraucht hatte. Und ob er dabei gewesen war. Und ob sie sich in dem Moment dessen bewusst gewesen war, dass es vielleicht die letzte war. So wie ein zum Tode Verurteilter, der eine Zigarette als letzten Wunsch geäußert hatte.

Brennen muss Salem, dachte Adam. Auch ein guter Slogan.

Durch das kleine Fenster im Flur fiel ein grauer Schein. Die Zeit war stehen geblieben. Endlich.

Adam blickte hoch, sein Nacken schmerzte. Der Heiland am Kruzifix schien ihn von oben herab auszulachen. Du hast es verkackt, Junge.

Guck dich doch selbst an!

Mit einem Mal verspürte Adam den Wunsch zu beichten, dass er gesündigt hatte; nach seinem Vater zu rufen, der ihn die Welt gesetzt und vergessen hatte. Der abwesende, übergroße Vater. Es war verrückt, aber diese eine Frage lag doch auf der Hand. *Warum hast du uns nicht beschützt?* ER hätte es wissen müssen! ER hätte sie daran hindern müssen, eine große Dummheit zu begehen.

Adam schlich zurück ins Schlafzimmer, gefangen in einer

Endlosschleife, aus der es kein Entrinnen gab, ein ewiger Kreislauf, eine nie enden wollende Berg-und-Tal-Fahrt.

Eva hatte sich bewegt, ihre Füße lugten unter der Decke hervor. Das Kuchenstück drohte vom Teller zu rutschen, also nahm er ihn wieder in die Hand.

Es stimmte, sie hatten es verkackt. Sie hatten die goldene Regel gebrochen und von der verbotenen Frucht genascht. Aber welcher Vater verbot seinem Kind den Griff ins Bonbonglas, ohne ihm in dem wahrscheinlichen Falle, dass es der Versuchung in einem schwachen Moment nachgab, eine zweite Chance zu geben? Kein Vater würde das tun, dachte Adam. Außer seinem eigenen.

Er hätte es ihm schon viel früher heimzahlen sollen, einmal richtig ans Bein pissen, so wie der Illuminaten-Gründer, Adam Weishaupt, ein Ingolstädter, der Küster hatte es erzählt, ein Visionär aus der Provinz, einer, der nicht vor jedem vernagelten Kreuz auf die Knie fiel. Und sein Vorname – Zufall? Wohl kaum. Auch er, Adam, verstand sich als kritischer Geist. Seine Bücher zeugten von der Leidenschaft, die Welt da draußen zu begreifen. Nachzuvollziehen, warum der Apfelbaum im Garten grüne Blätter trug. Wie konnte man all das *nicht* verstehen wollen? Sein Kopf brauchte dieses Futter, dachte Adam. Sonst flog er ihm im wahrsten Sinne um die Ohren.

Adam betrachtete seine Frau. Schon als Kind hatte er sich vorgestellt, wie die Frau aussähe, an deren Seite er gerne die Welt entdeckt hätte. Eva kam dem Idealbild ziemlich nahe. Nicht nur wegen ihrer dunkelblonden Haare oder ihres immer noch schönen Körpers, was ihn im Übrigen damals schon beides und in dieser Kombination an eine Frau aus einer TV-Serie erinnerte, die er als Kind gemocht hatte. Evas Aussehen verführte ihn daher nicht nur zu erotischen Fantasien, sondern beruhigte auch das innere Kind in ihm, was Adam Außenstehenden nur schwer hätte erklären können. Es ging nicht um Äußerlichkeiten, die, wie Adam selbst am besten wusste, subjektiv und fragil waren. Es ging um die Art, wie sie ihn anfasste, seine Sprache sprach, seine verkümmerten Gefühle weckte und erwiderte, sodass sie wachsen konnten wie kleine Sprösslinge im Schoß der Erde. Wie sie als menschliches Bindeglied zwischen ihm und der Außenwelt fungierte, ihn ins Leben warf, ohne ihn dabei aus seinem Kopf reißen zu wollen. Sie hatte ihm nie gesagt, *dass* er mutig sei, sondern nur erklärt, *warum*. Sie hatte ihm auch beigebracht, wie man Konversation betreibt, ohne unangenehm aufzufallen. Und wie man schweigt, ohne unangenehm aufzufallen. Wie man seinen Schmerz beschreibt. Und warum der Schmerz anderer einem selbst manchmal mehr wehtat als der eigene. Was Hände dürfen. Was Worte dürfen. Was Unrecht ist. Was unnormal ist. Und was selbstverständlich.

Vieles von dem hatte ihm nicht sofort eingeleuchtet, aber nach und nach, und je mehr er verstand, desto größer wurde seine Wut darüber, was seine Eltern an ihm versäumt und verbrochen hatten.

Eva und er hatten keine Kinder bekommen können. Wobei es natürlich viel komplizierter war. Vielleicht hatten sie auch keine Kinder bekommen können *wollen*. Erst konnte Eva Kinder nicht wollen, am Ende konnte sie keine mehr können.

Adam hatte ein paar Bekannte dabei beobachtet, wie diese

ihre Kinder großzogen. Er hatte das Wachsen und Größerwerden dieser Kinder mit eigenen Augen erlebt, und obwohl er es stets nur aus der zweiten Reihe miterlebt hatte, war ihm plötzlich klar geworden, wie viel Liebe ein erwachsener Mann zu geben im Stande war. Eine andere Art von Liebe. Aber er kam nicht umhin, sich zu fragen, ob er diese Art von Liebe auch in sich trug. Und je länger er darüber nachdachte, desto mehr drängte sich die Frage auf, ob Eva sich diese Frage ebenfalls stellte. Ob er, der »emotionale Krüppel«, wohl in der Lage gewesen wäre, ein guter Vater zu sein!?

War er also schuld daran, dass sie keine Kinder hatten? Hatte sie ihn bloß schützen wollen? Oder sich?

Kinder konnten Eltern noch näher zusammenbringen. Oder sie wie ein Keil auseinandertreiben. Auch das hatte Adam schon beobachtet. Insofern musste er Eva wohl zu ihrer Weitsichtigkeit gratulieren. Ja, sie hatte vielleicht den Apfel genommen, aber er war der Sohn seines Vaters. Dem hätte man diese Verantwortung keinesfalls übertragen wollen, oder?

Er brauchte Eva so sehr, es war fast unheimlich. Sie war das Geschenk seines Lebens. Und doch führte es jetzt, da sich dieses Geschenk als begrenzt haltbar erwies, auch dazu, dass ihr gemeinsamer Traum zum Albtraum wurde. Anders gesagt, Adam hätte sie auch dafür hassen können, dass er sie so sehr liebte.

Allein über diese Ambivalenz der Dinge hätten sie noch unerschöpfliche Gespräche führen können, dachte er. Die Sonne spendete und verbrannte Leben, Wasser tränkte oder ertränkte es, der Schnee verwischte dieselben Spuren, die man in ihm hinterlassen konnte. Warum sollte es also bei der Liebe anders sein?

Klar, dass und, vor allem, *wie* er Eva kennengelernt hatte, so etwas ließ sich nicht planen. Auch wenn die Werbung einem heutzutage das Gegenteil einredete. Darauf konnte man nur hoffen. Und wenn er oder sie im Leben nicht dem oder der Richtigen begegnete, konnte man es keinem vorwerfen. Das hatte ja nur bedingt etwas mit Glück zu tun. Das war Schicksal!

In diesem Moment rutschte Adam der Teller aus der Hand und fiel mit einem dumpfen Knall auf den Boden. Eva schlug die Augen auf.

»Gott, hast du mich erschreckt«, rief sie.

»Entschuldigung«, murmelte er.

»Wie lange stehst du hier schon?«

»Keine Ahnung, …«

Einen Moment lang wusste keiner, etwas zu sagen. Adam fühlte sich auf unheimliche Weise ertappt, dann fiel ihm der Apfelkuchen wieder ein. Er bückte sich, schob das verrutschte Stück wieder auf den Teller, pustete einmal drüber und hielt ihn Eva entgegen.

»Hier, dein Kuchen.«

»Danke.«

Eva schlug das Kissen auf, schob es sich in den Rücken und setzte sich aufrecht hin. Dann fuhr sie sich mit dem Schwamm über das Gesicht und band ihre Haare wieder zu einem Zopf zusammen.

»Kannst du den Schwamm gleich noch einmal richtig nass machen?«, fragte sie.

»Natürlich.«

Er gab ihr den Teller und stellte sich wieder ans Fenster.

Eva zerteilte den Kuchen sorgfältig mit der Gabel. Das erste Stück wanderte in den Mund. Sie kaute mit geschlossenen Augen, ein gutes Zeichen.

»Weißt du noch, wo wir die Teller gekauft haben?«, fragte Adam.

»Swasiland«, die Antwort kam prompt. Was das betraf, funktionierte ihr Gedächtnis nach wie vor tadellos, eine Suchmaschine aus Fleisch und Blut.

Eva spießte ein zweites Stück mit der Gabel auf und schob es gleich hinterher.

»Köstlich«, nuschelte sie mit vollem Mund.

Adam füllte ihr Glas mit frischem Wasser aus der Karaffe, auf deren Boden sich ein paar blaue Kristalle tummelten.

»Danke. Vielleicht versuche ich es morgen mal wieder mit Kaffee.«

Adam nickte. Man vergaß die einfachen Freuden so schnell, wenn sich das Glück spendabel zeigte. Aber stand man vor den Trümmern seines Lebens, kehrte man zur Demut zurück wie der verlorene Sohn.

»Wie geht es dir?«, fragte er.

Eva schaute auf.

»Was meinst du?«

»Ich meine, wie geht es dir? In diesem Moment? Hast du Schmerzen?«

Sie zuckte mit den Achseln, so als wolle sie nicht daran erinnern werden, warum sie im Bett lag, während er am Fenster stand.

»Im Moment geht es.«

Sie senkte den Blick und schaufelte mit großem Appetit weiter Kuchen in sich hinein. Und plötzlich traf Adam völlig unvorbereitet ein sehr hässlicher Gedanke. War es möglich, dass sie ihm nur etwas vorspielte? Wollte sie ihn vielleicht für immer an sich binden, indem sie ihm weismachte, dass sie ohne seine Hilfe verloren wäre?

»Wenn du mal zurückblickst«, ihre Stimme holte ihn abrupt zurück ins Jetzt, »was hat dich an mir genervt?«

Adam brauchte einen Moment, um sich zu sammeln.

»Gar nichts.«

»Das glaubst du doch selber nicht.«

»Doch, wirklich«, beteuerte er, »ich würde alles an dir vermissen.«

Zum Glück war er geistesgegenwärtig genug, »würde« statt »werde« zu sagen. Eva zog die Augenbraue hoch, das untrügliche Zeichen dafür, dass sie zumindest leise Zweifel hegte.

»Auch dass ich den Aschenbecher nie ausgeleert habe? Oder dass ich meine gebrauchten Tassen immer in die Spüle gestellt habe, anstatt sie gleich in die Spülmaschine zu räumen? Das musstest du immer alles machen, und ich weiß, es hat dich genervt.«

Sie zwinkerte ihm aufreizend zu, was Adam ein kleines Lachen entlockte.

»Oder dass ich mit der Meise rede, wenn ich in der Küche bin? Oder mit mir selbst? Oder dass ich … keine Kinder wollte?«

Ihre Stimme zitterte, als sie die letzten Worte über ihre Lippen brachte.

»Ich rede auch mit der Meise«, sagte er und kam langsam auf sie zu. Ihre Augen hatten sich wieder mit Tränen gefüllt. Verdammte Tränen, dachte Adam. Wo kamen die immer noch her?

»Nichts davon hat mich jemals genervt«, sagte er sanft, »diese Dinge würden mir fehlen, hörst du?«

Eva nickte. Adam legte ihr eine Hand auf die Schulter.

»Eines Tages werden wir alt sein«, fuhr er fort, »uns anlächeln und es nicht schlimm finden, dass ein großer Traum geplatzt ist. Weil unser kleiner Traum vom großen Glück ewig weiterleben wird, okay?«

Eva starrte auf ihre Hände, mit denen sie abwesend die Bettdecke glatt strich, wie bei Geschenkpapier, das man später noch einmal benutzen wollte.

»Ich verspreche es«, sagte Adam mit fester Stimme, obwohl er wusste, was dieses Versprechen in ihr auslöste.

Regel Nummer eins.

Sie wischte sich die Tränen aus den Augen und nickte noch einmal.

»Nicht schlecht für einen emotionalen Krüppel«, flüsterte sie schließlich, bevor sie ihre Arme um seinen Hals schlang, wieder von ihm abließ und stumm die letzten Krümel verputzte.

In dieser Sekunde wurde Adam bewusst, wie sehr er Eva wirklich vermissen würde. Wie sehr es ihm fehlen würde, ihre Hand zu nehmen. Ihr die eine lange Strähne hinters Ohr zu klemmen, bevor er einen Satz zu Ende sprach, den er über diese kleine, zärtliche Geste schon wieder vergessen hätte. Genauso wie es ihm fehlen würde, dass sie immer von seinem Käsebrot abbiss oder nachts die Streichhölzer draußen auf der Fensterbank liegen ließ.

Eva neigte ihren Kopf zur Seite. Er küsste sie zweimal, dreimal auf ihr kleines Ohr. Es war kalt.

Notfalls mit Gewalt, dachte Adam.

Notfalls mit Gewalt!

13

Adam nahm ihr den leeren Teller aus der Hand, legte den Schwamm darauf und machte sich wieder auf den Weg nach unten.

»Vergiss nicht, ihn noch mal richtig nass zu machen.«

»Natürlich nicht.«

In der Küche angekommen, stellte er den Kuchenteller in den Geschirrspüler, die Gabel in den Besteckkorb. Den Schwamm legte er neben den Wasserhahn der Spüle, damit er ihn später nicht vergessen würde. Kleine Handgriffe. Danach nahm er eine neue Dose Bier aus dem Kühlschrank, öffnete sie im Gehen. Was für eine Schnapsidee, jetzt mit dem Trinken aufhören zu wollen.

Die Küche in der unteren Etage besaß zwei große Fenster, eines zur Seite heraus, mit Blick auf den Garten und das Waldstück dahinter, das andere Fenster zeigte nach vorne, wo sich jeden Tag aufs Neue das Treiben einer mittelgroßen Verkehrskreuzung abspielte. Deswegen hielt sich Adam so gerne in der Küche auf. Man brauchte nur ein paar Meter von einer Seite des Zimmers zur anderen zu gehen und hatte sogleich beide Enden der Wurst vor Augen: zum einen die Natur und zum anderen das, was der Mensch der Natur übergestülpt hatte. Leuchtreklame, Straßen, Schilder, Geschäfte, all das Unnatürliche, scheinbar Sinnhafte, was, wenn man es einmal im Ganzen betrachtete, plötzlich gar keinen Sinn mehr zu machen schien.

Adam trank einen großen Schluck aus der Dose. Der zivilisierte Mensch hätte jede Möglichkeit gehabt, sich anders einzurichten. Aber er hatte eine Variante aus Stein, Metall, Glas und Plastik gewählt, die so grell und künstlich erschien, dass man sich fast zwangsläufig fragen musste, wo er wirklich herkam, der Mensch.

Es gab Dinge, die selbst Adam einleuchteten. Fenster, zum Beispiel. Man beobachtete das Leben, ohne sich in Gefahr zu begeben, einfach genial. Ebenso Räder, Gabeln oder Decken, wie jene, in die seine Frau oben eingerollt dalag und in regelmäßigen Abständen gegen Schüttelfrost ankämpfte; die ihre Schweißperlen aufsog, Tropfen um Tropfen, bis Adam sie irgendwann in die Waschmaschine stecken und durch eine Austauschdecke ersetzen musste. Waschmaschinen, ja, die leuchteten ihm auch ein.

Es war ein beliebtes Ritual von Eva und ihm gewesen, sich an ungemütlichen Tagen ins Bett zu legen, unter die große, weiche Decke zu kuscheln, die Augen zu schließen und sich gegenseitig die Dörfer und Wege ihrer Kindheit zu beschreiben. Eva liebte es, wenn Adam sie in Gedanken durch seine kleinen Erinnerungsorte führte. Da waren die Schule, der Spielwarenladen, das Café, der Tante-Emma-Laden, das Schuhgeschäft, die kleine Apotheke. Früher oder später schloss Eva seine Aufzählung mit dem Vorwurf, damals hätten Geschäfte noch wie die Menschen geheißen, die sie führten. Und diese Menschen hätten von ihrem Geschäft die Miete und die Heizkosten zahlen können.

Dann war Eva an der Reihe. So grau Adams Familie war, so grau war Evas Dorf. Sie war ein Farbenmensch. Wäre es nach ihr gegangen, hätten sie ihre kleine Maisonettewohnung wie die Menschen im Norden von außen mit roten Holzpaneelen verkleidet. Trotz der Tristesse erinnerte sich Eva an viele Dinge aus der Kindheit, die ihr heutzutage fehlten. Wenn ihre Nostalgieanfälle zu schlimm wurden, erinnerte Adam sie daran, dass damals nicht alles besser gewesen war. Dass Menschen im Osten nicht frei reisen und Frauen im Westen lange nicht ohne die Zustimmung ihres Mannes eigenes Geld verdienen durften. Aber er wusste, dass sie das wusste. Und dass ihr Wissen darum nichts mit der Erinnerung daran zu tun haben wollte.

»Ich möchte Andi Luft besuchen«, hatte Eva meistens nach ihren gemeinsamen Erinnerungsreisen in die Kindheit gesagt. Denn es stimmte ja: Wenn man die Welt zu zweit erobern konnte, war nicht alles schlimm. Aber man musste sich auch regelmäßig davon überzeugen, sonst sperrte die Welt einen über kurz oder lang aus.

Oder ein.

Oder weg?

Adam schaute aus dem Fenster und fragte sich, wo der Lebensmittellieferant blieb. Heute war Freitag. Adam bestellte mittlerweile alles online. Den Einzelhandel hatte er lange nicht beehrt. Einzelhandel. Adam stutzte. Eine neue Zeit tat sich auch dadurch hervor, dass sie alte Worte irgendwann einfach verschlang.

Sprache war ein unsicheres Instrument. Im Grunde traute Adam seinen eigenen Worten nicht. Und doch war sie der kleinste, gemeinsame Nenner, um überhaupt in irgendeiner Form vermittelbar zu bleiben. Er hatte mit Eva darüber erhellende Diskussionen geführt, hier in der Küche, genau da, wo er jetzt saß.

An eines dieser Gespräche konnte er sich besonders gut erinnern. Eva stand lässig an den Bauernschrank gelehnt, ein

Glas Rotwein in der Hand und ihre langen Haare so perfekt verwuschelt, dass Adam geneigt war, aufzustehen und seine Nase darin zu vergraben.

Er hatte damals weit ausgeholt, um ihr sein »Weltbild« näherzubringen. Warum sie abhängig davon waren, wie ihr Gehirn die Welt erst für sie sichtbar machte. Sekunde für Sekunde aufs Neue. Ein Weltbild pro Gehirn. Und wie ausgeliefert sie in diesem Zustand waren.

»Angenommen, ich müsste dir etwas beschreiben, das du noch nie gesehen hast. Etwas, von dem du auch nicht wüsstest, ob es das wirklich gibt. Zum Beispiel …«, Adam hatte einen Moment nachdenken müssen, weil es gar nicht so leicht war, etwas zu finden, wovon Eva womöglich nur eine vage Vorstellung hatte, »einen Defibrillator.«

»Okay.«

»Dann würde ich dir sagen, der wäre klein, aber nicht zu klein, tragbar und rechteckig, aber mit runden Ecken und aus ganz verschiedenen Materialien, mit Kabeln und zwei Platten, wie kleine Bügeleisen, die man irgendwie aufs Herz drückt, und wenn man es richtig macht, kann man damit einen Menschen zurück ins Leben holen …«

Eva sah ihn erwartungsvoll an.

»Dank dieser Beschreibung hätte ich eine sehr genaue Vorstellung davon.«

»Ja, weil du weißt, was ein Bügeleisen ist. Und ein Herz. Bei einem Begriff wie ›Kernspaltung‹ sähe das schon anders aus. Oder ›Umwelt‹. Oder so was«, Adam drehte sich zur Fensterbank und rupfte einen Büschel Grünzeug aus dem Kräuterkasten, »… der Geschmack von Petersilie.«

»Es ist immer schwierig, etwas zu beschreiben, was der Andere nicht kennt«, sagte sie.

»Nein«, widersprach Adam, »es ist *unmöglich*. Weil man immer nur sagen kann: Es sieht so aus wie das und das, oder es riecht so ähnlich wie das und das. Aber dieses *Das-und-das* ist ja auch wieder bloß ein Vergleich mit einem anderen *Das-und-das*. Entscheidend ist nicht die Sprache selbst, sondern unsere Erfahrung im Umgang mit Sprache. Wenn ich möchte, dass du mich verstehst, muss ich also ganz bestimmte Bilder in dir wecken, auf die dein Gehirn zurückgreifen kann, wenn es diese Bilder rekonstruiert. Aber ich kann es nicht beeinflussen.«

»Und?«

»Und deshalb besteht am Ende keine Möglichkeit zu überprüfen, ob wir beide von derselben Sache sprechen.«

»Aber dafür reden wir doch miteinander«, erwiderte Eva und lachte, »so wie jetzt.«

Sie löste sich vom Schrank, stellte ihr Glas ab, griff in die Obstschale auf dem Tisch und hielt ihm einen Apfel unter die Nase.

»Du meinst also, es ist nicht sicher, ob ich diesen roten Apfel in meiner Hand halte?«

»Doch, aber es ist unsicher, ob wir wirklich dasselbe sehen. Unser Gehirn macht, was es will. Es macht sich immer sein eigenes Bild.«

Eva ging noch ein, zwei Schritte weiter, bis sie direkt neben ihm stand.

»Erinnerst du dich an das, was Hermann uns damals in Dresden erzählt hat, als wir abends bei ihm zu Hause am Tisch saßen?«, fragte Adam.

»Nicht an alles, das ist ewig her.« Sie stutzte. »Ach, *das* ist also Konstruktivismus?«

Adam nickte. Fast beiläufig parkte sie ihre linke Hand auf

seiner Schulter, biss in den Apfel, den sie noch in der anderen hielt und blickte eine Weile durchs Fenster hinunter auf die Kreuzung.

»Aber vor einer roten Ampel bleiben am Ende doch alle Autos stehen …«

Adam schloss die Augen. Er spürte ihre Fingerspitzen auf seiner Schulter, er roch ihren Geruch, sauber, dezent parfümiert, warm, mit einer Prise Apfel, die von oben herabtropfte.

»Es ist ›lalt‹ draußen«, sagte Eva leise.

»Was?«

»Es ist ›lalt‹«, wiederholte sie, »laut und kalt.«

»Ja«, sagte Adam, »es ist ›lalt‹.«

Er hatte die Augen noch immer geschlossen. Sein Herz schlug nur noch mit halber Geschwindigkeit. Es war einer dieser Momente von totaler Übereinstimmung, von denen man im Leben nur eine Hand voll geschenkt bekam. Wenn man Glück hatte.

»Ich habe manchmal wirklich Angst, dass wir uns nicht mehr verstehen«, flüsterte er. »Alles ist unscharf. Die Bilder in uns, die Begriffe. Ein Großteil aller globalen Konflikte basiert auf diesen Ungereimtheiten. Und ein Großteil der Beziehungen, die zu Bruch gehen, auch. Weil wir eine *Black Box* auf den Schultern tragen.«

Eva blickte ihn vielsagend an, und in diesem Falle ahnte er zumindest, welche Bilder ihr gerade durch den Kopf gingen.

»Manchmal«, sagte sie langsam, »rettet es vielleicht auch die Liebe, weil man zumindest dort vor dem Anderen sicher ist.«

❦

Adam warf die leere Bierdose in einen eigens dafür vorgesehenen Plastiksack. »Einwegpfand«, dachte er laut. Die normative Kraft des Faktischen.

Eva konnte in diesen Diskussionen sehr unnachgiebig sein. Nicht, dass sie seine Gedanken nicht teilen wollte, im Gegenteil, es war ein Spiel, für sie beide. Denksport.

Adam wusste aus einem Buch über tibetische Mönche, dass diese stundenlang in gestenreichen Wortduellen über den Stoff debattieren mussten, den sie jüngst gelernt hatten. Zu zweit. In diesen intensiven Debatten sollte sich bei den Schülern sowohl der eigene Lernstoff als auch der des Gegenübers festsetzen. Und im antiken Griechenland war das ganz ähnlich, da musste man über rhetorische Fähigkeiten und gute Argumente verfügen, um seinen Worten Gewicht zu verleihen.

Heute, dachte Adam, musste man einfach nur am lautesten brüllen. Und dann dachte er: Hermann, ihr gemeinsamer Freund, Hermann Glöckner, ein großer Künstler der DDR, nein, davor auch schon, also, ein großer deutscher Künstler, der erst gegen Ende seines Lebens die verdiente Anerkennung erhielt. Und, ja, ein Konstruktivist, in dem Sinne, dass er keine gegenständliche Kunst machte. Er hatte Adam damals ermutigt, sein Weltbild in diesem Sinne zu erschaffen. Nur auf die Leistung seines Geistes zu bauen und nicht darauf zu vertrauen, was die anderen sahen.

Adam hatte ihn fotografiert, 1984, in seinem Atelier in Dresden, ein hartkantiges Schwarz-Weiß-Porträt mit so viel Tiefenschärfe, dass man sich als Betrachter darin zu verlieren glaubte. Bei Adam war es allerdings genau andersherum. Er fand sich darin wieder.

14

Dresden, Staatliche Kunstsammlungen, 1984.
Totale: Kunstwerke, verschiedenster Art. Zeichnungen, mit Kreide auf Papier, Linien und Schwünge, Faltungen, Skulpturen, Bilder und Objekte, ihrem Alltag entrissen und in diese andere Welt verpflanzt. Nahaufnahme: der Künstler selbst, Hermann Glöckner, ein kreativer Geist, hinter einem klugen, klaren Gesicht, von da an abwärts ein schmaler, offenbar äußerst zäher Körper, bis aufs Nötigste heruntergehungert, zusammengehalten, scheinbar nur noch vom Mantel, jedoch mit stillen Reserven.

An diesem Tag begegneten sie sich zum ersten Mal. Die Fotos waren schnell im Kasten. Eigentlich war es nur das eine, das Porträt, Adam wusste sofort, dass es gelungen war. Es gab keinen Grund, weitere Einstellungen zu probieren. Das wiederum imponierte Glöckner, der selbst ein großer Freund des ersten Versuchs war und überhaupt kein Freund davon, fotografiert zu werden. Zum Dank durften Adam und Eva ihn im Anschluss, einen Tag vor der großen Eröffnung, exklusiv bei der letzten Inspektion der Ausstellungsfläche begleiten.

Eva hatte sich bei dem alten Mann eingehakt, vielleicht war es auch andersherum gewesen. Wie zwei Menschen, die über ihre Zeit bestimmen konnten, schlenderten sie über die Flure und warfen letzte, prüfende Blicke auf Hermanns inszenierte Geistesblitze, über einhundertfünfzig Werke insgesamt.

Adam war fasziniert von den Arbeiten. Von deren Eleganz und Schlichtheit. Mitunter hatte Glöckner mit Kreide nur ein paar Schwünge zu Papier gebracht, doch es schien, als schlummere weit mehr darin als in so manchem dicken Buch. Immer wieder drückte Adam auf den Auslöser seiner Leica. Irgendwann stand Glöckner neben ihm. Oder, besser gesagt, hinter ihm, in seinem toten Winkel.

»Sie können diese Zeichnungen nicht fotografieren«, sagte er plötzlich.

Adam fuhr erschrocken herum.

»Verzeihung, ich wusste nicht, dass man hier nicht fotografieren darf.«

Glöckners Blick fixierte ihn. Er sah ein bisschen aus wie Einstein, dachte Adam, nur ohne diesen merkwürdigen Schnurrbart. Und ohne Allüren. Ein Gesicht ohne Fassade, wie ein freundlicher See. Wohl mit einem Geheimnis, aber keinem dunklen.

»Ich habe nicht gesagt, Sie dürfen nicht«, entgegnete Glöckner ruhig, »ich habe gesagt, Sie *können* sie nicht fotografieren.«

Er ging einen Schritt auf Adam zu, an ihm vorbei, auf eine der Zeichnungen zu, die ohne Plexiglasabdeckung, in einem leichten Neigungswinkel auf mittelhohen Podesten montiert waren, sodass man sie betrachten konnte, als würde man zum Frühstück eine Zeitung lesen.

»Die richtige Rezeptionshaltung ist die Eintrittskarte ins Werk«, sagte er.

Adam bekam kein Wort heraus, der alte Mann nahm ihn im Sturm ein. Es war schwer zu beschreiben.

»Geben Sie mir Ihre Hand«, sagte Glöckner, in derselben Sekunde hatte er sie schon genommen.

Er legte Adams Finger behutsam auf das wertige Papier

und führte sie, wenn man das so sagen konnte, parallel zu den Schwüngen in Zeitlupentempo über das Blatt.

»Spüren Sie das?«

Adam nickte. Glöckner hätte allerdings auch fragen können, ob Adam ein Werwolf sei, ödipal veranlagt oder ein Spion des Westens. Adam war so verzaubert davon, an der Hand des Künstlers in dessen Werk geführt zu werden, er hätte in diesem Moment alles bejaht.

»Wissen Sie«, hob der Alte an, »es geht in der Kunst immer um die Dichotomie zwischen Form und Inhalt, aber diese Schwünge sind Inhalte, die nur *in* und *wegen* ihrer Form existieren. Die Freiheit dieser Schwünge«, Glöckner geriet nun geradezu ins Schwärmen, »kann man nicht auf einem Foto einfangen.«

»Nein«, flüsterte Adam.

»Fragen Sie Walter Benjamin.«

Glöckner lachte, scheppernd und seltsam vereinzelt, wie ein 95-jähriger Mann eben lachte, der es nicht mehr so genau nehmen musste, ob man seinen Humor verstand oder nicht. Oder ob überhaupt jemand da war, der ihn zur Kenntnis nahm.

In diesem Moment bog Eva um die Ecke.

»Hier habt ihr euch versteckt«, rief sie und mit Blick auf Glöckner, »alles in Ordnung?«

Adam räusperte sich ehrfürchtig.

»Dieser Mann ist seiner Zeit voraus. Vieles von dem, was heute gefeiert wird, lag bei ihm Jahrzehnte lang im Regal.«

»Allerdings«, stimmte Eva zu, »hast du die Mähmaschine gesehen?«

Die Mähmaschine vor dem Lugberg. Ein ganz besonderes Stück. Es war, wie Eva es später formulieren würde, eines der wenigen Werke Glöckners, bei dem ein Betrachter auf den ersten Blick das erkannte, was es darstellen sollte. Aber eben noch viel mehr. Diese Maschine verkörperte etwas Symbolisches. Sie war klein, aber brachial, aus der Zeit gefallen, jedoch nach wie vor ein Zeichen des Fortschritts. Adam liebte diese Ambivalenz.

»Ihre Mähmaschine ist wie der Apfel im Paradies«, platzte es aus ihm heraus, »ein ewig gültiges Symbol.«

Adams Hände berührten Glöckner an dessen Schultern, ließen den alten, hageren Körper aber sofort wieder los. Glöckner lächelte bloß in sich hinein und nickte wissend.

»Kommen Sie«, sagte der Alte schließlich, »ich lade Sie beide zum Abendessen ein. Ein bisschen Gesellschaft tut mir gut.«

»Sind Sie sicher?«, fragte Eva verwundert, »Sie sind ab morgen der Mittelpunkt bei einem der wichtigsten gesellschaftlichen Anlässe der Stadt.«

»Ich meine nicht diese Art von Gesellschaft«, sagte er und lächelte. »Ich gehe schon mal vor, ich brauche etwas länger, wie Sie wissen. Ich werde im Wagen auf Sie warten.«

»Ich habe nur einen Tagesschein«, gab Adam zu bedenken.

»Mein Assistent wird sich darum kümmern. Ich genieße mittlerweile zum Glück gewisse Privilegien. Traude, meine Lebensgefährtin, sorgt sich immer, wenn ich alleine in Dresden übernachte. Es wird sie beruhigen, wenn ich Gäste habe.«

Er grinste verschmitzt, machte sich auf den Weg zum Ausgang und ließ Adam in seiner Verzauberung zurück. Eva schaute dem Künstler hinterher, um sichergehen, dass er keinem plötzlichen Schwächeanfall erlag. Dann drehte sie sich um und lächelte Adam an.

»Bei dir auch alles in Ordnung? Du siehst aus, als wäre dir ein Geist begegnet.«

»So kann man es auch ausdrücken.«

»Habe ich etwas verpasst?«

Sie legte ihm eine Hand auf die Schulter, zog ihn an sich heran und küsste ihn kurz und schmerzlos auf den Mund.

»Dieser Mann ist fast hundert Jahre alt. Er hat zwei Weltkriege überstanden. Und beim großen Brand in Dresden verbrannte sein komplettes Frühwerk.«

»Ja, du Schlaumeier, das habe ich auf einer der Info-Tafeln gelesen.«

»Trotzdem machte er immer weiter, allen Widerständen zum Trotz. Ich meine, erst hatte er Probleme mit den Nazis, weil sie seinen Konstruktivismus für entartet hielten, später anfangs auch mit der SED, weil die DDR realistische Kunst bevorzugt ...«

Eva wippte unruhig von einem Fuß auf den anderen, die Wände des Museums hatten Ohren, so viel stand fest. Zudem wollte sie Glöckner auf keinen Fall warten lassen.

»Verstehst du?«, fuhr Adam aufgeregt fort. »Er konnte mit seinen Sachen bis zuletzt nie so richtig ans Licht.«

»Wovon hat er gelebt? War er nicht auch verheiratet?«

»Ja, das ist in der Tat bemerkenswert.«

»Warum?«

»Er hat Hauswände gestaltet, also Schriftzüge oder den Namen an Gaststätten geschrieben und solche Sachen, mit so einer Kratztechnik. Und seine erste Frau, Frieda, hat ihm dabei geholfen.«

»Ein Künstler, verdammt zu Malerarbeiten«, entfuhr es Eva.

»Ja, aber das Beste kommt noch. Weißt du, wie er diese

Arbeiten genannt hat? *Baubezogene Brotwerke,* ist das nicht phänomenal?«

⚘

Glöckner erwies sich als Gastgeber der alten Schule. Adam hatte zum Dank für den Fototermin immerhin einen *Albert de Montaubert* über die Grenze geschmuggelt, den Glöckner sogleich bereitwillig öffnete und seinen beiden jungen Gästen als Aperitif kredenzte.

»Ich weiß, Cognac ist nicht ganz optimal, aber der Champagner ist leider aus«, sagte er, um daraufhin in der Küche zu verschwinden. Schon nach ein paar Minuten kam er zurück und servierte Braten, dazu Rotkohl und Klöße, angerichtet auf edlem Porzellan.

»Greifen Sie zu«, sagte er, »es müsste noch warm sein.«

»Wie haben Sie das so schnell gezaubert?«, fragte Eva erstaunt.

»Das Museum beliefert mich seit geraumer Zeit mit Essen. Der Koch versteht sein Handwerk, aber es ist immer viel zu viel ...«, er zerteilte einen Kloß mit der Gabel und tunkte ihn in die braune Soße, »ist das nicht seltsam? Früher, als meine erste Frau Frieda noch lebte, hatten wir manchmal tagelang nichts Richtiges auf dem Teller. Und jetzt, wo sie nicht mehr da ist, ertrinke ich in gutem Essen, wenn man das so sagen kann. Obwohl ich nichts anders mache als damals.«

»Ironie der Geschichte«, sagte Adam.

»Wohl eher der Lauf der Geschichte«, wandte Eva ein.

»Nein«, sagte Adam ernst, »im Grunde ist es fast schon Zynismus.«

»Streiten Sie nicht«, sagte Glöckner fröhlich, »essen wir lieber. Seit Friedas Tod frage ich mich täglich, wie man sich zu Lebzeiten ständig über Kleinigkeiten ärgern konnte: das richtige Material, den richtigen Schwung, die richtige Farbe, nein«, sagte er und lachte, »die *vermeintlich* richtige Farbe. Da sind Traude und ich jetzt ein bisschen gelassener.«

Adam und Eva warfen sich einen Blick zu.

»Wie haben Sie sich eigentlich kennengelernt?«, fragte der Alte. »Derart grenzenlos ist die Liebe ja nicht so oft.«

Adam tupfte sich mit einer Serviette die Soße aus den Mundwinkeln.

»Zumindest nicht, wenn es um die deutsch-deutsche Grenze geht«, fügte Glöckner lächelnd hinzu.

»Nun«, begann Adam, »wir sind noch nicht lange …«, er blickte hilfesuchend zu Eva, »befreundet.«

»Wir haben uns in Ost-Berlin getroffen«, sprang ihm Eva zur Seite, »zufällig auf dem Konzert im Palast der Republik, letztes Jahr im Oktober. Seitdem versuchen wir, uns so oft es geht zu verabreden.«

»Verstehe«, brummte Glöckner, »ich wäre damals selber gerne zu dem Konzert gegangen. Leider bin ich für so etwas dann doch zu alt.«

»Es war tatsächlich ein Erlebnis«, sagte Adam und legte sein Besteck auf den leeren Teller, »so wie Ihr Braten.«

»Darf ich mich vielleicht ein bisschen umsehen?«, fragte Eva. Sie verfiel in diesen sanften Tonfall, der zumindest bei Adam immer zum Ziel führte.

»Bitte!« Er gab ihr mit der Hand ein Zeichen, sich keinen Zwang anzutun. »Nutzen Sie die Gelegenheit, allzu lange werde ich wohl nicht mehr hier sein. West-Berlin ruft.«

Eva erhob sich vom Tisch und drehte sich einmal um die eigene Achse. Bedächtig setzte sie einen Fuß vor den anderen, beinahe ängstlich, wie ein gezähmtes Tier, das zum ersten Mal seinen Käfig verließ. Adam beobachtete sie, er wäre gerne mit ihr gegangen, wollte den Gastgeber aber nicht allein am Tisch sitzen lassen.

Glöckners Bungalow war großzügig geschnitten, aber nicht protzig. Die Wände waren vor nicht allzu langer Zeit gemacht worden, verströmten jedoch immer noch eine gewisse Aura. Helle Wände, dunkler Holzfußboden, zwei Sessel, ein paar Skulpturen, beiläufig drapiert, so als wolle Glöckner mit alledem, was ihn ausmachte, hier zu Hause nichts zu tun haben. Die Zeitlosigkeit und die Offenheit fielen Adam sofort auf. Keine Wand stand dem Besucher im Weg, jeder Bereich stand mit dem anderen gewissermaßen in Kontakt, ein Raum für Spekulationen, wenn man so wollte.

Glöckner schenkte Adam gerade von dem mitgebrachten Cognac nach, als sie ein unterdrücktes Lachen aus der Küche vernahmen.

»Was amüsiert Sie, meine Liebe?«, rief Glöckner mit Verve, so als verleihe ihm Evas Anwesenheit neue Kräfte.

Die Küche lag offen, im rechten Winkel anschließend an den großen, hellen Wohnbereich, in dem auch der Esstisch stand. Eva kam zurück, um die Ecke, vorbei an der großen Glasfront, die den Blick in Richtung Garten freigab. Sie hielt eine Cornflakes-Packung in der Hand und schien in der Tat belustigt.

»Sind Sie nicht satt geworden?«, fragte Glöckner und deutete auf das, was Eva da in den Händen hielt.

»Doch, natürlich, Verzeihung, es ist nur so, ein Mann wie Sie und dann diese Packung, das passt nicht.«

»Was meinen Sie?«, fragte Glöckner.

»Na ja, man denkt ja, alles müsste hier irgendwie Kunst sein.«

Verlegen drückte Eva die Packung an ihren Bauch. Adam glaubte, ein vergnügtes Zucken um Glöckners Mundwinkel zu erkennen.

»Nun«, brummte Glöckner, »geben Sie her.«

Der Alte nahm ihr die Packung ab, öffnete sie, zog die Plastiktüte mit dem Inhalt heraus, stellte diese auf den Fußboden und den leeren Pappkarton, für alle sichtbar, auf den Tisch.

»Was sehen Sie?«, fragte er Eva.

»Ich würde sagen, eine leere Cornflakes-Packung, aber das wäre sicher zu einfach.«

Glöckner lächelte.

»Nun, ich sage Ihnen, was ich sehe: Ich sehe *keinen* Karton. Sondern alles und nichts. Die Dinge sprechen zu uns, in einer Sprache, die man nicht aufschreiben kann, die jeder auf seine Weise versteht. Und jetzt«, er nahm das Messer, das noch neben seinem Teller lag, »sehe ich in diesem Objekt … eine Mauer, eine unüberwindbare Mauer.«

Er wischte die Klinge in der Serviette ab, mehrfach, bis sie so sauber glänzte, dass sich das verstreute Licht des Deckenleuchters in ihr widerspiegelte. Dann begann er scheinbar wahllos, mit dem Messer den bunten Karton aufzuritzen, große gerade Schnitte durch die bedruckte Pappe. Glöckner schaute dabei so konzentriert auf das, was er tat, dass kein Zweifel bestand: Er folgte einem inneren Muster. Wie genau dieses Muster aussah, blieb, von außen betrachtet, rätselhaft. Genauso plötzlich, wie er es begonnen hatte, beendete Glöckner sein Werk. Er legte das Messer wieder auf den Tisch und betrachtete das Muster.

»Jetzt sehe ich zwei Gesichter«, sagte Eva.

»Sie haben recht«, bestätigte der Alte, »es könnten zwei Gesichter sein, im Profil.«

Glöckner drehte die Packung hin und her.

»Wie soll ich es nennen?«

»Wie bitte?«

»Ich werde es morgen Früh noch für die Ausstellung freigeben. Also brauchen wir einen Namen. Vielleicht: ›Geteilter Blick über den Tellerrand‹?

»Müssen diese Werkstitel immer so komisch klingen?«

»Das ist die halbe Miete für einen Verkauf.«

»Funktioniert das wirklich so?«

Glöckner lachte.

»Absolut. Und je blöder der Titel, desto überzeugender muss man ihn aussprechen. Wir sind in den Achtzigern, mein Kind. Am besten blöd, aber trotzdem mit Herz. Wie wäre es mit: ›Mama sorgt sich, kartoniert‹. Ein bisschen kitschig darf es auch sein.«

»Ich weiß nicht«, sagte Adam, »auf dem Gebiet bin ich kein Experte.«

»Wie meinen Sie das?«

»Meine ›Mama‹«, Adam betonte das Wort tatsächlich wie jemand, der es nie richtig benutzt hatte, »hat sich nie um mich gesorgt.«

»Was ist passiert?«, fragte Glöckner.

»Nun«, schaltete sich Eva ein, »ich kenne auch noch nicht alle Geschichten. Ist vielleicht besser so.«

Sie ging zu Adam und strich ihm über den Kopf. Als wäre das Drama nicht Jahre, sondern erst ein paar Stunden her.

»Bei uns in der Nachbarschaft«, sagte Adam leise, »gab es einen kleinen Park. Der einzige Ort, an dem ich mich wirklich sicher fühlte. Außer Reichweite. Ich sprach mit einem eisernen Engel am Brunnen, sogar mit den Tieren, den Vögeln und den Eichhörnchen.«

»Das hat Franz von Assisi auch getan«, sagte Glöckner, »und der war bekanntlich ein Heiliger. Kennen Sie sein berühmtes Zitat? ›Alle Geschöpfe der Erde lieben, leiden und sterben wie wir‹.«

»Glauben Sie an Gott?«, fragte Eva.

»Junge Frau«, antwortete Glöckner, »ich habe zwei schreckliche Kriege überlebt und, wenn ich Glück habe, auch zwei totalitäre Systeme. Ich war mit einer wunderbaren Frau verheiratet und werde, wie es aussieht, auch nicht alleine sterben müssen. Also natürlich glaube ich an Gott … ich nenne ihn nur nicht so.«

Er zwinkerte ihr zu, der Cognac zeigte Wirkung, sie saßen mittlerweile alle drei auf sehr weichen Kissen.

»Ich bin schließlich Existentialist«, ergänzte er, »auch wenn das mit der konstruktivistischen Sichtweise kollidiert.«

Der alte Mann hatte jetzt sichtlich Freude an der Konversation, vielleicht auch nur an dem, was er dazu beitrug, aber das konnte allen egal sein. Es gab diese Menschen, mit denen musste man nur ein paar Minuten gemeinsam in einem Raum verbringen und schon fühlte man sich in irgendeiner Form bereichert. Adam jedenfalls genoss die Anwesenheit dieses Mannes, die Gedanken, die Art und Weise, wie er hantierte. Er öffnete bloß eine Flasche und goss daraus ein, aber es war eben etwas ganz anderes, wenn man wusste, dass er mit einer ähnlichen Bewegung diese Schwünge ziehen konnte. Und war dieses Durchhaltevermögen, dieses Weitermachen, ohne Rücksicht auf persönliche Verluste, trotz aller Widerstände, diese unbedingte Treue gegenüber sich selbst, war das nicht das eigentliche Lebenswerk?

»Der heilige Franz von Assisi«, nahm Glöckner den Faden noch mal auf, »lag auch mit seinen Eltern im Streit. Gegen seinen Vater, einen reichen Tuchhändler, zog er sogar vor Gericht. In dem Verfahren verzichtete er auf jegliche Unterstützung. Er wollte arm sein. Und Gott war von nun an sein Vater. Es ist ein bisschen so wie bei Ihnen, meine beiden Gotteskinder.«

Glöckner erhob sein Glas. Adam und Eva taten es ihm nach. Sie stießen an, mit dieser seltenen Feierlichkeit, die man nur empfindet, wenn man innerlich entzündet ist und eine gewisse Seelenverwandtschaft verspürt. Und so nannte er sie fortan: »Gotteskinder«, während er ihnen im gleichen Atemzug das »Du« anbot: Hermann.

»Einmal«, sagte Adam irgendwann, »da lebten wir schon in Schwabing, meine Mutter und ich. Sie schickte mich zum Supermarkt, es war schon ziemlich spät. Und weil sie sah, dass ich keine Lust hatte, sagte sie: ›Du darfst dir ein Eis kaufen. Was du willst.‹ Damit hatte sie mich. Ich lief daraufhin zum Laden, hab schnell ihre Sachen in den Korb gelegt, ich glaube, ein Shampoo und Backpulver oder Eier, irgendwas, was sie abends noch brauchte. Und dann stand ich vor diesem großen Plakat an der Eistruhe mit den verschiedenen Sorten. Und ich konnte mich nicht entscheiden, weil ich es gar nicht gewohnt war, mir etwas Schönes auszusuchen. Bis der Verkäufer, eigentlich ein netter Mann, sagte: ›Junge, wir schließen.‹ Und dann habe ich mir einfach eine Tüte genommen, ohne zu gucken, was drin ist, habe das Papier zu Hause aufgerissen, an dem Eis geleckt … und es hat schrecklich geschmeckt.«

»Warum?«, fragte Hermann.

»Ich hatte das einzige Eis mit Alkohol erwischt.«

»Alkohol?«

»Ja, da waren so kleine Rumstückchen drin.«

»Und was hat die Mutter getan?«

Adam lächelte versonnen, aber jeder konnte sehen, dass etwas Schweres auf seiner Seele lag.

»Meine Mutter hat mir das Eis aus der Hand gerissen und gesagt: ›*Nicht einmal das kannst du.*‹ Und hat es selbst gegessen.«

Hermann schwieg, griff zu der Cognac-Flasche auf dem Tisch und schenkte noch mal vorsichtig nach.

»Du kannst nicht alles auf deine Kindheit schieben«, sagte er, als er bei Adams Glas angekommen war, »ich kann auch nicht für alles dem Krieg die Schuld geben. Oder den Systemen, die mich gedemütigt haben. Lies mal Sartre, man hat immer die Freiheit, sein Leben zu gestalten. Man hat sogar die Pflicht. Auch wenn die Umstände die Sache erschweren.«

Er hob noch einmal sein Glas. Dann ging er durch die gläserne Terrassentür hinaus in den Garten, um unter freiem Himmel eine zu rauchen. Nach ein paar Minuten kam er wieder hinein, alt und müde mit einem Mal.

»Ich muss allerdings zugeben«, sagte er, »es fällt mir zunehmend schwer, Angelegenheiten wie diese Ausstellung morgen zu erledigen.«

»Na klar«, sagte Eva sanft, »es war für uns alle ein langer, aber wunderbarer Tag.«

»Das Alter ist wie ein guter Freund, dem man ständig Geld leiht, obwohl man weiß, dass er es nie zurückzahlen wird«, sagte Hermann leise.

Dann verabschiedete er sich würdevoll von ihnen und ging schlafen.

15

Adam sah auf die Uhr. Der Lieferant ließ auf sich warten. Praktisch, Lebensmittel online zu bestellen. Wenigstens das hatte die Pandemie gebracht: dass niemand die Nase rümpfte, wenn man das Haus nicht mehr verließ.

Hoffentlich hatte der Typ nicht schon wieder das Bier vergessen, dachte Adam. Langsam wurde er unruhig. Und er schämte sich dafür, dass er offenbar davon überzeugt war, ein Schluck Bier würde das ändern.

Die größten Fallen, in die der Mensch im Laufe eines Lebens tappte, stellte er sich selbst.

Ob Eva noch schlief?

Adams Gewissen drückte. Irgendwie fand er keine Kraft, hoch ins Schlafzimmer zu gehen und nach ihr zu sehen. Das war ihm noch nie passiert. Aber, ja, wenn er ehrlich war, hatte sich da in den letzten Tagen zweifellos ein neues, merkwürdiges Gefühl beigemischt: das Gefühl, dass sie immer weniger wurde und er alle Macht über sie hatte.

Adam betrachtete sein Spiegelbild im Fenster. Sein Komplize? Oder ein Zeuge? Eine Frage: Ein Entführer, der sein Opfer und die Situation, in der sich sein Opfer befand, zu einhundert Prozent unter Kontrolle hatte, war der imstande, so etwas wie Langeweile verspüren?

Auf der anderen Straßenseite parkte ein SUV auf dem Seitenstreifen. Adam verachtete moderne Autos. SUV! Der Irrsinn dieser Zeit spiegelte sich in ganz bestimmten Abkürzungen wider.

Aus dem Fahrzeug stieg eine Frau, umständlich, so wie

man von einem Pferd abstieg, wenn man nicht reiten konnte. Sie trug einen langen hellen Mantel, dem Adam selbst aus der Entfernung ansah, dass er teuer gewesen sein musste. Beinahe mit Abscheu betrat die Frau den Asphalt, hastete linkisch zur Hintertür, öffnete sie, heraus kroch die Tochter, ein Klon ihrer Mutter. Adam schätzte sie auf fünf oder sechs Jahre. Ein opulenter Pelzkragen, der mit hoher Wahrscheinlichkeit mal echtes Leben zusammengehalten hatte, verdeckte ihr Gesicht. In der rechten Hand schlackerte ein Geigenkoffer hin und her, beinahe so groß wie sie selbst. Platz genug, um ein Maschinengewehr darin zu verstecken, dachte Adam.

Die Mutter eilte mit schnellem Schritt den Bürgersteig entlang und zog ihre Tochter dabei wie einen unwilligen, kurzbeinigen Hund hinter sich her. Ein paar Meter weiter klingelte sie an der Tür eines alten Mehrfamilienhauses. Während sie darauf wartete, dass sich die Tür öffnete, schaute sie hektisch nach rechts und links. Als könne ihre Tochter jederzeit Opfer einer Entführung werden, auf offener Straße, am helllichten Tage.

Adam nahm das Fernglas vom Bauernschrank, pustete den Staub ab, hielt es sich mit einer Hand vor die Augen und stellte mit der anderen die Linsen scharf. Dann legte er es wieder ab, holte den Besen aus der Kammer, drehte ihn um und legte ihn an wie ein Gewehr. Er war auf der Hut, er würde dem Kind Rückendeckung geben. Immer auf der Seite der Guten.

Die Tür öffnete sich. Die Frau in dem hellen Mantel schob ihre Tochter in den Hausflur, machte auf dem Absatz kehrt, eilte wieder zu ihrem fahrbaren Dings, erwischte beim Ausparken um ein Haar einen Radfahrer und brauste davon.

Adam stellte den Besen wieder in die Kammer. Das letzte Sechserpack Bier wanderte in den Kühlschrank, die erste Dose gleich auf den Tisch. Er setzte sich und schlug die Hände vors Gesicht. Wenn er seine Gedanken nicht stoppen konnte, war er wie ein aufgedrehter Wasserhahn. Ohne Becken, ohne Erde, ohne Zweck.

Das arme Geigenmädchen. Irgendwann würde es älter werden und den ganzen Wahnsinn durchschauen. Dann würde es nicht mehr ohne Weiteres durch die Stadt gehen können, ohne diese als solche zu betrachten, als das, was sie war, ein von Menschen verursachtes Krebsgeschwür. Wo es mit einem Mal nicht mehr einfach durch die Straßen schlendern und sich über die kleinen Dinge freuen konnte: den Kaugummiautomaten, das Spielzeuggeschäft, die Wippe im Park, die Eisdiele, das lustige Hochhaus mit den vielen Fenstern. Wenn man älter wurde und plötzlich die Dinge durchschaute, war irgendwann alles, was man sah, bloß noch Ausdruck eines kollektiven Fehlversuchs, der sich nicht mehr würde korrigieren lassen. Vielmehr war es so, und das war eine weitere Erkenntnis, dass sich Fehlversuche dieser Art langfristig selbst korrigierten, mit allen Konsequenzen. Das war schon im Paradies so gewesen, dachte Adam, und das würde sich niemals ändern. Deshalb wurden die Reichen immer nervöser. Verschanzten sich in keimfreien Elitevierteln in ihren Elitehäusern, schickten ihre Kinder auf Eliteschulen und verheirateten sie untereinander mit Elitepartnern. Tausche Firmensitz gegen Schwiegersohn.

Elitepartner. War das ein richtiges Wort? Man hätte darüber lachen können, wenn es nicht so deprimierend gewesen wäre. Diese Wohnghettos für Reiche waren kein Hirngespinst, die gab es auch hierzulande schon, nur hießen sie noch Villenviertel und wurden in der Regel auch noch nicht von privaten Sicherheitsleuten bewacht, aber das war nur eine Frage der Zeit.

Adam spürte, wie sein Denken immer negativer wurde. Er wusste, es war falsch. Er bemühte sich auch, es zu vermeiden, hatte sogar versucht, sich eine Methode anzutrainieren, von der er gelesen hatte, um im Notfall kleine Änderungen in seinen »Einstellungen« vorzunehmen: rechte Maustaste klicken, auf Empathie gehen, mit Links doppelklicken und schon ärgerte man sich nicht mehr über die rücksichtslose SUV-Fahrerin, sondern zog vielmehr die Alternative in Betracht, dass sie bloß so schnell wie möglich wieder nach Hause wollte, zu ihrem kranken Mann. Warum nicht? Adam wusste, wovon er sprach. Er selbst wäre doch die Frau in dem teuren Mantel gewesen, wenn Eva und er Kinder bekommen hätten. Was sie nicht hatten, aber darum ging es gerade nicht. Manche Gedanken ließen sich eben nicht abschütteln. Die klopften immer wieder an die Tür, bis die Knöchel platzten, und das hier war so einer, die Geige, ja, das kleine Mädchen mit dem Koffer hatte ihn darauf gebracht. Kaum zu glauben, aber er, Adam, hatte auch Geige gespielt. Um genau zu sein, war die Musik, bevor er das Fotografieren für sich entdeckte, sogar seine einzige Stütze gewesen.

Er blickte aus dem Fenster. Direkt unter ihm, auf dem Gehweg, richtete ein Typ seine letzten Haare für ein Selfie. Grinste blöd. Machte das Foto. Machte es noch mal. Das konnte ewig dauern. Adam hätte gerne häufiger nach dem Leitspruch gelebt, in jedem Spinner das Menschliche zu sehen. Sich gerne häufiger gefragt, warum er oder sie so handelten, anstatt sie zu verurteilen. Es gab immer Erklärungen für menschliches Verhalten. Sie lagen nur nicht immer auf der Hand. Er wusste, wovon er sprach.

Adam wusste immer, wovon Adam sprach.

⸙

Irgendwo im Sauerland, Mitte Dezember 1968.
Totale: Die vollbesetzte Aula einer Grundschule, das große Weihnachtsvorspiel der Musikschüler steht bevor. In der Luft ein Geruch von Schweiß und Angst, auf beiden Seiten, im Publikum die Eltern, von der Furcht gepackt, ihre Kinder könnten sich blamieren und – fast noch schlimmer – damit auch sie, hinter der Bühne die Kinder, vier von fünfen kurz vorm Kotzen. Nahaufnahme: der kleine Adam, er trägt eine dunkle Samthose, die am Bauch drückt, dazu ein weißes, kurzärmliges Hemd, trotz der Kälte. Er ist, wie er jetzt feststellen muss, zu dünn angezogen, aber er hatte vor Aufregung vergessen, dass Winter war. Seine Eltern hatten ihn nicht einmal angeschaut, als er ins Auto gestiegen war, nun sitzt er hier, frierend, und seine Eltern vermutlich auf der anderen Seite des Vorhanges, zwischen den anderen Eltern, wenn sie es denn bis hierhin ausgehalten haben, was bei Weitem keine Selbstverständlichkeit wäre.

⸙

Auch heute noch, Jahrzehnte später, erinnerte sich Adam an jede Einzelheit dieses Abends. Die Samthose drückte, aber er spürte eine innere Ruhe. Er hatte geübt, und er fühlte sich hier unter den anderen Menschen sicherer als zu Hause. Oder zumindest nicht unsicherer. Und was das Beste war: Es war *sein* Stück, ein Solo, er konnte es im Schlaf, und es war das schönste Stück Musik, das diese sauerländischen Provinzohren jemals zu hören bekommen würden.

Nicht, dass es ihm leichtgefallen wäre. Adam erinnerte sich nur zu gut an den ungleichen Kampf seiner kurzen Finger gegen diesen langen, sperrigen Hals der Violine. An das Gefühl, wie die Saiten in die Kuppen schnitten. Aber er widerstand diesem Schmerz. Und er liebte das Gefühl, das in ihm aufstieg, wenn sich entlang seiner kleinen Kuppen eine Kette von Tönen aufzog, die er in dieser Form noch nie gehört hatte. Die überhaupt noch nie ein Mensch gehört hatte. Er spürte die Reaktionen der Erwachsenen, wenn ihm das gelang, und er wurde süchtig danach; dieses Gefühl, wirklich etwas zu erschaffen, diese Verbindung zu einer höheren Daseinsform, einer, die keine Not kannte, keine Entbehrung, keine Einsamkeit. Die Musik war für ihn, der ansonsten überhaupt keine Verbindung zu irgendwem oder irgendetwas anderem hatte, die Rettung.

Diese kleine Melodie, mit der er damals die stickige Aula der Schule erfüllte, drückte seinen ganzen Schmerz aus. Das Unrecht, das er fühlte. Den Unterschied, den es machte, wenn er die anderen Eltern sah, wie sie auf ihre Kinder blickten, ihnen noch wegen der lächerlichsten Kleinigkeiten ungebremsten Beifall spendeten. Gut, seine Eltern waren auch da, aber nicht seinetwegen, sondern weil es die Konventionen so vorschrieben. Auch sie waren beeindruckt, wie die anderen Eltern. Aber sie betrachteten ihn auch genauso, als wäre er eben nicht ihr Kind, sondern ein anderes, ein fremdes Wesen, ein Phänomen, ein kleines, lebendiges Radio auf zwei Beinen, von dem sie sich fragten, wer es gebaut hatte.

Auf dem Nachhauseweg saß Adam wieder auf der Rückbank, stumm und fremd, wie ein entführtes Kind.

»Wo hast du so spielen gelernt?«, fragte sein Vater.

»Beim Geigenunterricht.«

»Seit wann nimmst du Geigenunterricht?«

»Seit drei Jahren.«

»Wie bitte?«

Der geschminkte Kopf seiner Mutter fuhr herum. Sie lächelte ein aufgekratztes, grelles Lächeln. Ein Schauer lief ihm über den Rücken.

»Jeden Mittwoch nach der Schule bei Frau Jakobs, meiner Musiklehrerin.«

Sein Vater nickte abwesend.

»Bezahlen wir etwas dafür?«

»Nein.«

Adam erwartete keine weiteren Fragen mehr, und sie kamen auch nicht. Weil es seine Eltern nicht weiter interessierte. Alles an ihm interessierte sie nur so weit, wie es für sie selbst interessant war. Das klang vielleicht kompliziert, war aber erschreckend einfach.

»Ich glaube, sie mag mich«, murmelte Adam. Er sah, wie die kalte Fensterscheibe von seinem Atem beschlug. Sein Kopf kippte erschöpft zur Seite, und er schlief auf der Stelle ein.

Adam ließ seinen Blick schweifen. Die Geigenschülerin war immer noch im Haus gegenüber, sein Bier in der Hand fast schon wieder leer.

Er sah erneut auf die Uhr. Hatte er die Bestellung aus Versehen storniert? Welcher Tag war heute? Wenn man das Haus nicht mehr verließ, verlor man das Zeitgefühl. Die Zeit wurde dann genauso vage wie die Luft, die man atmete.

Adam stellte seine Dose auf den Tisch und ging die paar Meter rüber zum anderen Fenster. Der wilde Garten, der kleine Wald, er liebte diesen anderen, unbebauten Blick auf die Welt.

Der Apfelbaum reckte seine Zweige wie dünne, dunkle Arme in den grauen Winterhimmel. Voller Begeisterung. Adam dachte an das Konzert in Ost-Berlin, auf dem Eva und er sich das erste Mal getroffen hatten. Diese Energie würde er nie vergessen, dieses losgelöste Versprechen, dass sich Dinge ändern konnten.

Dass es ein Morgen gäbe.

Der Anblick des Baumes beruhigte ihn. Wie konnte man nicht staunend, mit offenem Mund davor innehalten und sich wundern, dass es sowas genau in dieser Form gab? Groß, stolz, unverwüstlich, aber mit seinen unzähligen Fühlern auch hochsensibel. Schüttelte im derbsten Sturm trotzig seine Krone. Und wenn man einen Nagel in seinen Stamm trieb, blutete er an der besagten Stelle, wie der Heiland selbst.

Die Sträucher bräuchten ein bisschen Zuwendung, dachte Adam. Und er auch.

Das einzige Naturprodukt auf der Erde, das, von außen betrachtet, keinen Sinn ergab, war der Mensch. Viel zu kurze Lebensdauer. Dysfunktionales Verhältnis zu sich selbst. Wobei der zweite Punkt angesichts des ersten umso erstaunlicher war. Und die Versuche, das alles in den Griff zu bekommen, umso hilfloser: Konzerte gegen den Klimawandel, Schwimmwesten unterm Flugzeugsitz oder Atomschutzbunker unter Mehrfamilienhäusern, die Liste war endlos.

Neben dem Apfelbaum hatte die Hausverwaltung etwas Gutes für die Kinder tun wollen und schon vor Jahren einen

Sandkasten gebaut. Und eine Wippe. Nun waren die Kinder groß. Und die Geräte faulten vor sich hin. Ein Spielplatz, auf dem nicht gespielt wird, ist ein trauriger Anblick, dachte Adam.

Als Eva und er noch das Haus verließen, hatten sie manchmal nachts, wenn sie aus der Stadt zurückkamen, die Wippe in Beschlag genommen. Adam erinnerte sich nur zu gut an Evas lachenden Aufschrei, jedes Mal, wenn er auf seiner Seite mit der Wippe auf den Boden schlug und Evas Po ein paar Zentimeter in die Luft flog. Ungezügelte Momente voller Freude. Auch für ihn. Ein rechter Haken in die Magenkuhle eines Monsters namens Kindheit.

Adam war immer auf sich allein gestellt gewesen. Ihm kam eine Klassenfahrt in den Sinn, er musste damals sieben oder acht Jahre alt gewesen sein, sein Vater lebte noch, aber das machte keinen Unterschied. Er erinnerte sich an den großen Parkplatz hinter der Schule. An die anderen Eltern, die ihre Kinder kurz vor der Abfahrt mit Liebe und guten Wünschen überhäuften und die drei Tage später genauso aufgereiht dastanden, um wie ein Rudel dressierter Seehunde zu klatschen, wenn der Bus wieder auf den Parkplatz rollte. Und alle Kinder sprangen aus dem Bus, lärmend und lachend, müde von der Fahrt, aber mit leuchtenden Augen, und sie wurden umarmt und geküsst und mussten erzählen, sofort alles erzählen, noch bevor sie überhaupt im Auto saßen. Und in diesem Moment, da Adam all dies noch einmal erinnerte, schoss ihm ein Gedanke durch den Kopf: Eltern, die ihre Kinder nicht zum Bus brachten, hatten vielleicht keine Zeit für sie. Aber Eltern, die ihre Kinder nicht vom Bus abholten, hatten sie einfach vergessen.

Er schnitt einen schmalen Streifen von dem Apfelkuchen ab und balancierte ihn mit zwei Händen in den Mund. Kalte Wut stieg in ihm auf. Woher sollte ein Siebenjähriger wissen, wie man sich im Winter warm genug anzog?

Er musste sich setzen. Sein ganzer Körper schmerzte. Das Wichtigste war, jetzt, um Himmels willen, bloß nicht wieder so abzudriften. Er drehte das Radio lauter. Sie spielten immer noch Werke von Johann Baptist Wanhal. Die Moderatorin war ganz aufgeregt, eine ganze Stunde widmeten sie heute dem Komponisten. Sie kündigte den letzten Satz der *Symphonie in g-Moll* an, von der sie selbst ein »großer Fan« sei.

Adam stutzte. Es gab keine weibliche Form des Begriffs »Fan«. Anhängerin. Durfte die Moderatorin überhaupt ihre persönliche Meinung sagen? War das nicht Aufgabe eines Kommentators? Und konnte man vom Musikgeschmack eines Menschen Rückschlüsse auf dessen geistige Verfassung ziehen?

Dieser vierte und letzte Satz nahm Tempo auf, wie immer bei den Wiener Klassikern. Die Streicher stürmten davon, wie jemand, der einem Bus hinterherlief, aber im Grunde wusste, es würde schwer, ihn zu erreichen. Adam setzte seine tiefe, schwere Stimme einfach oben auf die Melodie und ließ sie mitschwingen. Er fragte sich, ob Eva die Musik auch hören konnte. Ob sie sich selbst noch hören konnte? Ob sie vor Dritten hätte beschwören können, dass sie ihn in den letzten Stunden mehrfach gerufen hatte?

Er konnte sich vorstellen, das *te deum* zu ihrer Beerdigung zu spielen. Wanhals Messen waren göttlich. Und zwei seiner Opern galten bis heute als verschollen. Wahnsinn, dieser Wanhal. Oder »Vanhal«, wie es sich auf Tschechisch schrieb. Gab es nicht eine Rockgruppe mit zwei Brüdern, die so ähnlich hieß? Und war der eine von ihnen nicht erst kürzlich verstorben?

Es gab eine Zeit, da hätte Musik für ihn ein Ausweg sein können, wie bei Wanhal. Seine Musiklehrerin Frau Jakobs wäre die gönnerhafte Gräfin gewesen. Mit ihrer Hilfe hätte er sich aus der Sklaverei befreit. Er hätte auch einen passablen Bariton abgegeben, schon als Kind, Frau Jakobs hatte sich von seiner tiefen Stimme nie abgestoßen gefühlt. Leider war das Weihnachtskonzert ihr letzter Auftritt gewesen. Kurz darauf lernte sie einen Mann kennen. Sie zog mit ihm in eine andere Stadt, und Adams Hoffnungen, die Welt mit Musik zu erobern, zogen mit ihr.

⸙

Adam nahm den letzten Schluck aus der Dose. Wie viel Bier war noch da?

Er hatte aufgehört mitzuzählen. Brummte vor sich hin. Kleine, tiefe, stimmhafte Seufzer. Er hatte sich selbst nie gerne reden hören. So eine tiefe Kinderstimme war vielleicht praktisch, wenn man für seine Mutter per Telefon eine Bombendrohung überbringen musste, aber einfach nur peinlich, wenn der Rest von einem klein und schwach war. Dann klangen Hilferufe umso erbärmlicher.

Jetzt, da er so ausgiebig darüber nachdachte, fiel ihm auf, dass er früher nie, zu keiner Zeit, wie ein kleiner, süßer Junge gesprochen hatte. Womöglich hatten sich die Eltern deswegen nie für ihn interessiert. Sie hatten ihn einfach nicht als ihr *Kind* angesehen.

Adam hatte sich schlau gemacht. In seinen Büchern. Es gab wissenschaftliche Erhebungen über die Umstände, unter denen scheinbar normale Menschen ihre dunkelsten Seiten hervorkehrten: Wenn sie sich unbeobachtet fühlten und keine Konsequenzen zu fürchten brauchten. Beides traf auf seine Situation zu. Ein Kind ohne anwesende Eltern war in den Augen anderer Kinder eben nur ein Kind ohne Eltern. Ein leichtes Opfer. Und die »Tatorte« der Kindheit banal. Eine Umkleidekabine in der Schwimmhalle, ein nasses Handtuch, mehr Zutaten brauchte es nicht, um bleibende Schäden anzurichten.

Adam spürte, wie sich seine Hände verkrampften. Er versuchte sie zu öffnen. Die Fingernägel hatten kleine, rote Halbmonde in den Handinnenflächen hinterlassen. Noch immer, Jahrzehnte später, überkamen ihn diese Wut und, vor allem, Scham. Wie er sich seiner Nacktheit geschämt hatte! Auch das konnte man im *Ersten Buch Mose* nachlesen: Dass sich die Menschen erst seit der Sache mit dem Apfel wegen ihrer Nacktheit schämten.

Adam hob den Kopf. Es war höchste Zeit für seinen täglichen Blick in die Bücher. Er stand auf und ging zurück in den Flur. An der Treppe nach oben hielt er einen Moment inne.

»Eva?« Und noch mal. »Eva, hörst du mich?«

Keine Antwort. Adam war unsicher, ob das gut oder schlecht war. Er wollte sie nicht wecken. Aber irgendwann würde er sie wecken müssen. Wer den Tag verschlief, stand der Nacht schutzlos gegenüber.

Er ging weiter, drei, vier, fünf, sechs, leise zählte er die Schritte im Kopf. Genau acht Schritte von der Küche entfernt lag ihr Wohnzimmer. Wobei, im Grunde war es eher ein Aufenthaltsraum für seine Bücher. Eine Bibliothek, wenn man es vornehm ausdrücken wollte.

Bücher waren Adams heimliche Leidenschaft. Oder seine unheimliche. Die Stunden, die er schon als Kind mit dem Lesen verbracht hatte, waren kaum zu zählen. Er war wie der Junge in *Die unendliche Geschichte*, seine Fantasie wie ein lebendiges Organ, ein zweites Herz. Manchmal wusste er selbst nicht genau, was er wirklich erlebt hatte und was nicht. Doch auf fast alle Fragen fand er hier eine Antwort. In seinen Büchern. Und manchmal auch zwischen den Zeilen.

Er zog die Bibel aus dem Regal mit den Nachschlagewerken und schlug sie auf. Wichtige Passagen hatte er mit einem Lesezeichen markiert. Da stand es: *Da wurden ihnen beiden die Augen geöffnet, und sie erkannten, daß sie nackt waren; und sie banden sich Feigenblätter um und machten sich Schurze.*

Er konnte die Geschichte nicht oft genug lesen. Seine Geschichte. Eva wollte von der verbotenen Frucht kosten, weil die Schlange ihr versprochen hatte, sie könne danach zwischen Gut und Böse unterscheiden. Und wer wollte das nicht? Schließlich war das nicht so einfach. Wenn ein Kind, das jahrelang vernachlässigt und sogar von anderen gequält wurde, plötzlich zurückschlug, war es dann gut oder böse? Irgendwann schlug das Opfer, wenn es denn überlebte, zurück, das konnte man alles nachlesen, die Bücher standen hier überall herum. Die Ohnmacht des Opfers verwandelte sich in den dunklen Wunsch, Macht über andere auszuüben; ein Mechanismus, den forensische Psychiater im Prinzip bei jedem Serienmörder nachweisen konnten. Das Opfer sammelte seine Kräfte, schmiedete – manchmal über Jahre – einen Racheplan und zündete, zum Beispiel, schließlich eine Gartenhütte an, während seine Peiniger darin betrunken schliefen. Nicht ohne sich vorher zu vergewissern, dass in dem Holzkohlegrill noch ein wenig Glut war. So ein Grill auf wackeligen Beinen konnte leicht umfallen, da reichte ein kleiner, als Windstoß getarnter Tritt. Oder man schubste seinen betrunkenen Vater nach einem missglückten Kirmesbesuch einfach die Kellertreppe hinunter.

Sich als Kind zu rächen? Ein Kinderspiel.

Adam hob witternd die Nase. Da war was. War da was? Doch, es hing was in der Luft. Aber was?

Plötzlich hatte er große Lust, das Märchen mit dem Salz noch mal zu lesen. Oder Schneewittchen. Es gab so viele schöne Geschichten, in denen ein Apfel eine Rolle spielte. Der Reichsapfel, der Zankapfel, der Apfelkorb der antiken Liebesgöttinnen. Und, ja, dachte er, ein als gesunder Snack getarnter, vergifteter Apfel wäre auch eine Lösung.

Adam legte die Bibel, aufgeschlagen, wie sie war, auf den Tisch vor dem kleinen Sofa und setzte sich.

Er mochte dieses Buch. Es beantwortete manchmal sogar Fragen, die man sich gar nicht gestellt hatte. *Krethi und Plethi* – eine Gruppe von Söldnern aus Kretern und Philistern in den Diensten von König David. Wer hätte das gedacht? Die Bibel war wirklich ein spannendes Buch, und ständig erfuhr man etwas Neues. Hier, die Stelle, die er eben noch gelesen hatte, nur ein paar Sätze später: *Gott rief: Wer hat dir gesagt, daß du nackt bist? Hast du etwa von dem Baum gegessen? Da antwortete der Mensch: Die Frau, die du mir zur Seite gegeben hast, die gab mir von dem Baum, und ich aß.*

Das war doch unglaublich! Anstatt sich schützend vor die

Frau zu stellen, liefert Adam sie aus. Was für ein Schwächling. Wobei, dachte Adam, vermutlich waren sie sich nicht ganz unähnlich. Er hätte wetten können, dieser Vater war auch nie mit seinem Sohn zum Fußball gegangen. Ja, sie hätten sich einiges zu erzählen gehabt, Adam und er.

16

Alles, was er im Leben über Moral oder Verpflichtungen des Menschen gelernt habe, verdanke er dem Fußball. Albert Camus hatte das gesagt. Adam hätte es etwas anders formuliert: Ja, er hatte die Musik und seine Fotos, aber dass er die Beziehung zu sich selbst, seinem Körper und seinen Mitmenschen nicht schon früh gänzlich verloren hatte, das verdankte Adam tatsächlich dem Sport.

Zugegeben, es war erstaunlich, dass ausgerechnet er für diesen körperbetonten Sport Talent und Begeisterung entwickelt hatte. Das erste Training, eine Katastrophe. Doch Adams Coach nahm seine Aufgabe ernst, welch seltenes Glück für den Jungen, denn er sah dessen Verzweiflung, erkannte, wie sehr der Junge dieses Spiel brauchte, um nicht … ja, um nicht was, eigentlich?

Schon in der zweiten Hälfte seiner ersten Saison war Adam aus der Stammelf nicht wegzudenken. Beim Fußball besaß er eine Art Inselbegabung. Er ging an der linken Außenbahn in Deckung, schlich sich im Rücken des Gegners davon, um dann wie ein Fuchs vor der Hundemeute zu fliehen. Er rannte um sein Leben. Und er steckte ein. Statt schreiend über den Rasen zu rollen, wie es alle taten, stand er in derselben Sekunde, da der Gegenspieler zur Grätsche angesetzt hatte, wieder auf den Beinen, schneller und fitter als vorher. Denn die Schmerzen, die er hier auf dem Platz verspürte, konnte er einordnen. Er wusste, woher sie rührten und dass sie im Rahmen gewisser Regeln üblich waren. Und sie würden irgendwann vorübergehen. Das war seine Logik des Spiels. Und anders als zu Hause wurde Adam hier für seinen unermüdlichen Einsatz auch mal belohnt. Häufig sogar. Er musste sich nur vorstellen, dass seine Eltern das Ziel waren, dann traf jeder Schuss.

Adam vermisste das Spiel. Er besaß einen Haufen Bücher über Fußball, aber das war nicht dasselbe. Wie Kochbücher zu lesen, ohne zu essen.

Etwas hatte er sich allerdings bewahrt, einen kleinen, bunten Schaumstoffball. Der lag hier, immer spielbereit, unter dem flachen Couchtisch, als letztes Relikt seiner Kindheit. Ursprünglich waren es zwei Souvenirs gewesen. Neben diesem Stoffball gab es noch eine Vase, die seiner Mutter gehört hatte, weil Adam glaubte, sowohl ein gutes als auch ein schlechtes Ding aus der Vergangenheit bewahren zu müssen.

Als Eva noch gesund war, rollte das gute Ding, der Ball, immerzu durch die Wohnung, wie ein kleiner Hund, der ständig angestupst werden wollte. Und wenn er nicht rollte, lag er da, allzeit bereit, durch einen Türrahmen, unter die Kommode oder um die Ecke ins nächste Zimmer geschlenzt zu werden. Das andere, das schlechte Ding, die Vase, war ein Mitbringsel aus Italien, dem einzigen »Familienurlaub«, den Adam mit seinen Eltern unternommen hatte, in dem Sinne, dass sie zu dritt gefahren waren, wohl aus dem einzigen Grund, dass man einen Fünfjährigen doch nicht so einfach ungestraft zu Hause »vergessen« konnte.

Eines Tages, es musste mindestens zehn Jahre her sein, hatte Eva nach einem Besuch auf dem Markt diese Vase in die Hand genommen, um frische Tulpen hineinzustellen. Im selben Moment stand Adam vor der Herausforderung, den kleinen Ball vom Flur direkt ins Wohnzimmer zu bugsieren. Der Türrahmen war das Tor, die letzte Minute des Spiels war angebrochen. Adams Team lag 0:1 hinten, und nur noch wenige Minuten waren zu spielen, in diesem großen Finale, vielleicht die letzte Aktion, alle Hoffnungen ruhten auf seinen Schultern, genauer, auf seinem »Zauberfüßchen«, ja, eine ganze Stadt sehnte sich nach diesem ersten Titel nach über dreißig Jahren ohne eine einzige Trophäe. Doch dafür musste dieser Punkt her. Adam stand bereit, er nahm den Kopf noch einmal hoch, versuchte die Entfernung zum Tor abzuschätzen, dazwischen die Mauer, Evas Einkaufstasche, die seit dem Mittag noch im Flur lag. Adam berechnete die Flugkurve, den Grad der Krümmung, den er bei seinem starken rechten Fuß anlegen müsste, um dem Ball mit dem feinen Übergang auf seinem Fußrücken zwischen Spann und Innenrist genau den Drall zu verpassen, der ihn an der Tasche vorbei ins Tor schießen würde … der Schiedsrichter nimmt die Pfeife in den Mund und gibt den Ball frei, ein kurzer Anlauf, Schuss und … Nein! Schlecht gezielt, der Ball fliegt direkt auf die Torfrau zu, die schützend die Hand hochreißt, ein spitzer Schrei, gefolgt von einem Knall und im selben Augenblick dem bitteren Erwachen, statt des sportlichen Wunders bloß einen Scherbenhaufen in einer Wasserpfütze auf dem Teppich fabriziert zu haben.

»Scherben bringen Glück …«, entfuhr es Eva nach einem kurzen, ratlosen Schweigen.

»… aber nur den Archäologen«, setzte Adam reflexartig hinzu.

Eva nahm zwei Geschirrtücher aus der Schublade und drückte ihm eines in die Hand. Dann knieten sie sich hin und begannen gemeinsam, das Unglück zu bereinigen.

»Nein«, sagte Eva, »uns auch. Die Vase ist zerstört. Du hast endgültig die bösen Geister vertrieben.«

So gesehen, hätte man sogar noch weitergehen können. Adam hatte das böse Ding mit dem guten Ding eliminiert, und deswegen hatte sich der Verlust der Vase auch nicht wie ein Verlust angefühlt.

Während Eva weiterhin das Wasser mit dem Handtuch aus dem Teppich saugte, nahm Adam die einzelnen Scherben behutsam zwischen zwei Finger und betrachtete sie.

»In der Antike konnten die Bürger von Athen den Namen eines Mitbürgers, den sie loswerden wollten, auf eine Scherbe schreiben«, sagte Eva. »Und derjenige, gegen den sich die meisten aussprachen, wurde dann für zehn Jahre ausgeschlossen. Deswegen hieß es ›Scherbengericht‹.«

»Und wenn ein Kontrahent die anderen besticht?«

»Du meinst, wenn er sich die Scherben anderer erkauft?«

»Ja, so wie man heute Wahlen manipuliert.«

»Die griechischen Bürger der Antike waren bestimmt unbestechlich«, sagte Eva und grinste. »Nein, ich glaube, so was war damals schwieriger zu planen. Da hätte man einen Boten von Haus zu Haus schicken müssen, es gab ja noch kein Internet.«

Während sie sprach, stocherte Adam abwesend weiter in dem kleinen Häuflein herum. Immer wieder nahm er eine

Scherbe in die Hand und untersuchte die Bruchstelle.

»Guckst du, ob irgendwo dein Name draufsteht?«

Eva lächelte ihn an, doch Adam schien plötzlich total in sich versunken zu sein.

»Ja«, sagte er leise, »vielleicht.«

Eva sah ihn überrascht an.

»Adam, gibt es etwas, das ich wissen sollte?«

»Wie kommst du darauf?«

»Na ja, die Geschichte vom Unfall deines Vaters, die Knarre im Glasschrank«, sie schaute verschämt an ihm vorbei, »keine Ahnung, was es ist, aber es scheint fast so, als ob du nur darauf wartest, dass es irgendwann auffliegt.«

»Aber du kennst mich doch am besten. Du wüsstest doch als Erste, wenn ich irgendetwas auf dem Kerbholz hätte.«

»Ich kann es nicht erklären. Und ich hoffe, ich liege falsch.«

Adam nahm den kleinen Schaumstoffball in die Hand. Er roch daran, drückte ihn sich gegen die Stirn und ließ ihn wieder auf den Boden fallen.

Es war das erste Mal gewesen, dass Eva diesen Verdacht geäußert hatte, damals zwischen den Scherben seiner Kindheit, so konnte man es ja wohl ausdrücken.

Er erinnerte sich ziemlich genau an seine Worte, an die Formulierung, die er damals gewählt hatte. Er hatte vom »Kerbholz« gesprochen, und das war ein bisschen mutig gewesen, weil sie mit Glück darauf hätte kommen können, dass die kleinen Macken in der Arbeitsplatte keine normalen Gebrauchsspuren waren, sondern »Einschnitte« in seinem Leben, die er hier über die Jahre nach und nach vermerkt hatte.

Adam war sich sicher, dass Eva etwas wusste. Oder zumindest ahnte. Die Frage war, ob sie ihm das irgendwann zur Last legen würde. Oder gelegt hätte.

Die Ahnungslosigkeit war sicher einer der größten Tugenden der Jugend. Das Gefühl, über alle Zeit der Welt zu verfügen und immer wieder neu anfangen zu können, um irgendwann mittendrin plötzlich festzustellen, dass das Tempo angezogen hatte. Als wenn man mit einer Seifenkiste den Berg hinunterraste. Die Kindheit konnte die Hölle sein, aber die Jugend war der größte Schatz. Doch das merkte man erst, wenn man älter wurde. Das konnte er hier jetzt laut denken, ja, er hätte es sogar für alle Zeiten und nachfolgende Generationen aufschreiben oder jedem Einzelnen da draußen ins Gesicht schreien können, es würde nichts daran ändern, dass man sich, wenn man jung war, erst gar keine und dann bald zu viele Sorgen machte, obwohl man in der Lage war, die Welt aus den Angeln zu heben. Dabei war Adam nie besonders ängstlich gewesen. Bis jetzt. Er hatte seine Kindheit überlebt. Was hätte so groß und fies sein können, dass es ihn nach alledem noch aus der Ruhe gebracht hätte? Außer der Liebe vielleicht!?

Adam ging zurück in die Küche und öffnete das Fenster, er brauchte frische Luft. Er spürte den Wind, hörte den Verkehrslärm, die kleinen Motoren, das Geknatter, das sie umspülte an jenem Februarmorgen Mitte der Achtziger, als sie auf dem Alexanderplatz eine Szene aus Döblins Meisterwerk nachspielten, er und sie, Franz und Eva und die eine verbotene Nacht, Wange an Wange, ihre Gesichter so nah beieinander, dass sich ihre Wimpern berührten.

Damals waren sie den großen Platz hoch und runter gelaufen, auf den Spuren ihrer Helden. Sie trugen keine Pelze, weil sie keine hatten, und Eva ihre dünnen Strümpfe, sodass sie frieren musste. Aber es sah doch hübsch aus, fand Adam, und spendierte ihnen aus seinem Flachmann eine doppelte Ration Schnaps, aber was für welchen, man mochte nicht als Leiche drin schwimmen.

Es war fast so wie in dem Roman, nur dass es mit ihm, Adam, kein allzu böses Ende nahm.

Andererseits, dachte Adam in diesem Moment, war ihre Geschichte ja auch noch nicht zu Ende.

Ost-Berlin, Alexanderplatz, Februar 1985.
Totale: Der Platz. Verkehr. Geschäfte. Das Centrum Warenhaus, genauso hässlich wie die anderen Betonklötze drumherum, da helfen auch die Farbtupfer nichts, im Gegenteil, sie schärfen nur den Blick für die Tristesse. Dazwischen ein paar vergessene, kahle Bäume. Es sind einige Menschen unterwegs, aber längst nicht so viele wie heutzutage. Der Platz ist ein öffentlicher Platz. Hier hält sich nur auf, wer muss, vor allem an diesem Tag, wegen der Kälte. Die großen Kreise um den Brunnen der Völkerfreundschaft sind gut zu erkennen. Der Brunnen selbst ist abgestellt. Ein Drehorgelspieler neben der Litfaßsäule vor dem Möbelhaus, dick vermummt, er schafft es kaum zu kurbeln. Wer stehen bleibt, bereut es sofort. Alle wollen ins Warme, und wenn es nur der Arbeitsplatz ist. Es herrscht eine Kälte in Berlin, dass einem der Rotz in der Nase gefriert. Aber die Luft ist klar, die Sonne scheint, ihre Körper wollen zerspringen. Nahaufnahme: Evas Hände, zart und fast erfroren, von seinen umschlossen. Adam führt

sie an seinen Mund und haucht warmen Atem durch seine Finger, bis Eva ihre, dahinter verborgenen, wieder bewegen kann. Sie lachen über ihre roten Nasenspitzen. Für solche Tage sind Kneipen und Kaffeehäuser erfunden worden.

»Wo ist die Dampframme?«, rief Eva und drehte sich nach allen Seiten um.

»Die aus dem Buch?«, fragte Adam.

»Natürlich die aus dem Buch«, antwortete Eva, »seit ich ein Kind bin, frage ich mich, wie das *Rumm Rumm* der Dampframme wirklich klingt.«

»Du hast recht«, sagte Adam, »wir mussten Döblin auch in der Schule lesen. Alle mussten sie lesen, diese halbe Seite, die für neue deutsche Literatur stand: *Rumm rumm wuchtet auf dem Alex die Dampframme ...*«

»Vor dem *Aschinger ...*«, ergänzte Eva leise.

»Was?«

»Die Dampframme ... sie wuchtet vor dem *Aschinger*«, erklärte Eva, »einem Gasthaus, das es heute nicht mehr gibt.«

»Ach so.«

Er zog sie wieder zu sich heran, küsste ihre Hände und steckte sie einzeln, rechts und links zu seinen in die Taschen seines Wintermantels, wo sie zumindest vor dem eisigen Wind geschützt waren.

»Die *Aschinger* Bierquellen«, fuhr Eva fort, »waren vor dem Krieg eine Institution: gutes Essen für wenig Geld, Bierwürste oder Erbsensuppe und zu jeder Mahlzeit so viele Schrippen, wie man wollte. Dreißig Lokale in der ganzen Stadt.«

»Und wer steckte dahinter?«

»Zwei Brüder, zugezogen aus Württemberg, die übrigens fleißig mit den Nazis kollaborierten.«

»Inwiefern?«

»Im Zuge der ›Arisierung‹ haben sie das *Haus Vaterland* am Potsdamer Platz von der Familie Kempinski übernommen, und auf den Reichsparteitagen gab es *Aschinger*-Bier.«

»Das wusste ich nicht.«

»Die Geschichte hat sie zum Glück bestraft.«

»Ja, offenbar.«

Sie gingen über den Platz, an der *Zille Stube* vorbei, dort, wo im Sommer ein Meer aus Geranien blühte, rot und stolz. Adam erinnerte sich genau, weil ihn der Name damals an die *Zwicke* erinnerte, die Kneipe, in die ihn Lukas immer mitgenommen hatte. Vor der imposanten Weltzeituhr blieben sie stehen.

»Nicht hochgucken«, raunte ihm Eva zu.

»Wie bitte?«

»Hier ist alles voller Kameras«, sie deutete mit einem unmerklichen Kopfnicken in eine bestimmte Richtung, »die Stasi.«

Tatsächlich waren dort an der Ecke eines Gebäudes zwei Kameras installiert, über Kreuz, sodass man beinahe den ganzen Platz einsehen konnte.

»Aber die sind doch viel zu weit weg«, sagte Adam.

»Das denkt man, aber die haben so kleine Hebel in der Schaltzentrale, damit können sie die Kameras ganz dicht an dein Gesicht heranfahren.«

»Echt?«

Adam biss sich auf die Lippen und beobachtete die Menschen, während er sich fragte, ob sie gerade selbst beobachtet wurden.

»Kann man sie erkennen?«, fragte er.

»Wen?«

»Na, die Beamten.«

»Natürlich, es sind immer die ganz Unauffälligen, eine ordentliche Kurzhaarfrisur und ein schlichtes Blouson.«

»Bist du sicher? Ich hätte schwören können, es ist der Drehorgelspieler.«

Eva lachte, obwohl die Situation im Grunde alles andere als lustig war.

»Manche geben sich nicht mal Mühe, sich zu tarnen«, fügte Eva hinzu. »Die tragen sogar, wenn es regnet, ihre Sonnenbrillen. Wie im Film, wo die Agenten aussehen wie Agenten. Aber diese Typen sind echt. Und die Macht, die sie haben, ist echt. Sie kriegen einen Hinweis aus der Schaltzentrale, weil da jemand auf dem Monitor etwas Verdächtiges beobachtet haben will, und dann nehmen sie dich fest. Hier und jetzt, vor allen Leuten, packen dich an den Armen und den Beinen und tragen dich weg, einfach so.«

»Aber sie brauchen doch einen Grund.«

»Zu lange Haare können ein Grund sein.«

Adam schauderte es, er nahm sich vor, zukünftig vor jedem Besuch zum Frisör zu gehen.

»Sie nennen es ›operatives Fernsehen‹«, erklärte Eva, »und sie sind stolz darauf. So eine Rundumüberwachung habt nämlich nicht einmal ihr.«

»Es ist ja auch unmenschlich«, wandte Adam ein, »aber die Nazis hätten sicher so was gehabt, wenn es damals schon die technischen Möglichkeiten gegeben hätte.«

Plötzlich griff er ihre Hand, so beherzt, dass sie fast die Balance verlor.

»Ich finde es zynisch, eine Weltzeituhr aufzustellen, aber gleichzeitig zu verbieten, dass du mit mir die Welt bereisen darfst.«

Er sah ihr ins Gesicht, Eva nickte.

»Lass uns nicht davon sprechen«, sagte sie, »das macht mich traurig.«

Schweigend machten sie sich auf den Weg, weiter zum Bahnhof, in den die gedrungenen, gelbroten Wagons der S-Bahn pausenlos hinein- und wieder hinausfuhren.

Eva drehte sich noch einmal um und betrachtete den Platz aus der Distanz, so wie man im Museum vor einem großen Gemälde ein paar Schritte zurückgehen musste, um es vollends zu erfassen.

»Es ist verrückt«, sagte sie, »wie sich ein Platz im Laufe eines Jahrhunderts verändert. Und trotzdem sein Gesicht wahrt.«

»Ja, die Geschichte ist so lebendig. So viele Menschen, die auf der Strecke bleiben. Aber selbst die Sieger verschwinden früher oder später von der Bildfläche. Und so ein Platz«, Adam deutete mit den Händen vor sich, »liegt einfach immer da, lässt alles mit sich machen. Es interessiert ihn nicht, wer recht hat. Oder wer sich das Recht *nimmt*, es ist ihm einfach egal.«

Eva lächelte.

»Beneidenswert.«

»Dieser Platz«, schloss Adam seinen Gedanken, »wird uns alle überleben.«

Adam stand noch immer am offenen Fenster. Es war so gekommen: Die DDR war tot, der Alex lebte. Und natürlich würde er Eva und ihn auch überleben.

Wenn man damals nicht ständig hätte befürchten müssen, selbst Opfer einer »Zuführung«, wie es im Stasi-Jargon hieß, zu werden, hätte man dieses Ost-Berlin Mitte der Achtziger sogar genießen können. Eva und er waren damals häufig in das Aussichtsgeschoss des Fernsehturms gefahren, für 1 Mark 50, weil man sich da oben so frei fühlte, 200 Meter über dem Boden. Adam nutzte die Chance, an Evas Seite seine Höhenangst zu überwinden. Gleiches galt für seine Angst vor Aufzügen. Stundenlang fuhren sie im Centrum Warenhaus vom Untergeschoss bis ganz nach oben und wieder hinunter, gerade so oft, dass niemand misstrauisch wurde. Ja, man musste seine Augen und Ohren damals überall haben und die grauen Herren mit ihren eigenen Waffen schlagen. Am Ende ist ihnen nie etwas widerfahren. Vielleicht hatten sie einen Schutzengel, weil Gott seinen Fehler mit dem Apfel (er hätte Eva daran hindern *müssen*) wiedergutmachen wollte. Aber auch, weil Eva in der Hinsicht über einen siebten Sinn zu verfügen schien. Sie roch die Gefahr.

Womöglich hatte sie deswegen irgendwann gemerkt, dass mit ihm etwas nicht stimmte, dachte Adam. Dass da noch mehr war. Etwas, das er immer vor ihr zu verbergen versucht hatte.

Adam schreckte auf. Was war das? Ein Rascheln. Oder Piepsen. Die Meisenknödel, verdammt, er kam zu nichts.

Er öffnete den Topf mit dem Kokosfett und hielt seine Nase daran. Köstlich. Ob die Meise es bemerken würde, wenn Eva nicht mehr am Fenster stehen und mit ihr sprechen würde? Ob sie es bereits bemerkt hatte? Oder die Blumen? Oder die Küche? Würde die Küche irgendwann bemerken, dass Eva sie nicht mehr betrat, und daraufhin aufhören, eine Küche zu sein? Oder die Bilder? Die Bücher? Sarah Kirschs »schwarze Bohnen«?

Adam zögerte, auf der Arbeitsplatte lag noch das Obstmesser. Adam nahm es in die Hand, schloss die Augen, atmete durch, öffnete sie wieder. Dann ritzte er an der Seite, für andere kaum zu erkennen, eine winzige Kerbe in die Holzkante.

17

Vorsichtig öffnete er die Tür zum Schlafzimmer. Eva lag quer über der Matratze, die Decke halb auf dem Boden. Sie hatte sich frei gestrampelt wie ein hitziges Kind.

Wie jeder Mensch litt Eva manchmal unter schlimmen Träumen. Es waren immer dieselben Motive: glühende Lava, Hitze, ein unwiderstehlicher Sog, ein endloser Schrei, und er, Adam, am Krater stehend, hilflos und offenbar nicht in der Lage, seiner Geliebten zu helfen. Eva hatte Adam die Geschichte nie vollends beschreiben können, aber die Bruchstücke, die er auffing, reichten aus, um zu erahnen, dass der Traum sie quälte, wenn er sie heimsuchte. Adam wusste ja um die Kraft der Gedanken. Um deren Macht. Träume waren die Stasi der Gedanken, sie kamen aus dem Nichts und wussten alles über dich. Gegen sie war man wehrlos. Das einzige Mittel gegen Träume war Schlafentzug, aber dessen Nebenwirkungen waren nicht zu unterschätzen.

Ihm kamen Bilder in den Sinn, aus einem Lehrbuch für Psychopathologie aus dem vorletzten Jahrhundert, das unten bei ihm irgendwo in einem der Regale schlummerte. Bilder von abartigen Folterwerkzeugen, die Ärzte damals Instrumente nannten. Mit denen bohrten sie den Patienten direkt ins Gehirn.

Adam hätte Eva diesen gemeinen Traum gerne samt Wurzel herausgezogen, aus ihrem Kopf. Für ein großes Magazin hatte er mal einen Pathologen dabei fotografiert, wie er einer Leiche mit einer Säge die Schädeldecke abtrennte. So wie man eine kleine Scheibe von einem Baumstamm absägte, um daraus ein Adventsgesteck zu basteln.

Er hätte Eva betäuben müssen, klar, oder er machte es später, wenn sie es nicht mehr spürte. Eine Obduktion. Was würde er in *ihrem* Kopf finden?

Eva erwachte, als er den Vorhang zur Seite zog. Der Sonne war es endlich gelungen, sich einen Weg durch die Wolken zu bahnen. Ein Geschenk des Himmels.

»Ich dachte schon, du hättest mich nicht gehört«, murmelte Eva schlaftrunken.

»Ich habe Musik angehabt«, antwortete er, dabei hatte er keine Ahnung, wovon sie sprach.

»Wie spät ist es?«

»Spät. Du hast fast den ganzen Tag verschlafen.«

»Oh, ...«

Sie blinzelte ins Licht, streckte sich und gähnte, um sofort darauf wieder in sich zusammenzusacken.

»Hast du den Schwamm nass gemacht?«

Adam nickte und reichte ihr das weiche, unförmige Ding.

Sie wusch sich das Gesicht, den Hals. Kleine, sinnliche Bewegungen. Ihr kranker Körper erwachte zu neuem Leben, so bezaubernd, dass Adam selbst kurz glaubte, aus einem bösen Traum zu erwachen.

»Könntest du mir bitte einmal den Rücken waschen?«

Eva zog ihr Nachthemd über den Kopf und drehte sich mit dem Rücken zu ihm. Adam setzte sich vorsichtig auf die Bettkante und fuhr ihr mit dem Schwamm behutsam über die Schultern, die Oberarme, den Rücken. Ihre Haut war weich, weiß, mit ein paar kleinen, rosafarbenen Stellen vom Liegen, die, als er sie befeuchtete, förmlich aufzuatmen schienen.

»Was ist denn mit dir?«, fragte sie, so sanft, dass Adam sich wieder ganz klein fühlte, auf eine gute Art, wohlgemerkt. Ihre Stimme war für ihn schon immer wie eine Höhle gewesen, in der er sich verkriechen konnte, wenn die Erinnerungen ihn erdrückten.

Er schwieg. Weil ihm die Worte fehlten. Nicht die, die ihm durch den Kopf gingen. Die, die er hätte aussprechen können. Wenn man sie so sah, konnte man nicht verstehen, warum Menschen ihre Körper lieber verhüllten. Warum sie sich ihrer Nacktheit schämten. Er war in dieser Hinsicht nicht neutral, aber, im Ernst, gab es etwas Schöneres? Diese Worte wollten raus, aber es ging nicht, sein Kopf weigerte sich, den Befehl an Stimmbänder und Zunge weiterzugeben. Und doch war auch das Schweigen eine Antwort. Eine, die für Eva zwar nicht hörbar war, aber die Sätze formten sich ja doch im Kopf, ob man wollte oder nicht, weil das Bewusstsein nicht anders konnte, als sich in Sprache zu materialisieren …

»Adam«, lachte Eva erschrocken, »ist alles klar? Oder versteckst du dich schon wieder in meinem Kopf?«

Sie kniete mit angewinkelten Beinen auf dem Bett, wie die Meerjungfrau in Kopenhagen, eine Hand vor den Augen, geblendet von dem letzten Licht, das verloren in der Luft hing. Dabei hätte die Sonne eigentlich vor Eva in die Knie gehen müssen, dachte Adam, aber das Leben war in diesen Dingen nicht gerecht. Und noch immer schwieg er, hilflos, ein Blinder, dem jegliche Anhaltspunkte fehlten, um sich ein Bild von der Situation zu machen.

»Es macht mir Angst, wenn du gar nichts sagst.«

»Entschuldige, bitte«, krächzte Adam schließlich, »ich habe seit Kurzem wieder diese Knoten im Kopf.«

Eva streichelte ihm über das Haar und massierte ihm mit den Fingerspitzen zärtlich die Stirn, als könne sie die Knoten dadurch entwirren.

»Das tut mir leid, ich weiß, es ist für dich auch keine einfache Zeit.«

»Nein, das stimmt, aber … es geht schon.«

»Weißt du was?« Mit einem Mal war sie ganz aufgeregt. »Mach mich ein bisschen hübsch.«

»Du bist hübsch«, entgegnete er, »sehr sogar.«

»Nein«, wehrte sie ab, »ich meine so richtig. Nimm die Bürste und kämme mir die Haare. Danach darfst du mich ein bisschen schminken.«

Adam wusste nicht recht, was er davon halten sollte. Vielleicht war das gar keine schlechte Idee. Es würde sie ablenken.

»Okay.«

Er begann, ihr Haar zu kämmen. Eva hatte schöne Haare, schöner als die der meisten anderen Frauen, denen er begegnet war. Die Zinken des Kammes glitten durch ihre langen, kräftigen Strähnen, Adam verspürte kaum Widerstand. Ihm kam das Märchen von Schneewittchen wieder in den Sinn, der vergiftete Kamm. Die Schilderung, wie Schneewittchen bewusstlos zu Boden sank und der teuflische Plan der Schwiegermutter aufgegangen zu sein schien, hatte bei ihm als Kind Albträume hervorgerufen. Jetzt fragte er sich, wie das überhaupt technisch möglich gewesen sein sollte. Wie genau hatte die Stiefmutter den giftigen Kamm präpariert?

»Ich war mir nie sicher, ob du mich geschminkt oder ungeschminkt hübscher findest.«

Evas Stimme holte ihn zurück aus seinen Gedanken. Adam brauchte einen Moment, um sie zu sortieren.

»Ungeschminkt gefällst du mir besser, aber ich fand dich auch immer sehr verführerisch, wenn du dich zurechtgemacht hast.«

»Du alter Diplomat«, sagte sie und lachte.

»Nein, wirklich«, beteuerte er, »du sahst umwerfend aus, wenn wir ausgegangen sind. Aber wenn du ungeschminkt warst, wusste ich, alles kann passieren. Das nächste Abenteuer lauert vielleicht schon hinter der nächsten Ecke, und wir sind bereit.«

»Ich weiß genau, was du meinst«, sagte sie wehmütig, »komm, wir machen es trotzdem.«

Eva beugte sich zur Seite, zog ihr kleines, von Hand genähtes Beauty-Täschchen (ein Souvenir aus Swasiland) aus der Schublade ihres Nachtschrankes und schüttete den Inhalt auf die Matratze, genau zwischen ihre Schenkel.

»Puder, Rouge, Lippenstift, Mascara und … guck mal, sogar mein roter Nagellack, den du so gerne magst.«

Sie schien sich fast zu wundern, dass alles noch da war. Adam lächelte. Nacheinander nahm er die Dinge in die

Hand, er konnte sich genau an sie erinnern. Es war, als schauten sie sich gemeinsam alte Fotos an.

»Guck mal«, sagte Adam.

Er zog den Deckel vom Lippenstift ab und führte die rote Spitze mit ruhiger Hand über seinen Mund.

»Steht mir das?«, fragte er und klimperte aufreizend mit den Augen.

»Gar nicht schlecht. Du hättest ein hübsches Mädchen abgegeben. Warte ...«

Eva schüttelte das Mascara-Fläschchen, zog die Bürste heraus und kümmerte sich um Adams Wimpern. Während sie das tat, verwandelte Adam seinerseits ihre Lippen in ein sattes Rot.

»Warum schminken sich Menschen?«, fragte er abwesend.

»Um in eine Rolle zu schlüpfen«, sagte Eva.

»Aber bei manchen Menschen kommt das wahre Gesicht erst dadurch zum Vorschein, dass man versucht, es unter einem Haufen Schminke zu verstecken.«

»Ja, vielleicht. Nicht bewegen.«

Eva arretierte sein Gesicht zwischen ihren beiden Zeigefingern, um ihr Werk zu betrachten.

»Meine Mutter war immer zu grell geschminkt«, platzte es aus Adam heraus, »aber ihre Seele und ihr Herz waren grau.«

Eva reagierte nicht sofort. Sie hielt ihn immer noch fest, einen Moment länger als vielleicht nötig.

»Ich frage mich manchmal«, sagte sie, »ob ich für dich genauso wahrhaftig bin wie du für mich.«

Adam schaute an Eva vorbei in Richtung Fenster. Der Raum erschien ihm mit einem Mal so eng. Andererseits, ein geschlossener Raum mit einem Fenster, das man öffnen konnte, war kein Gefängnis. Es war nicht zwangsläufig ein Zuhause, aber es war immer noch ein Raum.

»Vielleicht gibt es doch eine Sache in unserem Leben, die mich ein bisschen genervt hat«, sagte er plötzlich.

»Jetzt bin ich aber gespannt.«

»Ich bin nie gerne mit dir auf Partys gegangen.«

»Warum? Wir hatten doch immer Spaß. Die Leute mochten uns.«

»Sie mochten vor allem dich. Und das Leuchten in deinen Augen war für mich wie eine Belohnung. Aber ich habe mich in Gesellschaft immer unterentwickelt gefühlt.«

»Warum hast du nichts gesagt?«

»Weil ich Angst hatte, dich zu verlieren. Dass du irgendwann ohne mich gehst und jemanden kennenlernst, mit dem alles einfacher ist.«

»War es wirklich so schlimm?«

»Für mich war der kleinste Sektempfang schon wie Karneval in Rio.«

Sie lachte, wurde aber sofort wieder ernst.

»Jetzt würdest du sicher gerne mal wieder einfach mit mir tanzen gehen.«

»Ja, das stimmt.«

Eva nahm sein Gesicht wieder in ihre Hände, dabei sah sie ihn an, schaute ihm direkt in die Augen, sie konnte das, all ihre Kraft lag dann in diesem Blick oder das, was davon noch übrig war. Und er, Adam, konnte diesem Blick alles entnehmen, dieser Tiefe, das hatten sie wirklich geschafft in all den Jahren: den anderen so zu sehen, wie er oder sie war, das große Geheimnis der Liebe zu lichten, ohne dass der Zauber verloren ging.

»Haben die aus der Klinik angerufen?«

»Nein, sie sind sicher noch überlastet.«

Eva lachte bitter.

»Du meinst, überlastet mit Patienten, die sie auch behandeln können? Gegen deren Krankheit sie ein Rezept haben?«

»So habe ich das nicht gemeint«, beeilte sich Adam zu sagen. Das allerdings war eine Lüge.

Evas Gesicht begann zu zittern. Sie hielt sich wacker, aber es wäre unmenschlich gewesen, von ihr zu verlangen, die dunklen Wolken einfach wegzuatmen. Adam schob den ganzen Schminkkram zur Seite, setzte sich neben sie und nahm sie in den Arm. Eine Weile saßen sie so da, schweigend, Adam hatte auch keine tröstenden Worte mehr parat, gut möglich, dass die Umarmung die Trostlosigkeit nur unterstrich, es war wirklich zum Heulen.

18

Adam stellte sich in die Wanne, zog den Spritzschutz aus Plexiglas zu sich heran und drehte die Dusche auf.

Wenn ihn seine Reisen eines gelehrt hatten, dann dass heißes Wasser keine Selbstverständlichkeit und frisches Trinkwasser in der Wohnung, direkt aus dem Hahn, ein Grund für tiefste Dankbarkeit waren. Genau genommen, war trinkbares Wasser in Reichweite die Hälfte von dem, was man zum Leben brauchte.

Adam wusste, tief im Inneren trug er die Fähigkeit zur äußersten Reduktion. Im Grunde brauchte er fast nichts. Weil die Welt da draußen auch fast nichts war. Sicher, die Zivilisation war ein nützliches Programm, jedoch von einem Virus befallen, Wasser hingegen eines der wenigen Elemente, die er für echt hielt.

Er nahm ein bisschen von ihrer Gesichtsseife, um die Schminke abzubekommen. Es war verrückt. Noch immer standen hier etliche Shampoos und Duschlotionen aus Hotels, die sie von ihren Reisen mitgebracht hatten. Aber sie brachten es beide nicht übers Herz, sie zu benutzen. Als würde man dadurch, dass man ein 10-Cent-Shampoo-Fläschchen aus Swakopmund leerte und wegwarf, eine gemeinsame Erinnerung löschen. Aber vielleicht war es sogar so.

Adam drehte die Wassertemperatur hoch. So heiß zu duschen, dass er sich fast verbrühte, war eines der wenigen Dinge im Alltag, die er sich leistete. Das heiße Wasser hatte reinigende Kraft. Wenn er sich darauf konzentrierte, fiel der ganze Müll in seinem Kopf über Bord.

Eva!

Es war, wie es war. Jeder Gang in ihr Zimmer, jedes Gespräch mit ihr von Angesicht zu Angesicht rissen sein trauriges Herz in Stücke. Es spielte auch keine Rolle, ob Eva einen guten oder schlechten Tag hatte, weil ihn beides belastete. Natürlich war es schlimm, wenn sie vor Schmerzen stöhnte und die Kontrolle über ihren Körper verlor, aber für ihn war es fast noch schlimmer, wenn es ihr überraschend gut ging, weil er sich dann umso mehr fragte, was diese verfluchte Krankheit im Schilde führte.

Gott, wie sehr er sich wünschte, die Zeit zurückdrehen zu können. Er würde diesen kleinen, normalen Momenten des Lebens viel mehr Bedeutung beimessen. Was würde er dafür geben, Eva heute noch einmal vom Frisör abzuholen und sie an ihrer Lieblingsbude im Hafen auf ein Fischbrötchen einzuladen. Und während sie in der Schlange stünden, würde sie vor seinen Augen die Haare fliegen lassen wie ein Mannequin und ihn schließlich irgendwann fragen, ob ihm denn gar nichts auffalle. Und er würde bloß mit den Achseln zucken, obwohl er genau wüsste, sie wartete nur auf ein Kompliment für ihre neue Frisur. Und sie würde ihn durchschauen und lachen, ihn vielleicht sogar ein bisschen auf den Arm boxen und sagen, er sei schrecklich, aber ihre Augen würden etwas ganz anderes ausdrücken, und er würde erwidern, ha, sie sei selber schrecklich, schrecklich hübsch und das *hübsch* dabei ein bisschen hinauszögern, ihr die Remoulade von der Wange küssen und noch zwei Bier bestellen.

Der heiße Strahl massierte seine Kopfhaut. Er schloss die Augen, öffnete sie wieder und betrachtete die Dinge wie zum ersten Mal. Oder zum letzten. Die Dinge waren mitunter viel schlichter, als man nach Tausenden von Jahren der Evolution hätte annehmen können. Anders gesagt: Wenn man vor zehntausend Jahren etwas hätte aufzeichnen sollen, das einen von oben und von unten nass macht, es hätte wohl genau so ausgesehen wie das Ding, in dem er in dieser Sekunde stand. Die Form der Wanne hatte etwas Zwangsläufiges. Es sammelte das saubere Wasser um den eigenen Körper und verfügte über eine Vorrichtung, durch die das verschmutzte, erkaltete Wasser später abfließen konnte.

Der durchsichtige Spritzschutz war von innen über und über mit Wassertropfen benetzt. Zahllose Tropfen, die langsam, in einer für ihn nicht zu durchschauenden Formation die Innenseite der Scheibe herunterrannen. Wie eine kleine, ungerichtete Armee auf dem Weg in einen sinnlosen Kampf.

Spritz-Schutz. Wenn es keine anderen Sorgen gäbe, hätte man sich über jedes zweite Wort wundern können.

Adam trocknete sich ab und zog eine saubere Unterhose an. Dann ging er auf Zehenspitzen zurück in den Flur.

Er fragte sich, wie lange das gut gehen konnte, bis Eva ihn durchschaute, sich aufrichtete und den Nachbarn um Hilfe rief, diesen, wie er fand, etwas grobschlächtigen Typen, der ihr, so wie er ihr immer hinterherglotzte, sicher gerne zur Verfügung gestanden hätte.

Vielleicht doch der Revolver? Inspektor Callahan wäre stolz auf ihn. Zwei Kugeln. Adam und Eva würden sich die beiden Kugeln teilen, wie an einem romantischen Sommerabend in einer Eisdiele im Garten Eden.

Auf dem kleinen Beistelltisch im Flur lag ein Album mit persönlichen Fotos aus ihrer beider Vergangenheit, also gewissermaßen *vor* ihrer gemeinsamen Zeitrechnung.

Adam nahm das Album in die Hand und begann, darin zu blättern. Irgendwo musste ein Foto der Tante aus dem Salzkammergut sein, der sie außer diesem schönen Tisch auch den Küchenschrank und das Kruzifix verdankten. Sie war am zweiten Todestag ihres Mannes »in die Berge gegangen«, was in der Gegend, in der sie lebte, eine nette Umschreibung dafür war, dass jemand im Winter eine Wanderung unternahm, sich zum Schlafen in den Schnee legte und nicht mehr aufzuwachen hoffte. So wie man an der Küste »ins Wasser ging«. Adam wäre in jedem Fall nicht der Erste aus der Familie, der sein Leben in die Hand nehmen und kurz darauf eine Faust ballen würde.

Das Album enthielt von Eva ungleich mehr Bilder. Obwohl sie beim Einkleben versucht hatte, die Abbilder ihrer Erinnerungen zu minimieren, vor allem die Kinderfotos. Sie hatte es Adam zuliebe getan. Schließlich existierte von ihm nur ein einziges Foto. Eine arrangierte Aufnahme, die ihn als Kind mit seinen Eltern zeigte.

Adam wusste, dass das nicht normal war. Andere Menschen besaßen mehrere Alben, in denen jede einzelne Etappe ihrer Aufzucht dokumentiert worden war. Er hatte nur das eine Foto, nicht einmal ein schönes, und vielleicht war das sogar der Grund dafür, warum er es behielt.

Er schlug die Seite mit dem besagten Foto auf und hielt kurz inne. Seine Wahrnehmung dieser Situation, damals in dem kleinen Dorfstudio, wo auch Jahrzehnte später immer noch dieselben Fotos im Fenster hingen: debile Kinder, verzweifelte Ehepaare, unbeholfene junge Mädchen, die am Anfang ihrer Blüte ein bisschen Haut aufblitzen ließen. Na ja, vielleicht übertrieb er jetzt auch. Adam ließ sich auf das Foto ein, wie so oft, aber jedes Mal entdeckte er eine neue Facette. Das schlanke, markante Gesicht seines Vaters, die dunklen Locken, daneben diese nicht weniger attraktive Frau, die offensichtlich ihm gehörte. Zumindest *zu* ihm. Von außen betrachtet also ein Mann, dem das Leben zugewandt schien, aber wer ihn kannte, der bemerkte die Graustufen. Die Hand auf der Schulter seiner Mutter, von außen betrachtet, eine zärtliche Geste, bei näherem Hinsehen der Versuch, sie zu unterdrücken. Die Mühe, die es ihn kostete, Normalität zu heucheln. Die Sorge, der Moment könne kippen und das Familienkonstrukt als das entlarven, was es in Wahrheit war: zwei Erwachsene als eine verunsicherte Einheit, und er, Adam, der Störenfried, der ihnen irgendwie zugelaufen zu sein schien. So gesehen, war es ein irres Bild. Denn in der Tat war es dem Fotografen unbewusst gelungen, diese Kindheit voller Schrecken in einer Momentaufnahme zu bündeln. Man musste nur in die einzelnen Gesichter schauen, um zu wissen, was sich dahinter verbarg. Auch Adam lächelte auf dem Bild, allerdings nicht, weil er Grund dazu gehabt hätte, im Gegenteil. Er erinnerte sich genau daran, wie er mit einem Mal völlig klarsah, in der Sekunde, als der hilflose Fotograf (»Nun lächeln Sie doch alle bitte mal!«) auf den Auslöser drückte. In diesem Moment fielen alle Gedanken und Gefühle, die ihn umgaben und quälten, in einem Punkt zusammen. Plötzlich fühlte er sich viel älter, als er eigentlich war, weiser als die Erwachsenen. Sein Geist öffnete sich, und Adam sah seine Existenz in den grotesken Inszenierungsbemühungen des Fotografen zum ersten Mal sprichwörtlich in einem anderen Licht.

In dieser Sekunde wusste er, dass er sich selbst retten musste, wenn er überleben wollte.

Adam fiel es schwer, dieses Foto von sich und seinen Eltern zu betrachten, ohne gleich alles zu hinterfragen. Womöglich hatte es letztlich sogar den Ausschlag dafür gegeben, dass er Fotograf geworden war. Diese Aufnahme bewies, dass Fotos in besonderen Momenten die Wahrheit hervorbrachten, und zwar für jeden Betrachter eine eigene, andere, für sich genommen, jedoch genauso richtige Wahrheit. Diese Erkenntnis bewahrheitete sich jedes Mal aufs Neue, Bild für Bild, wenn man sich Fotos anschaute.

Adam blätterte weiter. Hinten hatten sie, um die leeren Seiten zu füllen, die schönsten Fotos ihrer gemeinsamen Reisen eingeklebt. Es war gar nicht so leicht gewesen, sich mit Eva auf die wenigen Abzüge zu einigen, die am Ende in das Album wanderten. Ruanda, zum Beispiel, eine Reise wie

Dantes Inferno, nahm gerade einmal zwei Doppelseiten ein, und kein Foto erinnerte an den schrecklichen Anlass der Reise.

In dieses Album schafften es nur Erinnerungen an das Schöne – und das sogenannte »Familienfoto« von ihm und seinen Eltern.

⸙

Adam hob den Kopf. Hatte es an der Tür geklingelt? Nein. Mit einem Mal verspürte er einen starken Durst, schaffte es aber nicht, das Album beiseitezulegen. Erstaunlich, wie er sich an manche Begebenheiten genau zu erinnern meinte, während andere ihm plötzlich so vorkamen, als wären sie nie passiert.

Das Gorilla-Baby war so ein Beispiel. Wenn er heute eines dieser Fotos betrachtete, konnte er kaum glauben, dass Eva wirklich ein Gorilla-Baby mit einer Banane gefüttert hatte. Aber er sah es ja hier: Eva teilte die gelbe Frucht in zwei Hälften, und Adam widerstand dem Drang, sie davon abzuhalten, weil er wusste, dass der Mensch in die Natur nicht eingreifen sollte. Stattdessen hatte er auf den Auslöser gedrückt, weil es die Situation für ihn erträglicher machte. Hinter der Leica galten andere Gesetze, und Eva lächelte direkt in die Kamera, weil sie ihn dahinter wähnte. Ihr Lächeln galt ihm, ihrem Mann und *partner in crime*, nicht dem Betrachter, weil sie wusste, dass er in diesem Moment ihr zuliebe über seinen Schatten sprang.

Wenn man sich den kleinen Affen ohne Fell vorstellte, hätte es beinahe ihr Sohn sein können.

Eingehend betrachtete er Evas Lächeln. Er fragte sich, wer das festgelegt hatte, dass man nur die Mundwinkel in einer bestimmten Art hoch- oder herunterzubiegen brauchte und der andere sogleich einschätzen konnte, woran er war.

Ihm kam ein Bild in den Sinn. Eines, das er in etlichen Variationen von Eva gemacht hatte. Ohne ihr Wissen.

Eva besaß die Angewohnheit, beim Lesen die Beine in gekreuzter Form an sich heranzuziehen und ihre Brille, wenn ihr Blick durch die Zeilen pflügte, abwechselnd in den Haaransatz über der Stirn und wieder zurück auf die Nase zu schieben. Doch dieser Wechsel folgte keinen Regeln. Es schien eher so, als ob nicht die Entfernung zum Text oder dessen Schriftgröße entscheidend für den Einsatz der Sehhilfe waren, sondern der Spannungsgrad ihrer Lektüre. Als brauche sie eine Art Schutzbrille, wenn sie die Spannung nicht mehr ertrug. Mein Gott, wie sehr er sie für diese kleinen, arglosen Eigenheiten liebte. Damals hatte er sich oft gefragt, warum sie das machte, bei vielen Dingen hatte er sich das gefragt. Heute hätte er darüber vor lauter Rührung heulen können. Und darüber, wie viel Lebenszeit man mit dem Versuch vergeudete, die Motive anderer Menschen zu verstehen.

Am Ende, dachte Adam, war es doch so: Er hatte Eva als Mädchen kennengelernt. Sie hatten viel Zeit miteinander verbracht, den größten Teil ihres Lebens, um genau zu sein, sich dem anderen anvertraut, mit allem Drum und Dran. Das würde er so mit niemand anderem mehr erleben können. Sie hatten Erfahrungen und Momente geteilt, die das Leben ausmachten. Das meiste davon hatte er mit der kleinen Leica festgehalten. Auf einigen Bildern war er sogar mit drauf, unscharf oder verwackelt, oder man sah nur ein halbes Gesicht, »Selfies«, wenn man so wollte, zu einer Zeit, als dieses Wort und das, was es beschrieb, noch gar nicht erfunden worden waren. Ja, Maler, die sich selbst porträtiert hatten, gab es wie Sand am Meer. Philipp Otto Runge, zum Beispiel, konnte sich an seinem Spiegelbild offenbar nicht sattsehen, der alte Geck, jung gestorben, mit 33 Jahren, an Tuberkulose, aber bis dahin ein Output wie zehn Hundertjährige, das musste man schon zugeben, obendrein auch mit der Bibel groß geworden wie er, Adam, und Narzissten waren sie ja alle, die Frühromantiker. Oder Höhlenmalereien, das waren doch im Grunde nichts anderes als rudimentäre »Selfies« der Höhlenmenschen, die ihren Jagderfolg »teilen« wollten, also das Erlebnis, nicht unbedingt das Fleisch, daran hatte sich also nicht viel geändert, seit Jahrtausenden dokumentieren die Menschen ihr Essen für die Nachwelt, das konnte man an dieser Stelle doch schon mal festhalten … stopp.

Das rote Lämpchen am Anrufbeantworter leuchtete. Adam blieb direkt davor stehen. Hatte das Telefon geklingelt? Oder das Lämpchen vorher schon geblinkt?

Adams Puls ging plötzlich schneller. Er dachte sofort an Eva, er musste ihr Bescheid sagen. Vielleicht das Krankenhaus? Zeit genug war jedenfalls vergangen. Als Eva und er damals das erste Mal von der Untersuchung gekommen waren, waren sie genauso schlau gewesen wie vorher. Also, jetzt doch endlich gute Nachrichten? Gott, wäre das schön. Er wollte gerade auf die Taste drücken, um die neue Nachricht abzuhören, da zog er die Hand zurück. Warum, zum Teufel, sollte es sich plötzlich um eine gute Nachricht handeln?

Adams Blick fiel auf Evas Zigaretten. Erstaunlich, sie rochen immer noch nach Tabak. Auch das Feuerzeug lag noch daneben, ihr *Zippo*, der Deckel war aufgeklappt, als hätte sie eben erst eine geraucht. Adam hatte es ihr geschenkt, kurz bevor sie gemeinsam ihre erste große Reise unternommen hatten. Und in der Tat hatte es ihnen ein paar Mal aus dem Schlamassel geholfen.

Als er an dem Rädchen drehte, war die Flamme sofort da. Adam überlegte nicht lange und steckte sich eine von Evas Zigaretten in den Mund. Er konnte zwar immer noch nicht rauchen, aber diesmal würde es ihr nicht auffallen. Er zündete sie an. Diese erste Sekunde hatte er immer genossen, wenn der Tabak Feuer fing und den erdigen Geruch verströmte, vor allem im Auto, wenn sie gemeinsam unterwegs gewesen waren und er Eva dabei hatte beobachten können, wie sie den ersten Zug nahm und im selben Moment entspannte. Er verstand sehr wohl, warum sich jemand eine Zigarette als letzten Wunsch erbot. Vorsichtig nahm er einen Zug, merkte aber, wie es ihm sofort die Lunge zuschnürte. Ungeübt hielt er die Zigarette zwischen Zeige- und Mittelfinger, betrachtete sie. Worin bestand eigentlich der Unterschied zwischen dem letzten Wunsch und dem letzten Willen? Der letzte Wunsch war so etwas wie eine Zigarette oder eine Henkersmahlzeit oder einmal nach New York zu reisen. Also, ein Wunsch, den man äußern konnte, während man noch lebte. Während der letzte Wille eine Verfügung des Toten war, nach der die Hinterbliebenen handeln mussten, weil der oder die Tote es so gewünscht hatte, oder? Es klang jedenfalls verwirrend. Würde er Eva bald nach ihrem letzten Wunsch fragen müssen? Und, wenn ja, wann war dafür der richtige Augenblick?

Adam dachte nach. Der letzte Wille beinhaltete ja meist auch den Wunsch, wie man beerdigt werden wollte. Eva hatte sich diesbezüglich noch nicht geäußert, aber seit sie hier oben lag, ohne Aussicht auf Besserung, geisterte Adam dieser Gedanke ständig durch den Kopf. Keine Gäste! Er hätte es nicht ertragen, andere Menschen zu sehen. Nur er und sie. Vielleicht noch ihre Eltern. Und ein Schamane. Und schwere Musik. Oder etwas ganz Leichtes.

Adam öffnete die Fenster im Flur und im Bad. Was für eine Schnapsidee, sich hier und jetzt eine Zigarette anzuzünden. Er steckte das kleine Fotoalbum ein und ging die Treppe wieder hinunter in die Küche, drückte den Stummel im Spülbecken aus und entsorgte ihn im Müll. War es nicht erstaunlich, wie viele Dinge man im Laufe seines Lebens nur ein einziges Mal zu Gesicht bekam? Und sei es nur eine Zigarette?

Das Bier im Kühlschrank war inzwischen kalt. Er öffnete eine weitere Dose, setzte sie an und trank sie auf der Stelle zur Hälfte aus.

»Du wartest hier.«

Er stellte das Bier auf den Küchentisch und maß die acht Schritte ins Wohnzimmer. Vor der großen Bücherwand machte er abrupt Halt und drehte den Kopf mechanisch nach links und rechts. Ich bin ein rebellischer Roboter, dachte Adam. Egal, er konnte jetzt *alles* machen. Er war niemandem Rechenschaft schuldig. Keiner würde mehr zu ihm sagen, er sei »merkwürdig«.

Irgendwo musste es sein, das Buch über antike Beerdigungsrituale. Adam hatte es vor ein paar Monaten schon einmal zur Hand genommen, als sich zum ersten Mal abzeichnete, wie schlecht es Eva eigentlich ging. Er war sich nun sicher, eine normale Beerdigung käme nicht infrage. Er wollte Eva nicht verlieren, egal wie, sie sollte weiterhin Teil seines Lebens sein. Also hatte er seine Fantasie von der Leine gelassen. Die Kunst des Einbalsamierens war ihm letzten Endes von allen Methoden am praktikabelsten erschienen. Die Öle, die Stoffe, die Reihenfolge der Handgriffe, das alles konnte er sich beibringen. Einfach war das nicht, klar, jedoch zu erwarten, dass *irgendwas* einfach würde, wenn man seine tote Frau im wahrsten Sinne für sich behalten und für die restliche Lebensdauer des Weiterlebenden (das Wort erschien ihm netter als »Hinterbliebenen«) konservieren wollte, war selbst Adam nicht in den Sinn gekommen.

Bei aller Fantasie.

Adam ging zurück in die Küche, plötzlich hatte er einen Heißhunger auf Bananen. Verdammtes Gorilla-Baby. Die Obstschale stand dort, wo sie hingehörte, aber es waren keine Bananen mehr da. Verdammter Lieferservice! Gott, VERDAMMT! Er ballte die Finger zu Fäusten, bis seine Hände brannten. Als der Schmerz zu groß wurde, entspannte er sie und atmete tief durch.

Er ging ein, zwei Meter. Fuhr mit dem Finger über die Schicht aus winzigen Staubpartikeln. Beobachtete, wie sie von der Heizung hochwirbelten und auf dem kalten Stein der Fensterbank wieder zum Liegen kamen. Ging zur Spüle, riss zwei, drei Blätter Küchenpapier von der Rolle, befeuchtete sie mit Wasser, wischte einmal über alles drüber: den Tisch, die Heizung, das Fenster. Der, die, das. Wer, wie, was? Jedes einzelne Ding ein Unding. Jedes einzelne Wort totaler Unsinn. Die menschliche Existenz, lächerlich, hilflos und klein. Ein Geist, der Grenzen zu sprengen in der Lage war, eingepfercht zwischen Keksdosen, Staub und kalten Wänden. Langsam wurde er irre über diese kleinen Handgriffe, was konnte man in so einem Gefängnis schon tun? Was hielt ihn davon ab, raus in den Garten zu gehen? Ja, womöglich die Tatsache, dass Eva es eben *nicht* konnte, es wäre ihr gegenüber nicht fair gewesen. Aber musste er nicht genauso darauf achtgeben, selbst nicht wieder krank zu werden? Die Grenzen zwischen normal, unnormal, abnormal und krank konnten ohnehin nur die wenigsten korrekt ziehen. Wenn es diese Grenzen denn überhaupt gab. Lange war es gut gegangen mit ihm, doch seine Garantie, dass das auch so blieb, lag oben im Bett und lief langsam ab.

Adam verscheuchte eine Fliege, die es sich auf einem Apfel bequem gemacht hatte und ihn anschließend heftig umkreiste wie ein kleiner, außer Kontrolle geratener Planet die Sonne.

Als er den wilden Flug der Fliege beobachtete, fiel ihm ein, dass in seinem Kopf vor Jahren mal die Idee für ein Kinderbuch erwachsen war. Es ging darin um eine Eintagsfliege, die sich auf die Suche nach der Sonne begab. Und darum, wie es dieser kleinen Fliege, die ja, wie ihr Name verriet, nur einen Tag zu leben hatte, unbewusst gelang, auf ihrer Suche nach der Sonne ihre Lebenszeit zu verlängern, nämlich über den nächsten Sonnenaufgang hinaus. Sie überwand eine unüberwindbare Grenze, weil ihr die Suche nach ihrem Sehnsuchtsort so wichtig war. Das sei eine gute Botschaft für Kinder, hatte er damals gedacht. Und die Vorstellung, die nun wieder in seinem Kopf lebendig wurde, wie sich die müde, kleine Fliege im Morgengrauen auf der feuchten Stupsnase einer träumenden Kuh niederließ und mit letzter Kraft und zitternd vor Kälte die Frage stellte, wie sie denn bitte nun endlich zur Sonne käme, schnürte ihm immer noch ein wenig den Hals zu.

Nicht schlecht für einen emotionalen Krüppel.

Es war nicht so, dass er sich das nicht zugetraut hätte. Nicht, ein Buch zu schreiben, sondern Vater zu sein. Was musste man da schon groß beachten? Herzlich sein, ehrlich, ein bisschen lustig, auch mal albern. Es gab nichts Schöneres als alberne Lachanfälle, sodass einem fast die Luft wegblieb. Adam konnte seine an einer Hand abzählen. Und nur keine Ironie oder, noch schlimmer, Zynismus. Trost und Liebe. Laufen lassen und dennoch Grenzen setzen. Ohne sich oder das Kind zum Affen zu machen. Das war es doch schon.

Sie hatte sich entschieden, keine Kinder zu wollen, so musste man es wohl ausdrücken. Letztlich war es Evas Entscheidung gewesen. Und obwohl Adam diese Entscheidung mitgetragen hatte, verging doch kein Tag, an dem er sie nicht ein Mal hinterfragte. Wenn er Pech hatte, kamen diese Gedanken in der Nacht. Dann beschlich ihn die Angst, auf diesen Päckchen mit unbenutzter Kinderliebe sitzen zu bleiben. Weil es eine andere Art der Liebe war. Verantwortungsvoller, erwachsener, klarer. Und weil er diese Liebespäckchen auch nicht einfach bei Eva umtauschen konnte. Er konnte mit dieser Währung in ihrer Beziehung nicht bezahlen, so merkwürdig das klang. Ja, und es war natürlich möglich, dass er sich deswegen in letzter Zeit immer seltener dazu aufraffen konnte, hoch in ihr Zimmer zu gehen und zu schauen, wie es ihr ging.

Aber Adam wusste, es lag an ihm. Eva wäre eine tolle Mutter geworden. Als wäre es gestern gewesen, erinnerte er sich an ihre erste gemeinsame Reise nach Südafrika, direkt nach dem Mauerfall. Sie hatten am Rande des Kruger-Nationalparks ein Camp bezogen, das den Namen kaum verdiente, ein paar Zelte, bewacht von einem tollpatschigen Wolfshund

und einem nervösen, jungen Einheimischen, Anthony, genannt »Toni«, der nicht nur unbewaffnet Wache schob, sondern auch noch als Koch zum Einsatz kam.

Eines Morgens war Eva etwas abseits vom Camp auf eine Ameisenstraße gestoßen. Eine wuselige, quicklebendige Verbindung zwischen einer von Leoparden gerissenen Impala-Kuh und einem meterhohen Insektenbau, dessen Bevölkerung auf ständigen Nachschub wartete. Eine gigantische, von der Natur erschaffene Megacity. Eva kam aus dem Staunen nicht heraus. Adam legte seinen Arm um ihre Schultern und erzählte ihr, er habe mal gelesen, dass sämtliche Ameisen auf der Welt zusammengenommen die größte lebende Biomasse einer einzelnen Art ergäben.

»Verstehst du?«, hatte er begeistert doziert. »Alle Ameisen, die es auf der Welt gibt, wiegen zusammen mehr als alle Elefanten.«

Eva hatte nur abwesend genickt, so sehr faszinierte sie das tierische Gewusel zu ihren Füßen. Plötzlich wurde sie auf eine einzelne Ameise aufmerksam, die aus der Reihe tanzte. Sie verließ den allgemeinen Betriebsweg und peilte mit einem Mal ein eigenes Ziel an.

»Aber die verläuft sich doch«, sagte Eva, aufrichtig besorgt.

»Sie macht ihre Arbeit«, beruhigte Adam sie, »und zwar besser und gewissenhafter als wir alle. Sie weiß genau, was sie tut.«

Dann hatten sie beide dem strebsamen Treiben noch eine Weile still und ehrfürchtig zugeschaut, und die ganze Zeit über spürte Adam, wie seine Frau gegen das Bedürfnis ankämpfte, den Ausbrecher mit sanfter Gewalt zurück in Reih und Glied zu befördern.

Glied. Adam hatte »Glied« gedacht. Kein schönes Wort. Aber »Scheide« klang auch nicht viel besser. Glied und Scheide. Glied und Scheide. Glied und Scheide. Manchmal, wenn Adam begann, Gedanken laut auszusprechen, während er noch über deren Entstehung rätselte, gewann er beinahe den Eindruck, selbst seine Muttersprache werde für ihn immer fremd klingen. Im Ernst, war es nicht wirklich ein Wunder, dass nicht alle überall und zu jeder Zeit aneinander vorbeiredeten?

19

Manyeleti Game Reserve, Januar 1990.
Totale: Ein sumpfiges Wasserloch am Rande des Kruger-Nationalparks. Braune Zelte ohne Halt, aufgestellt im Kreis, in der Mitte eine schlichte Holzbau-Konstruktion, doppelstöckig, sodass man mit Glück auch einen Elefanten vor die Linse bekommt, ohne sich aus dem Camp bewegen zu müssen. Nahaufnahme: Der gedeckte Frühstückstisch in der provisorischen Lodge. Kaffee und Orangensaft, daneben ein Teller mit Spießen. Obst, Gemüse, Hühnchen, alles wird aufgespießt. Simpel, aber gut. Toni kommt herein. Er hat schon den Ölstand des Jeeps geprüft, nun freut er sich, dass man sein Frühstück zu schätzen weiß.

Das Camp wird seit fast dreißig Jahren von Schwarzen geführt, und es ist das einzige, in dem auch Schwarze Urlaub machen dürfen.

Das Monster namens Apartheid hat viele Unschuldige gefressen, nun ist es ins Wanken geraten. Der Grund dafür sitzt noch hinter Gittern: *Nelson Mandela.*

Der Besuch bei dem späteren Friedensnobelpreisträger war ein Höhepunkt in Adams Laufbahn als Fotoreporter. Es kursierte das Gerücht, Präsident de Klerk würde Mandela bald freilassen. Adam hatte es von seinem alten Kumpel Lukas erfahren, der wiederum von einem hochrangigen Grünen-Politiker, den er noch aus ihrer gemeinsamen Zeit während der Studentenrevolte kannte. Und tatsächlich erhielt Adam über dessen diplomatische Kontakte eine Akkreditierung.

Im Januar 1990, also direkt nach der Wende, machten sich Adam und Eva auf den Weg. Adam hatte ihr bis zuletzt nichts von der Reise erzählt. Die Mauer fiel, Eva kam in den Westen, bezog Begrüßungsgeld und ein Zimmer in Adams Wohnung. Die nächsten Tage lebten sie wie in einem Traum, und bevor sich überhaupt so etwas wie Routine einstellen konnte, sagte Adam zu ihr: »Wir fliegen nach Afrika.«

Um sich auf das Treffen vorzubereiten, waren sie zunächst nach Manyeleti in das besagte Camp gefahren. Es wurde zu der Zeit von dem Stamm der Mnisi geführt. Die Regierung hatte nie in die schwarzen Wildreservate investiert, sie waren simpel und rau, aber genau das machte ihren Charme aus. Weil der Mensch kaum Einfluss genommen hatte, schöpfte die Natur aus dem Vollen, es gab keine Tour mit dem Jeep, bei der man nicht wenigstens ein Exemplar der berühmten »Big Five« zu Gesicht bekommen hätte.

»Wie bist du auf dieses Reservat gekommen?«, fragte Eva. Ihre Haut hatte sich schon nach wenigen Tagen bronze gefärbt. Sie trug ein rotes T-Shirt, an ihrem Handgelenk klimperten silberne Armreifen. Adam fand, sie sah aus wie eine Göttin.

»Du wirst es mir nicht glauben«, antwortete er.

»Versuch es doch einfach.«

Adam nahm einen Schluck von seinem *Windhoek Lager*. Langsam wurde die Sonne schwächer. Die glühende Hitze ließ nach und machte Platz für einen hellroten Schimmer, der das ganze Areal in ein faszinierendes, warmes Licht tauchte.

Unweit vom Camp wanderte eine Elefantenfamilie zum Wasserloch. Die Erde war trocken. Der Bulle hob witternd den Rüssel, er roch das frische Wasser im Tank über der Küche. Schon einmal hatte er sich aus lauter Verzweiflung bis an die Lodge herangewagt und die ganze Konstruktion einfach umgeworfen, seitdem war Toni auf der Hut. Er kam aus der Küche nach draußen, die weiße Schürze noch in der Hand, und beäugte den grauen Riesen. Schließlich schmiss er den Generator an, der die Pumpe bediente. Nach ein paar Sekunden begann das Wasser im Loch zu sprudeln. Die Elefanten waren zufrieden.

»Mandela hat mir davon erzählt«, sagte Adam und hielt kurz inne, weil er ahnte, wie das für sie klingen musste.

»Genauer gesagt«, fuhr er fort, »stand es auf einer Notiz, die er mir damals in einer Streichholzschachtel zugesteckt hat. So haben sie oft Nachrichten nach draußen geschmuggelt: kleine Zettel in Streichholzschachteln oder in aufgeschnittenen Tennisbällen, die man über die Mauer zu den anderen Mitgefangenen warf.«

»Wovon sprichst du?«, fragte Eva irritiert.

»Es hieß ja immer, Mandela habe auf Robben Islands nie Besuch empfangen dürfen. Das stimmt so nicht ganz. Ich war da, in seiner Zelle, kurz bevor«, er tippte Eva mit dem Finger auf den Oberarm, »wir beide uns kennengelernt haben. Ein deutsches Magazin hatte den Gefängnisdirektor geschmiert und ziemlich viel Geld bezahlt. Die UN hielt ihre schützende Hand über mich. Ansonsten hätte ich auf dem Weg hinein oder heraus auch leicht aus dem Verkehr gezogen werden können.«

Eva sah ihn mit offenem Mund an, die Augenbraue bis zum Anschlag hochgezogen, wie immer, wenn sie überzeugt davon war, dass die Fantasie mit ihm durchging.

»Ehrlich, Adam«, stieß sie irgendwann hervor, »das ist unvorstellbar.«

»Ja«, lachte Adam, »du kannst mir glauben, das war es auch für mich.«

»Aber das *kann* nicht sein.«

»Warum sollte ich mir das ausdenken?«

»Keine Ahnung.«

»Ich durfte mich auf dieser Gefängnisinsel umschauen, unfassbar war das, eine Art Konzentrationslager. Mandela arbeitete im Steinbruch. Später hat er die staubigen Beete gepflegt und das als Privileg empfunden.«

»Hast du damals Fotos gemacht?«

»Nein, das war zwar der Plan, aber dann durfte ich es doch nicht. Stattdessen redeten wir, Mandela und ich, nur ein paar Minuten, es war absurd. Ich hatte gar keine Fragen vorbereitet.«

»Glaubst du, er erinnert sich an dich?«

»Wäre möglich.«

Adam nahm noch einen Schluck aus der Bierflasche, sah sie an und machte ein geheimnisvolles Gesicht.

»Ich habe ihm damals heimlich ein Buch untergeschoben, *Krieg und Frieden,* von Tolstoi. Er liest viel und hatte in seiner Zelle bloß Shakespeare und die Bibel.«

»Du spinnst«, sagte Eva und lachte.

»Weißt du, was er gesagt hat, als ich ihm den Tolstoi in die Hand gedrückt habe?«

Eva schüttelte gespannt den Kopf.

»Falls man für 27 Jahre hinter Gitter muss, ist es die richtige Zeit, *Krieg und Frieden* zu lesen.«

Zwei Wochen später konnte sich Eva persönlich von der Richtigkeit der Geschehnisse überzeugen.

Sie fuhren nach Kapstadt ins Victor-Verster-Gefängnis, wo Mandela offiziell noch gefangen gehalten, inoffiziell jedoch bereits in Gesprächen mit den Behörden auf seine Entlassung vorbereitet wurde.

Die Einlasskontrollen waren aufwendig: Eva musste ihre Taschen ausleeren, Adam die Leica öffnen und seinen Mund. Vor dem Zellentrakt wurden sie noch einmal abgetastet, mehrfach, jeweils von zwei verschiedenen Wachmännern. Zuletzt führte man sie in einen kahlen Raum ohne Fenster.

»Man will sich gar nicht vorstellen, was hier schon alles passiert ist«, sagte Eva leise.

Eine einzelne, vergitterte Deckenleuchte tauchte den Raum in ein fleckiges, fahles Licht. Es herrschte eine beklemmende Atmosphäre, zwei weiße Plastikstühle standen verloren im Raum, ein dritter an der gegenüberliegenden Wand. Links daneben, fast in der Ecke, eine unheilvolle Stahltür, die sich kurz darauf öffnete.

Mandela trat ein. Er trug die Anstaltskleidung, einen orangenen Overall, mit der drahtigen Eleganz eines Mittelgewichtsboxers. Eva mochte ihn auf Anhieb. Seine aufrechte Statur, trotz der vielen Jahre im Steinbruch, die leuchtenden

Augen, das wache, unverkennbare Gesicht. Sie gingen aufeinander zu, sahen sich in die Augen und reichten sich die Hände.

20 Stunden später, also ein Wimpernschlag verglichen mit der Geschichte des 20. Jahrhunderts, saßen Adam und Eva auf der noch warmen Haube ihres Mietwagens und ließen den Tag Revue passieren. Der Motor tickte wie der Zünder einer Bombe.

»Beim nächsten Mal müssen wir uns mehr Zeit nehmen«, sagte Eva und lächelte ihm zu.

Sie waren einfach durchgefahren, die ganze Strecke, 1670 Kilometer ohne Pause. Sie hatten sich am Steuer abgewechselt und vier oder fünf Mal angehalten, um sich zu strecken und den Kaffee, den sie literweise in sich hineinschütteten, irgendwo wieder loszuwerden. Das Auto, ein *Toyota Landcruiser,* hatte sich gut geschlagen. Nun dampfte er, mit einer Staubschicht überzogen, auf dem Parkplatz von *God's Window* vor sich hin und schrie nach Wasser.

»Mit dir könnte man ja fast die 24 Stunden von Le Mans gewinnen«, sagte Adam, »Ken Miles ist ein Waisenknabe gegen dich.«

Eva lachte auf, ein weißes Trägerhemd betonte ihre glänzenden Schultern. Ihr ganzer Körper schien noch zu glühen. Sie waren durchgebrettert wie in einem dieser Filme, ein Gangsterpärchen mit einer Sporttasche voller Scheine auf der Rückbank. Adam spürte, wie die Anspannung langsam von ihm abfiel. Eva ging es genauso. Sie trank den letzten Schluck Wasser aus der Flasche und steckte sich eine Zigarette an. Sie hatten die Hölle von innen gesehen und die lange Fahrt gebraucht, um die Eindrücke ihres Besuchs zu bewahren, aber die Bilder aus dem Kopf zu bekommen. Sie waren frei. Was das wirklich bedeutete, wussten sie erst seit gestern.

»Und?«, fragte Adam nach einer Weile. »Wie war's für dich?«

Eva zog an der Zigarette, legte den Kopf in den Nacken und blies eine Rauchwolke in den Himmel.

»Ich weiß nicht, er schien ein wenig nervös.«

»Ja. Vielleicht, weil er bald entlassen wird. Er hatte schon ein, zwei Mal die Möglichkeit zu gehen, sich aber immer dagegen entschieden.«

»Weißt du, warum?«

»Schwer zu sagen«, antwortete Adam, »offiziell war er mit den Bedingungen nie einverstanden, die an seine Entlassung geknüpft waren. Aber vielleicht fehlte ihm auch ein wenig die Fantasie, wie es draußen für ihn weitergehen könnte.«

»Oder die Kraft, er hat Unvorstellbares durchgemacht.«

»Oder eine Mischung aus beidem.«

Eva nickte.

»*Daß wir die Übel, die wir haben, lieber ertragen als zu Unbekannten fliehn.*«

Adam warf ihr einen fragenden Blick zu.

»Hamlet«, sagte Eva, »der Anwalt der Vernunft.«

❦

Auf dem provisorischen, mit braunem Schotter übersäten Parkplatz stand ein einfacher Imbisswagen, aus dem eine junge, schwarze Frau Getränke und Snacks verkaufte. Über ihr prangte ein Schild: *God's Window Cafe.*

Eva band sich die Haare zu einem Zopf, zog ein paar Scheine aus der Hosentasche ihrer Shorts und ging auf sie zu.

»Two chips and two coffee, please, black and no sugar. And two beer. Cold.«

Evas Englisch machte täglich Fortschritte. Die junge Verkäuferin warf eine Handvoll Pommes frites in die Fritteuse, füllte Kaffee in zwei Pappbecher und reichte sie Eva über die kleine Theke.

»Sind Sie aus Deutschland?«, fragte sie in nahezu akzentfreiem Deutsch.

»Ja«, antwortete Eva erstaunt, »woher wissen … und wieso sprechen Sie Deutsch?«

Die junge Frau schien sich über Evas Verwunderung zu amüsieren. Als habe sie ihr soeben einen netten Streich gespielt.

»Ich bin in Deutschland aufgewachsen. Besser gesagt, in Ostdeutschland.«

Eva fiel beinahe der Kaffee aus der Hand.

»Wie bitte?«

»Ich bin Namibierin und war eines der ersten Kinder, die damals zu ihrem Schutz aus den Flüchtlingslagern der SWAPO ausgeflogen wurden und …«

»Ah«, fiel Eva ihr ins Wort, »ein DDR-Kind. Ich habe erst kürzlich davon gehört.«

»Genau.«

»Ich dachte, das Programm läuft noch.«

»Ja, aber es soll bald eingestellt werden. Eine Folge des Mauerfalls. Die meisten von uns sind noch drüben, aber ich wollte, so schnell es geht, zurück nach Hause. Allerdings …«

Die junge Frau hielt kurz inne, um zwei Flaschen Bier aus dem Kühlschrank zu nehmen.

»Adam«, rief Eva, »komm her, du musst eine Landsfrau von mir kennenlernen.«

Adam sah zu ihnen herüber, nickte, schloss das Auto ab und setzte sich in Bewegung.

»Entschuldigung«, wandte sich Eva wieder der jungen Frau zu, »Sie wollten etwas sagen.«

»Allerdings war das Nachhausekommen eine Katastrophe. Meine Eltern waren völlig überfordert. Und ich natürlich auch. Schließlich haben wir uns zehn Jahre nicht gesehen. Für sie bin ich jetzt eine Deutsche, aber für die weißen, deutschstämmigen Namibier immer noch eine einheimische Schwarze.«

»Waren Sie auch in Bellin?«, fragte Eva, gerade als Adam bei ihnen am Imbisswagen angekommen war.

»Zuerst ja. Später in Staßfurt, auf der *Schule der Freundschaft*.«

»Hallo!«, sagte Adam. »Was gibt's?«

»Du wirst es nicht glauben«, rief Eva, noch immer ganz aufgeregt, »die junge Dame ist in der DDR aufgewachsen.«

Adam gab ihr die Hand.

»Ich heiße Nali!«, sagte sie.

»Freut mich«, sagte Adam, »was machen Sie hier, Nali?«

»Das ist eine lange Geschichte.«

Hinter ihr ertönte ein schwaches »Pling«. Nali hob das Sieb mit den Pommes frites aus dem heißen Öl, schüttete sie in eine weiße Plastikschüssel, streute Salz darüber, mischte sie einmal durch und servierte sie ihren Gästen in zwei Pappschälchen.

»Erzählen Sie«, bat Adam, »wenn es Sie nicht stört, dass ich dabei esse.«

»Nun«, setzte Nali an, »Sie wissen sicher, dass die

SWAPO jahrelang gegen Südafrika um die Unabhängigkeit Namibias gekämpft hat. Wir haben unter der Apartheid sehr gelitten. Flüchtlingslager entstanden, so groß wie Dörfer. Immer wieder haben südafrikanische Streitkräfte Lager und Stützpunkte der SWAPO angegriffen, sodass Sam Nujoma keinen anderen Ausweg sah, als das Ausland um Hilfe zu bitten.«

»Aber warum Ostdeutschland?«, fragte Adam.

»Die SWAPO versteht sich als marxistisch-leninistisch geprägte Partei«, antwortete Nali, »die DDR ist also ein sozialistischer Bruderstaat. Oder *war*, muss man jetzt ja wohl sagen.«

»Aber fanden in Namibia nicht auch gerade die ersten freien Wahlen statt?«, fragte Eva.

Nali lächelte.

»Ja, die südafrikanischen Streitkräfte sind weg, aber noch ist vieles unklar. Vor allem für uns DDR-Kinder. Als hätte ein Meteorit nicht nur die Berliner Mauer, sondern gleich mein ganzes Leben in Schutt und Asche gelegt.«

Eva betrachtete Nali mitfühlend. In ihrem noch jungen Gesicht hatte das Schicksal Spuren hinterlassen, ähnlich wie bei Jamal, dem Kindersoldaten, dem sie wenige Jahre später in Ruanda begegnen sollten. Nalis Narben waren weniger breit, aber nicht weniger tief.

»Wissen Sie«, wandte sich Nali an Eva, »was ein *Fimbifimbi* ist?«

»Nein«, antwortete Eva.

»*Fimbifimbi* bedeutet ›Chamäleon‹ oder in unserem Falle so etwas wie ›weiße Kinder mit schwarzer Haut‹. Das ist ein Problem, auf das sie uns drüben nicht vorbereitet haben.«

Eva nickte verständnisvoll.

»Wie alt sind Sie?«, fragte sie.

»Ich bin gerade 18 geworden«, antwortete Nali.

»Und Sie sind allein aus Namibia weggegangen?«

Nali sah sie an, als würde ihr erst in dieser Sekunde bewusst, welches Wagnis sie eingegangen war.

»Warum ausgerechnet hierher?«, fragte Adam sogleich hinterher. »Südafrika ist die ehemalige Besatzungsmacht, das Land, vor dem Sie fliehen mussten.«

»Ja«, Nali holte einmal tief Luft, »das ist sicher schwer zu verstehen. Zumal es natürlich gefährlich für mich ist. Und meine Chancen noch schlechter sind als in Namibia. Hier interessiert es niemanden, dass ich Deutsch spreche. Außer vielleicht ein paar Touristen.«

»Was haben Sie jetzt vor?«, fragte Eva.

»Ich will später mal studieren, aber ich muss erst Abstand gewinnen. Also serviere ich hier Drinks und Snacks, bis ich weiß, wie es weitergeht. Wir hoffen alle auf Mandelas Entlassung. Und dass Namibia endlich unabhängig wird.«

»Es besteht Anlass zur Hoffnung«, sagte Adam und pickte die letzten Pommes frites mit der Gabel auf, »halten Sie durch.«

»Haben Sie einen Stift?«, fragte Eva.

Nali drehte sich um, griff in eine leere Konservendose neben der Fritteuse und reichte Eva einen Kuli, dessen Farbdesign einer in die Länge gezogenen südafrikanischen Flagge glich: oben ein schwarzes, nach unten deutendes Dreieck, an den Seiten blau und rot und in der Mitte ein durchgängiger, schmaler grüner Streifen. Behutsam riss Eva den Boden aus der leeren Pommes-Schachtel, drehte das kleine, oval geformte Pappstück um und notierte auf der Rückseite ihre deutsche Telefonnummer.

»Für alle Fälle, Nali«, sagte sie und drückte ihr dazu noch ihr gesamtes Bargeld in die Hand. »Für alle Fälle.«

Adam lehnte sich vorsichtig an die Brüstung. Kein guter Ort für jemanden mit Höhenangst, aber die Sicht von hier oben war atemberaubend. Sie blickten auf eine gewaltige, grüne Kehle. Ein links und rechts von hohen, schroffen Felsen eingerahmtes, bewaldetes Tal, soweit seine Augen reichten.

»Heißt es deswegen *God's Window*?«, fragte Eva. »Weil man das Gefühl hat, auf das Paradies zu schauen?«

Adam lachte.

»Wenn das so wäre, müsste er uns ja sehen. Adam und Eva im Paradies.«

Eva erwiderte nichts. Schweigend stand sie neben ihm, die Ellbogen auf die Brüstung gelegt, kein Hauch strich in dieser Sekunde durch ihr Haar. Die Luft schien zu stehen, ebenso die Zeit. Mit einem Mal hatte sich alles um sie herum beruhigt. Adam und Eva schauten sich an, erhoben ihre Flaschen und feierten den erhabenen Moment.

»Vielleicht«, sagte Eva, »ist es auch andersherum: Es heißt *God's Window*, weil Gott irgendwo da unten ist, inmitten seiner Schöpfung, in der Natur, in allen Bäumen. Und weil er von da unten am besten nach oben in den Himmel schauen kann.«

Sie standen noch eine Weile nebeneinander da, bevor sie sich aufmachten weiterzugehen, die einzigen Menschen weit und breit, was ungewöhnlich war, der Aussichtspunkt *God's Window* war kein Geheimtipp, ebenso wenig wie der kleine Regenwald, der sich hier anschloss, wenn man noch ein kurzes Stück geradeaus ging.

Allerdings erschien es schon geheimnisvoll, wie dieses Naturparadies an diesem Ort entstanden war. Als hätte man den kleinen Regenwald aus einem anderen Teil der Erde hierher verpflanzt. Schon nach wenigen Hundert Metern Fußmarsch waren Adam und Eva umringt von hohen Laubbäumen, Büschen und satten, blühenden Kakteen. Die Luftfeuchtigkeit nahm spürbar zu. An den Seiten glänzten dicke, schwarze Findlinge wie riesige Lakritzbonbons.

»Eine ungewöhnliche Frau, diese Nali«, sagte Eva, »und was für ein Zufall, sie hier zu treffen.«

»Stimmt, das kann man sich nicht ausdenken.«

Schweigend gingen sie ein paar Meter weiter. Eva setzte konzentriert einen Fuß vor den anderen. In ihr schien es zu arbeiten.

»Die Mauer ist erst vor zwei Monaten gefallen«, sagte sie. »Erstaunlich, dass sie das Programm einfach einstampfen und diese Kinder so mir nichts, dir nichts wieder zurückschicken.«

»Seelenlos. Aber erstaunt dich das wirklich?«

»Verdammte Politik.«

»Verdammte Apartheid«, erwiderte Adam.

Auf einem Pfad aus trockenen Blättern und Rindenmulch wanderten sie unter den Bäumen hindurch. Adam drehte den Kopf in alle Richtungen, um sich den Rückweg einzuprägen. Es war bereits spät am Nachmittag, und niemand wollte hier an diesem geheimnisvollen Ort von der einbrechenden Dunkelheit überrascht werden. Ein Stein, ein Astloch, eine bizarre Blüte, von den kleinsten Kleinigkeiten nahm er Notiz und setzte sie nach und nach in seinem Kopf zu einer Route zusammen. Eva wartete auf ihn, ein paar Schritte weiter, auf einem dieser großen Felsen sitzend. Als er sie eingeholt hatte, stand sie auf, küsste ihn und nahm seine Hand.

»Manchmal ist es schön, nur als Tourist unterwegs zu sein«, sagte Adam. »Ohne den Druck, aus allem irgendwie eine Story fabrizieren zu müssen. Ich nehme die kleinen Dinge dann viel intensiver wahr.«

»Ja«, pflichtete Eva ihm bei, »man fühlt sich dann mit einem Mal wie ...«

»... ein normaler Mensch?«

Adam lächelte. Eine tiefe, innere Ruhe erfüllte ihn. Es war Eva, ihre Liebe, ihre kleinen, zärtlichen Gesten. Und die kostbare Gewissheit, frei und gemeinsam mit ihr unterwegs sein zu dürfen.

»Nein«, lachte Eva, »das nun auch nicht. Im Gegenteil, für mich ist es gerade der pure Wahnsinn. Guck mal«, sie deutete mit dem Finger in eine der dichten grünen Baumkronen, »da oben, die Affen.«

Adam holte seine Kamera aus der Umhängetasche, hob den Kopf, hielt den Sucher vors Auge und drehte am Objektiv. Es war ein ganzes Rudel, das sich lustvoll von Ast zu Ast und von einem Baum zum nächsten jagte.

»Oh«, sagte er, »über die habe ich etwas gelesen. Pass bloß auf, die pinkeln einem gerne von da oben auf den Ko...«

Er hatte den Satz noch nicht ganz beendet, da verharrte eines der Tiere direkt über ihnen. Braungrauer Rücken, weißer Bauch, kaum größer als ein Kapuzineräffchen. Es beäugte die beiden, als nähme es Maß, ging in die Hocke und drehte sein Hinterteil nach vorne.

»Schnell, weg!«, rief Adam, aber da prasselte es schon herab. Eva sprang entsetzt zur Seite, zum Glück wichen sie gerade noch rechtzeitig aus. Adam nahm Evas Hand, und schreiend und lachend rannten sie vor der unfreiwilligen Dusche davon.

Genauso schnell wie sie in den kleinen Regenwald hineingekommen waren, fanden sie auch wieder heraus. Die hohen Bäume verschwanden ebenso wie die Büsche, stattdessen fand sich links und rechts nur noch karges, dorniges Gestrüpp. Auch die Luft wurde mit jedem Schritt wieder trockener.

Es war noch hell, aber der Tag neigte sich dem Ende zu. Eva setzte sich auf einen großen Stein und zog die Zigaretten aus der Tasche.

»Hier herrscht Rauchverbot«, sagte Adam, »ich wollte es dir eben auf dem Parkplatz schon sagen.«

Eva sah ihn an.

»Wegen der Waldbrände«, fügt er hinzu.

»Was für Waldbrände?«, fragte sie.

»Schau dich doch mal um.«

Es stimmte, auf den ersten Blick war das Drama gar nicht so ersichtlich, auf den zweiten hingegen nicht zu übersehen. Große Flächen des Bodens waren schwarz und verkohlt. Zwischendrin trieben zwar einzelne Gräser oder grün-orange leuchtende Dickblattgewächse neu aus, doch das Feuer hatte ordentlich gewütet.

Eva steckte die Zigaretten wieder ein. Die Schachtel mit den Streichhölzern behielt sie in der Hand, drehte sie hin und her und begutachtete sie wie einen Schatz.

»Seine Streichhölzer durfte ich behalten«, sagte sie leise.

»Steckt eine Nachricht drin?«

Eva schüttelte den Kopf.

»Hab schon hineingeschaut, nichts.«

»Enttäuscht?«

»Ein bisschen.«

Eva zwinkerte ihm zu. Adam freute sich jetzt schon darauf, nachher wieder mit ihr im Camp am Lagerfeuer zu sitzen. Tonis Bierwürste waren phänomenal, dazu ein paar Kartoffeln oder Maiskolben und zum Nachtisch ein paar Früchte. Das Leben konnte so einfach sein, wenn man nicht gezwungen war, aus allem, was man erlebte, eine Geschichte zu machen.

Sie hatten den Termin mit Mandela erfolgreich hinter sich gebracht. Zwei Motive waren Adam sofort ins Auge gefallen, eine weitwinkelige Totale mit den Stühlen im Vordergrund und ein Porträt, direkt vor der kahlen Wand. Es war erstaunlich, wonach eine weiße Wand alles aussehen konnte. Nur nicht nach Weiß. Auch das würde eine Stärke der Aufnahme sein, das wusste er bereits in dem Moment, als es »Klick« machte.

»Es war niedlich, wie du ihm nach dem Foto noch eine von deinen Zigaretten angeboten hast«, sagte Adam. »Auch ein bisschen schräg, aber niedlich.«

»Warum schräg?«

»Na ja, weil wir da im Verhörzimmer eines der härtesten Gefängnisse der Welt saßen und du ihn angehimmelt hast wie eine kesse 16-Jährige einen coolen 19-Jährigen vor einer Dorfdisco.«

Eva lächelte versonnen.

»Krass, dass er als Neunjähriger mit ansehen musste, wie sein Vater Pfeife rauchend an einem Hustenanfall starb«, sagte sie. »Da würde ich mir auch die eine oder andere Zigarette verkneifen.«

Adam nickte.

»Deswegen versuche ich eigentlich, keinen Alkohol zu trinken.«

»*Eigentlich*«, sagte Eva und prostete ihm mit ihrer Bierflasche zu, ein kleiner Schluck war noch drin.

»Noch krasser fand ich, wie er von dem Unfall seines Sohnes erzählt hat. Dass er nicht einmal weinen konnte, weil seine Tränendrüsen durch die Arbeit im Steinbruch hinüber sind.«

»Ja«, Eva schüttelte fassungslos den Kopf, »da hätte ich selbst fast angefangen zu heulen.«

»Und dass sie ihn nicht zur Beerdigung gelassen haben, obwohl er darum gebettelt hat.«

»Wer macht so was?«

Adams Miene verfinsterte sich.

»Dieselben Menschen, die Nalis Familie und all die anderen Familien verfolgt und getötet haben.«

»Ist dir was an ihm aufgefallen?«, fragte Eva.

»Was meinst du?«

»Wie er sich immer nach vorne gebeugt und seine Knöchel gerieben hat«, sagte Eva, »gespenstisch, als würden da immer noch die Eisenketten dranhängen. Aber ich kann verstehen, dass er nicht über die Folter sprechen möchte. Es ändert ja nichts daran, dass es passiert ist. Man wird diese Männer nie zur Rechenschaft ziehen können, der Seelenschmerz wird nie vergehen. Doch wenn er nicht darüber spricht, kann er ihn vielleicht kontrollieren.«

»Ja, so wie ich mit meiner Kindheit.«

»Willst du das wirklich vergleichen?«

»Nein, natürlich nicht. Obwohl«, Adams Stimme stockte, »wir waren beide neun, als wir unsere Väter verloren haben.«

Eva nickte und nahm seine Hand. Adam hatte sie, ohne es zu merken, zu einer Faust geballt, die Eva nun langsam wieder löste. Sie legte ihre Finger in die Innenfläche seiner Hand. Stark, verlässlich und zugleich sensibel. Wie die Hand eines Steinmetzes. Eine, die einen Hammer halten und damit zuschlagen konnte. Eine beschützende Hand. Wenn sie einem wohlgesonnen war.

»Weißt du, welches das grausamste Folterinstrument ist?«, fragte er. »Die Willkür. Zu wissen, dass jeder zu jeder Zeit alles mit dir machen kann. Und *nicht* zu wissen, wann der Moment gekommen ist.«

»Ein Wahnsinn«, seufzte Eva. »Ich frage, woran jemand am Ende noch glaubt, wenn er so lange im Gefängnis sitzt, wegen nichts, im Grunde genommen.«

»Wahrscheinlich muss man wirklich fest an seine Sache glauben, um durchzuhalten«, antwortete Adam. »Sagt dir der Begriff ›Todesetikette‹ was?«

Eva schüttelte den Kopf.

»Er bezeichnet die angemessene Reaktion eines Menschen in dem Augenblick, da er von einem Gericht zum Tode verurteilt wird. Mandela musste all die Jahre immer damit rechnen, dass das passiert. Da er aber an der Spitze einer Bewegung stand und wusste, man würde ihn beobachten und vermutlich sogar fotografieren, stellte sich ihm immer diese Frage: Wie werde ich mein Todesurteil korrekt aufnehmen?«

Kurz darauf setzten sie sich wortlos ins Auto und machten sie sich auf den Rückweg ins Camp.

Sie hatten *God's Window* noch keine halbe Stunde hinter

sich gelassen, da erkannte Adam, dass es vielleicht ein Fehler gewesen war weiterzufahren. Seine Augen wurden müder, die Straßen enger. Das Licht verschwand in den Ritzen des Himmels, die Landschaft veränderte im Minutentakt ihr Gesicht. All das Schöne, Beschauliche verlief sich in die Nacht. Und auch Eva wurde immer kleiner und dunkler, so als würde der Sitz sie aufsaugen, bis Adam sich am Ende gar nicht mehr sicher war, ob sie überhaupt noch neben ihm saß. Dann, urplötzlich, hatte er eine Vollbremsung hinlegen müssen, wegen eines wilden Hundes, der hinter einer dunklen Kurve mitten auf der Straße einem anderen, offenbar totgefahrenen Hund die Eingeweide herausriss. Eva schreckte hoch, sah vor sich dieses schreckliche Bild, sprang aus dem Auto und schrie, wo denn nun dieser Gott sei, ob er sein dämliches Fenster vielleicht mal öffnen und sich ansehen könne, was für eine gottverdammte Scheiße hier unten vor sich gehe.

An diesem Abend hatte Adam zum ersten Mal gespürt, dass das Paradies, das Eva und er bewohnten, nicht ohne die Möglichkeit existierte, auch wieder daraus verbannt zu werden. Und dass es manchmal bequemer war, zu Hause auf dem Sofa zu bleiben und amerikanische Serien zu gucken, anstatt sich der Welt da draußen auszusetzen. Der Welt, von der sich Adam, wenn er seine Augen schloss, im Grunde bis heute nicht sicher war, ob oder inwiefern es sie überhaupt wirklich gab.

20

Jetzt *waren* sie zu Hause, dachte Adam. Und zwar womöglich für immer.

Er nahm einen tiefen Schluck aus der Dose. Spürte den Alkohol, wie einen Vorhang, den man langsam zuzog. Bitte, lass die schlechten Gedanken einfach draußen!

Evas Gesicht, als er sie fragte, ob sie mit ihm nach Afrika fliegen und Mandela besuchen wolle, würde er nie vergessen. Wie sie hin und her schwang zwischen Euphorie und völligem Unglauben. Dieser helle, überschwängliche Freudenschrei, als sie realisierte, dass er es wirklich ernst meinte.

Adam spürte ein Kribbeln in den Augen. Im Gegensatz zu Mandelas hatten sich seine Tränendrüsen wieder erholt.

Bilder prasselten auf ihn ein, von Eva im Jeep vor der roten, untergehenden Sonne, dem leuchtenden Steppengras, einer vorbeilaufenden Giraffenherde, schöne Bilder, Bilder, die er nie vergessen durfte. Jetzt war ihm nach Schreien zumute, aber er wollte Eva nicht aufwecken.

Eva hatte immer schon gut schlafen können. Überall. Auch im Jeep, bei voller Fahrt, auf zerschossenen Straßen aus grobem Geröll oder unterwegs über den Prince-Alfred-Pass, an dem der Abgrund direkt neben dem Beifahrer steil in die Tiefe ging, und man nur hoffen konnte, dass einem auf den nächsten Kilometern kein Fahrzeug entgegenkam. Nicht, weil sie ohne Furcht war, oder doch, aber anders, und das galt für sie beide: Die gemeinsame Zeit im Auto, dieses Leben auf engstem Raum, war so intensiv, dass sie in jeder Sekunde bereit waren, alles zu erfahren. Auch das Unglück. Von einem um die Kurve biegenden Lkw erfasst und über die Böschung hinaus in den Abgrund gestoßen zu werden.

Sie hätten dieses Szenario nicht bewusst gewählt, aber sie hätten es akzeptiert, wie Mandela.

»Todesetikette«, da war es wieder, dachte Adam. Ja, wie reagierte man angemessen auf ein Todesurteil? Wenn Adam sich recht erinnerte, hatte Mandela irgendwo mal gesagt, er sei zwar bereit, die Todesstrafe anzunehmen, aber auch nicht gerade erpicht darauf, als Märtyrer zu enden. Vielleicht hatte er in dem Sinne also keine Angst vor dem Tod, aber doch Angst davor, sein Leben zu verlieren. Das war, wie Adam in diesem Moment zum ersten Mal einsah, ein großer Unterschied. Man musste ein ziemlich mieses Leben geführt haben, wenn man abtreten konnte, ohne mit der Wimper zu zucken. Oder ein besonders erfülltes.

Adam schob den Stuhl unter den Küchentisch und ging ans Fenster. Eine Weile schaute er hinaus. Irgendwann würden die letzten Stunden anbrechen. Nichts war ihm klarer als das.

Wenn Eva dann noch bei Bewusstsein wäre, würden sie ein letztes Mal zu einem Wesen zusammenwachsen. Würden sich in die Augen schauen und schweigen. Und zwischen ihnen beiden eine Wolke aus tiefer Trauer und leiser Dankbarkeit emporsteigen, ein stilles Übereinkommen, unterm Strich doch alles richtig gemacht zu haben. Oder zumindest das allermeiste.

Allmählich setzte die Dämmerung ein. Langsam kamen die Raubtiere aus ihren Löchern gekrochen. Die Welt da draußen war eine verdammte Safari. An jeder Ecke wurde man attackiert oder gefressen.

Verdammt! Auch so ein vieldeutiges Wort, wenn man es wörtlich nahm. War nicht jeder Mensch zu irgendetwas verdammt? Sogar zur Freiheit? So hatte Sartre es doch formuliert. Aber was war das für eine Freiheit, die sich nicht wie Freiheit anfühlte? War Eva nicht dazu verdammt, in völliger Abhängigkeit von ihm zu leben? Und machte das nicht auch ihn weniger frei? Hatte er wirklich die Freiheit, jeden Augenblick das Haus zu verlassen und nie mehr wiederzukommen?

Adam spürte, wie der Druck in seinem Kopf zunahm. Dass ihm die Wohnung noch kleiner und fremder vorkam. Zweifel stiegen in ihm auf, an allem und nichts. Doch spielte das eine Rolle? Er hätte ja nur hochgehen müssen, in das Zimmer, in dem sie lag und auf ihn wartete. Und obwohl er den eindringlichen Wunsch verspürte, für immer in ihr zu versinken, um ja nicht zu hinterbleiben, um ja nicht derjenige zu sein, der Tage, Wochen oder sogar Jahre mit dem jämmerlichen Rest eines Lebens klarkommen müsste, das ohne den Anteil des anderen daran eigentlich keines mehr war, versagten ihm langsam, aber sicher die Kräfte.

Hinterbleiben. Gab es das überhaupt als Verb?

Adam hatte für besondere Anlässe immer ein paar Becher Schokoladenpudding im Kühlschrank vorrätig. Wenn Eva die Angst packte oder die Traurigkeit.

Sie war wach, als er das Zimmer betrat, sah jedoch müde aus. Adam fragte sich, ob sie Hunger habe, ob der Pudding womöglich zu wenig sei, doch da hatte sie den Becher in seiner Hand schon erspäht.

»Gute Idee.«

Adam gab ihr den Pudding und einen Plastiklöffel. Eva zog den Deckel ab und legte ihn auf den Nachttisch. Ein kleiner, brauner Schokopuddingrest klebte noch daran. Adam nahm ihn an sich und leckte ihn ab.

In kulinarischer Hinsicht war der Mensch die Leiter der Evolution weit hinaufgeklettert. Ein Naturwunder wie Kakaobohnen nicht nur zu entdecken, sondern mit ihnen zu experimentieren, mit Gewürzen zu jonglieren und Rezepte zu verfeinern, so lange, bis eine Speise perfekt war, verlangte ihm Respekt ab. Im Grunde war es unvorstellbar, dass es gleichzeitig immer noch Sportarten gab, bei denen sich zwei Typen einfach mit den Fäusten ins Gesicht schlugen.

»Schmeckt es dir?«

Eva nickte, Adam zwinkerte ihr zu.

»Haben wir eine Pudding-Situation?«, fragte sie.

Adam setzte sich zu ihr aufs Bett und legte seine Hand dorthin, wo er unter der Decke ihr Knie vermutete. Er war froh, dass es ihr gut ging.

»Nein«, begann er langsam, »aber ich dachte, du musst ja nicht immer traurig sein, um in den Genuss eines Schokopuddings zu kommen.«

»Sehr weise. Ich muss nur aufpassen, dass das Bett nicht irgendwann zusammenkracht. Erst der Kuchen, jetzt der Pudding. Ich sollte vielleicht nachher noch etwas Richtiges essen.«

»Das werden wir«, sagte Adam, »ich habe auch noch nicht zu Abend gegessen.«

Der Becher war beinahe leer. Eva kratzte den Rest zusammen und hielt Adam den Löffel hin.

»Hier«, sagte sie, »der letzte ist für dich.«

Adam wollte schon zuschnappen, da zögerte er abrupt, ein Fehler, wie er in derselben Sekunde wusste.

»Isst du etwa nicht mehr von meinem Löffel?«

Eva starrte ihn an, mit offenem Mund. Leider fiel ihm auf die Schnelle nichts ein, das die Situation entschärft hätte. Ihr Erstaunen wich einer Art Empörung.

»Adam, du hast mich vor Kurzem noch geleckt. Ich habe dir vor Kurzem noch einen geblasen, wo ist denn jetzt das Problem?«

In Adams Kopf wurde es laut. Er mochte es nicht, wenn ihre Sprache derbe wurde. Es erinnerte ihn an seine Mutter. Aber er hatte seine Frau beleidigt, nun musste er die Konsequenzen tragen.

»Da waren wir Tiere«, flüsterte er, »jetzt bin ich wieder nur ein Mensch ...«

Eva sah ihn fragend an.

»*Nur* ein Mensch?«

»... der Angst hat.«

Plötzlich hatte Adam das Bedürfnis, sich die Ohren zuzuhalten. Und gleichzeitig zu schreien. Es kostete ihn Kraft, sich von dem Lärm in seinem Kopf zu befreien und Eva seine ganze Aufmerksamkeit zu schenken, damit die Situation nicht eskalierte. Lag der Revolver noch unterm Bett? Nein. Oder? Adam schaute in ihr Gesicht.

»Adam!« Eva setzte sich aufrecht hin, ihre Stimme war jetzt klar und deutlich. »Was siehst du in mir?«

Gute Frage, dachte Adam, was sah er? Wut? Trauer? Auf Trauer konnte er am ehesten verzichten. Wie schwer das auf ihm lastete, wenn sich Evas Augen mit Tränen füllten, dieser Schatten, der sich auf ihren zarten, leicht beflaumten Wangen niederlegte, das den Tränen vorauseilende Beben ihrer Lippen.

»Adam!« Evas Stimme wurde lauter. »Ich habe dich etwas gefragt. Was siehst du in mir?«

Außer der Frau, die mich dazu gebracht hat, von dem verbotenen Apfel abzubeißen? Oh, nein, jetzt nicht *so was* denken – doch er konnte nichts dagegen tun. Tiefe Trauer warf den Menschen auf seine primitivste Stufe zurück. Im Strudel dieser Gefühle fingen seine Gedanken Feuer. Im Strudel dieser Gefühle fand der Mensch wieder zu Gott, weil ihn die Angst beschlich, wie ein Hund in der Gosse zu verrecken.

»ADAM!!!«, schrie Eva, so plötzlich und so laut, dass sie selbst erschrak und Adam sich fragte, woher sie auf einmal die Kraft nahm.

»Entschuldigung, hast du was gesagt?«

Eva blickte ihn enttäuscht an, beinahe resignierend, ein Ausdruck in ihrem Gesicht, den er fast vergessen hatte.

»Gott«, seufzte sie, »wenn ich das gewusst hätte.«

Sie ließ den Kopf erschöpft auf die Brust fallen. Adam betrachtete sie eingehend. Alle Energieströme schienen aus ihr herauszufließen.

»Wusstest du, dass der Zerfallsprozess nach dem Tod zuerst bei den Organen und dem Gehirn beginnt?«

Eva schüttelte entsetzt den Kopf.

»Adam, bitte verschone mich.«

»Zersetzt sich das Gehirn, läuft es hinten aus einem Loch im Schädel heraus. Es bleibt nur eine dunkelbraune, schwammartige Pampe aus den Resten der Blutgefäße und der Hirnhaut im Schädel zurück. Sieht wahrscheinlich ein bisschen so aus wie dein Schokopudding.«

Adam lachte linkisch, es war verrückt. Er wollte das gar nicht. Er wollte sogar aufhören zu reden, aber er konnte es nicht verhindern, dass er komische Geräusche machte und sein Mund weiter Worte ausspuckte.

»Die Ägypter beobachteten das schon sehr früh, deshalb

entfernten sie vor der Mumifizierung das Gehirn. Lange gingen Forscher davon aus, dass die Ägypter das Gehirn drin ließen, weil die Schädel der Toten stets unversehrt waren. Weißt du, warum?«

»Adam, bitte hör auf«, flehte sie leise, »wirklich, ich bitte dich inständig.«

»Sie zogen das Gehirn des Toten mit einem langen Haken durch die Nase heraus.«

»ADAM!«, wieder erhob sie ihre Stimme zu einem Schrei. »ZUM TEUFEL, FÄNGT DAS JETZT ALLES WIEDER VON VORNE AN?«

Endlich schwieg er. Eva hatte ja recht. Warum konnte er nicht mal einen Moment lang nur an etwas Schönes denken? Warum konnte er nicht mit aller Kraft bei ihr sein? Warum schweifte er ständig ab? Als ob die dunklen und die schönen Gedanken bei ihm stets zusammengehörten, so wie man nach dem Einatmen auch immer wieder Ausatmen musste.

»Ich will dich nicht verlieren«, murmelte er beschämt.

»Und deswegen willst du mich einbalsamieren?«

»Ja, ... nein ... warum nicht?«

»Weil es eine kranke Idee ist!«

»Ist es das?«, fragte Adam leise.

»In der Tat.« Eva sah ihn an, entsetzt und verzweifelt. »Und, überhaupt, ich bin doch noch gar nicht tot.«

Adam nickte schuldbewusst. Es war zu spät. Der ganze Wissensschatz über ihre Beziehung, den er im Laufe der Jahre mit ihrer Hilfe mühsam angehäuft hatte, war im Sturm vom Schiff gerutscht und unwiederbringlich auf den Meeresgrund gesunken.

21

Adams Herz pochte. Er war wohl etwas überhastet aus dem Zimmer gestürmt und hatte Eva sitzengelassen, alleine mit ihrem Frust und ihrer Enttäuschung. Auch das war keine angemessene Reaktion, ahnte er. Was, zum Teufel, stimmte nicht mit ihm?

Er würde sich später um Eva kümmern. Zuvor musste er sich auf andere Gedanken bringen, dringend, irgendetwas Simples, bei dem sich nicht die Frage stellte, ob es richtig oder falsch war. Meisenknödel. Genau. Er öffnete die Tür zur Vorratskammer und durchsuchte eine seiner Holzkisten für Kleinkram nach Sisalband. Mit irgendwas musste er die Knödel ja aufhängen.

Das Vogelhäuschen schwang erwartungsvoll im Wind. Adam stutzte. Er würde die Wohnung verlassen und die Leiter aus dem Keller holen müssen. Sein Herz legte noch einen Zahn zu, sofort kam ihm Evas Brief wieder in den Sinn.

»Du solltest mich entsorgen!«

Herr im Himmel!

Sollte er ihr auch einen Brief hinterlassen? Falls er ging? Sollte er ganz gehen? Solange er noch konnte?

Adam nahm ein paar leere Bögen Papier aus der Schublade und legte sie vor sich auf den Tisch. Worte. Sätze. Man durfte sich der Sprache nicht bedienen, wenn man nichts zu sagen hatte, dachte Adam.

Fast automatisch fiel sein Blick auf das kleine Regal mit den wichtigen Büchern. Kirsch, Schulze, Plenzdorfs *Die neuen Leiden des jungen W.*, sein Lieblingswerk aus Evas altem DDR-Bestand. Es handelte sich um die kleine, graue Erstausgabe aus dem Hinstorff Verlag. Adam hatte sich den Namen des Verlags gut merken können, weil sich allein durch die Umstellung des kleinen ›r‹ daraus das Wort »Hirnstoff« bilden ließ. Und »Hirnstoff« war dieses Buch für Adam, weiß Gott, geworden. Goethes Werther-Zitate, die Plenzdorf in seine moderne Variante dieser unglücklichen Liebesgeschichte eingearbeitet hatte, waren ihm über die Jahre mit jeder Lektüre mehr und mehr ans Herz gewachsen. Und, ja, die Konsequenz, mit der der Held am Ende die Welt verlassen musste, um seiner unglücklichen Liebe zu entkommen, das war in Adams Augen schon unausweichlich. Obwohl er den Revolver einem Stromschlag vorgezogen hätte.

Und daneben? Camus, Aristoteles, Platon, die Zutaten seines Studiums. Was hatten sie ihm beigebracht?

Er stand wieder auf, nahm den Platon in die Hand und schlug ihn an der Stelle auf, wo das Lesezeichen steckte, ein ausgerissenes Stück Pappe mit Evas alter Telefonnummer darauf. Adam hatte es mit Bedacht zwischen die Seiten gesteckt; Platon legte auf diesen Seiten seinen interessantesten Dialog dar, den *Parmenides*. Klüger und unvoreingenommener konnte man die Existenz Gottes wohl nicht beweisen.

Adam setzte sich mit dem Buch an den Küchentisch und begann zu lesen: *Wenn also das Eine in keiner Weise an irgendeiner Zeit teilhat, dann ist es nie geworden, wurde oder war es nie, auch ist es jetzt nicht geworden oder wird oder ist, und es wird auch nicht später werden, geworden sein oder sein.*

Für Platon gab es eine Welt der Dinge und eine Welt der Ideen. Die Ideenwelt stellte sich Platon allerdings als die eigentlich reale Welt vor. Insofern war Platons Weltbild Adams im Kern nicht unähnlich.

Adam blickte auf und betrachtete den leeren Stuhl, auf dem Eva immer gesessen hatte. Für Platon wäre dieser Stuhl nur ein Abbild der metaphysischen Idee vom Stuhl an sich. Adam liebte diese Gedankenspiele. Wobei er stets auf die Dosierung achten musste, sonst erging es ihm wie *Dr. B.* in der *Schachnovelle*. So gesehen, war der *Parmenides* reinstes Heroin: ein bisschen schick und, vor allem beim ersten Mal, absolut überwältigend.

Das Eine und das Sein, das Eine und das Viele, das Eine in der Zeit, das seiende und das nicht-seiende Eine, Adam hatte sich damals heiße Wortgefechte mit seinem Professor geliefert. Suchte Platon mit dem Einen eine Antwort auf seine eigene Ideenlehre? Wünschte er sich nicht vielleicht selbst *die eine Idee* als *das Eine*, das uns und unserem Denken in dem ganzen Chaos um uns herum Halt und Orientierung gab? Aber was, bitte schön, hätte *das Eine* dann anderes sein sollen als Gott?

Damals an der Uni glaubte Adam, nichts, aber auch gar nichts, könne vor ihm verborgen bleiben. Früher oder später würde er alles ans Licht zerren. Und heute? Heute verfielen die Bücher dem Staub. Und er, Adam, stand hier, mitten im Leben, bis zum Hals in Problemen. Er vernahm die Rufe seiner Frau aus dem Schlafzimmer, während er sich immer weiter von ihr entfernte, nicht räumlich, er befand sich immer noch in demselben Raum wie vor fünf Minuten oder vor zehn oder vor neunzig, nur seine Gedanken wanderten. Warum nahmen sie seinen Körper nicht einfach an die Hand und rannten endlich los?

Adams Herz hatte sich etwas beruhigt. Dafür wurde das lästige Schädelbrummen wieder stärker. Sein Körper war wie ein alter Dieselgenerator, bei dem nach und nach die einzelnen Verschleißteile anfingen herumzuzicken. Eine rückständige Maschine, die aufopferungsvoll ihren Dienst tat.

Er hielt kurz inne und atmete durch. Zur Spüle gehen, einen Schluck Wasser trinken. Alles in Ordnung, Adam? Ja, alles in Ordnung. Nach seinem Rucksack musste er genauso wenig suchen wie nach dem Revolver. Oder seiner Kamera. Äußere Ordnung sei oft nur der verzweifelte Versuch, mit einer großen inneren Unordnung fertigzuwerden, auch so ein kluger Satz von Camus.

Eva hatte ihn das eine oder andere Mal wegen seiner peniblen Art aufgezogen. Adam fragte sich, was daran so verwerflich sein sollte, Ordnung zu halten. Teelichter und Streichhölzer in einer dafür vorgesehenen Schublade zu lagern. Oder Batterien und Sicherungen. Oder eben Sisalband. Adam hätte selbst in völliger Dunkelheit alle wichtigen Dinge auf Anhieb gefunden. Wie sinnvoll es war, Ordnung zu halten, lernte man nicht im Reihenhaus. Das lernte man im Dschungel. Oder man krepierte.

Adam erstellte im Kopf eine Liste von Dingen, die er unbedingt mitnehmen müsste: die kleine Thermoskanne mit Kaffee für die linke Seitentasche des Rucksacks, eine letzte Dose Bier für die rechte. Auf jeden Fall ein paar Wollsocken. Die Jahreszeit war natürlich nicht optimal, um auf Wanderschaft zu gehen. Der Troyer durfte nicht fehlen, ebenso wenig sein alter Schlafsack. Eine lange Hose, ein paar Unterhosen, ein Handtuch, eine Rolle Klopapier, Pflaster, sein Ausweis, dann natürlich das kleine Album aus dem Flur mit den schönsten Momenten ihres wechselhaften Lebens – und, um seine letzten Meter auf der Zielgeraden darin festzuhalten, noch ein paar Schwarz-Weiß-Filme.

Er öffnete die Schublade des Bauernschranks. Da lagen

sie, kühl und lichtgeschützt, seine kleinen Lieblinge von *Ilford*. Gott, was das betraf, war auf ihn wirklich Verlass. Er nahm sie nacheinander in die Hand, gut und vertraut fühlte sich das an, davon verstand er etwas. Früher kaufte er sie im 50er-Pack, und Eva verschlug es jedes Mal die Sprache, wenn er dem Händler den Karton abnahm und im Gegenzug fünf Hunderter in die Hand zählte.

Einen der Filme packte er sogleich aus und legte ihn behutsam in die Kamera. Bis heute verspürte Adam dabei einen winzigen Nervenkitzel. Es war fast so, als ob man eine Waffe lud. Ein entscheidender Handgriff, der keine Unachtsamkeit erlaubte, erst recht nicht unter Druck, wenn einem die Zeit wegrannte, oder man selbst vor etwas, das man eigentlich dokumentieren und keinesfalls aus den Augen verlieren sollte.

Klick!

Dieses Geräusch. Als erwachte seine kleine Leica aus einem langen Schlaf. Bis heute hielt er ihr die Treue. Auf Reisen war er oft wie mit ihr verwachsen gewesen.

Adam trat ans Fenster und blickte durch den Sucher auf die Kreuzung. Totale: Aufgelöste Konturen. Die Straßen ausgebreitet wie zwei stille Flüsse, ohne Ursprung, ohne Ziel. Eine trostlose Schönheit, vom faden Restlicht des Tages meisterhaft und geheimnisvoll inszeniert.

Klick! Das war also nun der allerletzte Rest, dachte Adam. Er würde sich auf dieser finalen Etappe nur die wichtigsten Schüsse erlauben. Rettungsschüsse. Das war er seiner Leica schuldig.

Nein, das war er Eva schuldig.

Klick! Adam vermisste seine Arbeit. Er wusste, in ihm schlummerte immer noch das magische Auge, das alles sah.

Auch das, was andere nicht sahen. Und er vermisste das Reisen. Er war in seinem Leben so viel unterwegs gewesen, dass er wirklich glaubte, die Welt zu kennen. Zumindest die Welt da draußen. Höhepunkte waren natürlich die gemeinsamen Reisen mit Eva gewesen, seiner Frau, seiner Lebensgefährtin, eine Bezeichnung, die Adam viel schöner und bedeutender fand als »Ehefrau«. Weil Eva wirklich eine Gefährtin war. Sie unterstützte ihn, korrigierte und ermutigte ihn, sie riss ihn mit, wenn er zweifelte oder zögerte, kurzum, er konnte sich sicher sein, mit ihr an seiner Seite immer das Beste aus seiner Geschichte herauszuholen. Doch die Zeiten hatten sich geändert. Für Adam, der zeitlebens damit gekämpft hatte, die alte Welt zu verstehen, war in der neuen Welt kein Platz mehr. Und dann stand er irgendwann plötzlich ohne Auftrag da und fragte sich, wie er das Eva erklären sollte, die ihn für das, was er tat, bewunderte.

Paris, 8. Januar 2015.
Totale: Die Abflughalle des Pariser Flughafen *Charles de Gaulle*. Es herrscht eine ungewöhnliche Stille, die sich auf einem Foto kaum einfangen lässt. Nahaufnahme: Dafür sprechen die ausdruckslosen, entsetzten, traurigen Gesichter vieler Reisender Bände.

Adam würde diesen Tag nie vergessen. Er saß an einem überfüllten Schalter der *Air France* und wartete auf seine Abfertigung. Allein. Eva war diesmal zu Hause geblieben. Probleme mit dem Budget. Stattdessen nutzte sie seine Abwesenheit für eine medizinische Untersuchung. Reine Routine.

Er hatte sich an Flughäfen stets wohlgefühlt. Weil er gerne Menschen beobachtete und sich fragte, woher sie kamen und wohin sie unterwegs waren. Jedes Gesicht eine Geschichte. An diesem Tag stach ihm eine junge, schwarze Französin ins Auge, die offenbar zum Personal gehörte und sich gerade in einem der Bistros zur Mittagspause niedergelassen hatte: Quiche, Melone und eine Coke ohne Zucker. Sie stellte das Tablett ab, bestieg in dem loungeartigen Essbereich einen der Hocker, für die sie offenbar eine Spur zu klein war, hielt, als sie schließlich saß, kurz inne, faltete die Hände, neigte ihre Stirn und begann zu beten, mindestens dreißig Sekunden lang, eine halbe Ewigkeit.

Adam erinnerte sich sehr genau an diesen Moment, weil kurz zuvor sein Chef angerufen hatte, um ihm mitzuteilen, dass er künftig auf seine Dienste verzichten wolle. Wolle, nicht müsse, Adam erinnerte dies sehr genau. Und wie er in dem Moment an Evas Mutter im Chemiewerk denken musste, die, noch während ihr die Kündigung verlesen wurde, heulend das nasskalte Büro des Personalleiters hatte verlassen müssen, voller Trauer um einen Job, den sie im Grunde nie richtig geliebt hatte. Und wie er für den Bruchteil einer Sekunde mit dem Gedanken spielte, die betende, junge Frau anzusprechen und noch einmal neu anzufangen. Und es dann nicht tat, sondern einfach bloß dasaß, den Blick auf den Teppich geheftet, und sich fragte: Was, wenn er dieser Teppich wäre und Hunderttausende Menschen tagtäglich über ihn drüberliefen?

»Adam, hörst du mich?«

Das Gute daran, wenn man das Gefühl hatte, in dieser brutalen, eiskalten Welt nichts mehr verloren zu haben, war, dass man bei einem Preis von acht Euro für ein labberiges

Sandwich nicht mit der Wimper zuckte. Oder sich wenige Minuten später, bei heftigen Turbulenzen im Moment des Abhebens von der Landebahn, nicht vor Angst in die Hose machte.

»Adam, komm noch mal hoch, bitte, lass uns einen Kaffee trinken und über alles reden.«

Kaffee??? Um diese Zeit? Himmel, was dachte sie sich? Der Kaffee, den die Damen bei *Air France* an Bord servierten, schmeckte übrigens überraschend gut, besonders, wenn man ihn mit Cognac trank. Schloss man dann die Augen und hielt für ein paar Sekunden den Atem an, konnte man schon den Bezug verlieren, zu sich und dem Rest, und jetzt, da Adam es recht bedachte, waren das vielleicht die Momente gewesen, in denen er dem Sinn des Lebens so nah wie möglich gekommen war. Die Würde des Menschen war alles andere als unantastbar. In den meisten Fällen war das kein Leben, sondern allenfalls artgerechte Haltung. Die da oben versorgten die da unten ja nur mit dem Nötigsten: Gammelfleisch und Billigfusel für tablettenverseuchte Mägen und neurotische Seelen, an die ohnehin kein Mensch mehr glaubte, und ein von der Marktforschung getriebenes Unterhaltungsprogramm, in dem heutzutage jedes Arschloch anbetungswürdig erschien, das vor laufender Kamera die Nationalhymne furzte. Und die Politik meinte, alles unter Kontrolle zu haben, solange die Menschen genug zu fressen und zu glotzen hatten. Brot und Spiele. Das funktionierte seit Jahrtausenden. Und womöglich hatte sein Vater in dem Punkt sogar recht behalten: Der Mensch lebt nicht vom Brot allein!

Warum sah das bloß niemand außer ihm?

Klick!

Er spürte, wie die alte Wut wieder hochkam. Oh, Gott, diese Rachegefühle, kein gutes Zeichen. *Going postal*! In Amerika gab es diesen flapsigen Ausdruck für einen Amoklauf, benannt nach der Tat eines amerikanischen Postbeamten, Patrick Sherrill, dem nach Ärger mit den Chefs und der daraus folgenden Kündigung die Sicherungen durchgeknallt waren. Am 20. August 1986 kam Sherill zurück und erschoss 14 Kollegen seines Postamts in Edmond, Oklahoma, und am Ende sich selbst. Das war aber nur der Auftakt zu einer Reihe ganz ähnlicher Taten, allesamt begangen von Angestellten des *United States Postal Service*. Und schon des Öfteren hatte sich Adam mit der Frage beschäftigt, was die Angestellten damals wohl so gequält hatte. Der Lohn? Die Arbeitszeiten? Ein übel schmeckender Kleber auf den Briefmarken? Für seine Leidensgenossen bei der Post hatte Sherrill jedenfalls einen mörderischen Weg aus der Krise aufgezeigt, beinahe wie Goethe seinerzeit mit dem jungen Werther. Der immerhin hatte die Pistole nur gegen sich selbst gerichtet.

Klick! Adam drehte die Leica um und hielt sich das Objektiv der Kamera direkt vors Gesicht.

Man darf, wenn man das macht, nicht an die anderen Menschen denken. Weil das einen davon abhalten wird, die Tat zu begehen. Mohammed Atta hat das gesagt, der Typ, der ein Flugzeug entführte und mit ihm in den Nordturm des World Trade Center flog. Er wusste also, wovon er sprach. Wenn man nur einen Gedanken an die Opfer oder an deren Angehörigen zuließ, war man womöglich schon aus dem Rennen.

Adam legte die Leica auf den Tisch. Erneut nahm er das kleine Album in die Hand. Eva hatte auf den alten Fotos stets so ein hübsches Lächeln. Wo war das hin? Wo war das *al-*

les hin? Vielleicht war es besser, alle Spuren zu beseitigen!? Warum sollte man sich erinnern, wenn diese Erinnerungen einen daran hinderten, noch mal von vorne anzufangen? Wenn diese Erinnerungen einen nur traurig machten!?

Reines Ammoniumnitrat, dachte Adam plötzlich. Der alte Dünger stand noch im Putzschrank, gleich neben dem Chlormittel, mit dem er den Schimmel im Bad bekämpfte. Beides eignete sich hervorragend zum Bau einer Bombe. Natürlich bräuchte er noch ein Reduktionsmittel, Aceton, und eine Säure, die die Reaktion in Gang setzte.

Ein Flugzeug zu entführen, war nicht so einfach. Es zu fliegen, noch weniger. Aber eine Bombe bauen? Das war im Grunde kinderleicht. Lukas hatte ihm damals gezeigt, wie es geht, im Garten seiner Mutter. Er hatte ihm auch sein Labor hinterlassen, ein paar Glasgeräte, eine Vakuumpumpe und, das Wichtigste, einen Exsikkator. Stand alles noch im Keller, in tadellosem Zustand, und wartete auf den Tag X. Das einzige Problem wäre die Kühlung. Man musste die Zutaten gekühlt zusammenbringen, mindestens zehn bis zwanzig Stunden rühren, anschließend abfiltrieren und die Mischung dann trocknen. Wenn die Stoffe ohne Kühlung zusammenkamen, flog einem der ganze Mist sofort um die Ohren.

Je mehr Adam darüber nachdachte, desto besser gefiel ihm dieser Gedanke. Eine Explosion könnte alles retten, ihre Ehre, ihre Geheimnisse, alles, was sie verband, *diese* Dinge gab es ja wirklich, nicht nur in seinem Kopf. Das kleine Album in seiner Hand würde sicher wie Zunder brennen. Die Erinnerungen schmelzen. Er könnte Evas Zippo nehmen, um das Feuerwerk zu zünden, das wäre doch *die* Geschichte. Lukas hatte ihm den Mechanismus damals genau erklärt, die Medien gehörten zum Tatplan dazu. Und, ja, vielleicht hätte das Adam gefallen: dass sich die anderen zum Abschluss wenigstens dieses eine Mal *vor ihm* fürchteten!

Adam betrachtete die Dinge, die ausgebreitet vor ihm auf dem Tisch lagen. Das brauchte er also zum Überleben. Zugegeben, wenn er diese Ansammlung profaner Dinge so vor sich sah, glaubte er selbst nicht mehr daran, dass der Geist die bloße Existenz dominierte. Hätte er mit seinem Gehirn eine Blutung stillen können? Andererseits hatte er sich in Tansania mal durch Autosuggestion von einer Infektion kuriert. Ohne Penicillin. Einfach, weil er es wollte. Apropos, hatte er nicht irgendwo eine Notration seiner Pillen versteckt? In der Bibliothek? Doch, er war sich ziemlich sicher. Also, acht, sieben, sechs, fünf, vier, drei, zwei, eins, da. Aber wo? Er hatte ja versucht, von dieser Scheiße loszukommen. Und in den guten Jahren war das auch nie ein Problem gewesen. Aber jeder würde ihm doch wohl recht geben, dass die guten Jahre zum jetzigen Zeitpunkt vorbei waren.

Adam stand in der Mitte des Wohnzimmers und drehte sich langsam im Kreis. Ganz langsam. Er versuchte, sich zu erinnern. Wo konnten sie sein? Welches Versteck für seine Pillen könnte er zu einer Zeit gewählt haben, in der er im Grunde davon ausgehen konnte, nie mehr auf sie zurückgreifen zu müssen? Er hob eine Käthe-Kruse-Puppe hoch, die in der Ecke auf dem Sofa saß. Eva hatte sie abends manchmal auf den Schoß genommen und leise mit ihr diese eine ostdeutsche Kinderlied gesungen: »Der Eierbecher«. Adam erinnerte sich genau an den Text, denn der hübsche Eierbecher war ganz traurig, weil ihn niemand auf den Frühstückstisch stellte. Ganz sehnsüchtig sang der Becher: *Warum seh ich nie ein Ei? Ja, was ist denn schon dabei?* Und Eva hatte die winzigen Puppenhändchen gegriffen und ihm, Adam, zugewunken, weil das Lied auch als Liebeslied verstanden werden konnte und sich der Eierbecher natürlich nicht bloß ein Ei, sondern im Grunde eine Gefährtin wünschte. Jemanden, der seine Bestimmung komplettierte, eine Seelenverwandte, so wie Eva es für ihn geworden war.

Damals hatte Adam das bezaubernd gefunden, nun hasste er diese Puppe. Außerdem war sie gruselig, ein Modell aus den Fünfzigern, für das sie in Berlin auf einem Flohmarkt einen absurd hohen Preis bezahlt hatte.

Auf Evas Sessel lag ein Kissen. Er nahm es hoch und fand tatsächlich etwas: eine kleine Wasserflasche. Wie kam die unter Evas Sesselkissen? Er hatte sie dort jedenfalls nicht hingelegt. Oder doch? Dann müssten die Pillen ja auch irgendwo hier sein. Und wenn nicht? Wäre Eva imstande gewesen, die Flasche dort zu deponieren? Und, wenn ja, warum?

Adam versuchte sich, in seine Frau hineinzuversetzen, eine Disziplin, die er beherrschte. Genauso wie er damals in Südafrika am Strand Evas Art, die Wolken zu sehen, vorauszusagen versuchte, hatte er später, als es ihr schlechter ging, damit begonnen, ihre Bewegungen im Haus zu antizipieren. Aus Angst, sie könne hinfallen und sich das Genick brechen. Meter für Meter ging er im Kopf jeden ihrer Schritte mit, bis er sie damit ganz verrückt machte und sie fortan lieber im Bett geblieben war.

In der Ecke des Wohnzimmers stand ihr Korb mit dem Strickzeug. Das war ihr Lieblingsplatz, direkt neben der Heizung. Dort saß sie lieber als auf dem Sessel oder dem Sofa. Sie nahm ein Kissen, schob es sich in den Rücken, lehnte sich an die Heizung und strickte. Oder las und trank eine Tasse Tee.

Adam kniete sich auf den Teppich und nahm den Korb in

die Hand. Es lagen einige Wollknäuel darin, außerdem ein angefangener Schal in seiner Lieblingsfarbe, Meisenblau. Vielleicht ein Weihnachtsgeschenk für ihn? Es war total verrückt, als hätte sie eben erst alles stehen und liegen gelassen. Er hielt seine Nase dicht an die Wolle. Was war das? Unter der Wolle schimmerte etwas Rotes hindurch. Adam räumte die Knäuel aus dem Korb. Darunter lagen zwei Energieriegel und ein Asthmaspray. Adam suchte weiter. In den Vasen, hinter der Gardine, unter dem Sessel, in jede verdammte Ritze steckte er seine Hand. Nichts. Er konzentrierte sich. Was war Eva stets das Wichtigste? Der Strickkorb und … die Beethoven-Box, na klar, wieso war er nicht gleich darauf gekommen? Darin lag auch etwas: eine weiße Dose. Mit Tabletten. Herztabletten, wenn er nicht irrte, das Etikett war ziemlich abgewetzt. Oder waren die gegen Schmerzen? Wofür brauchte Eva die? Adam wusste nicht, was er denken sollte. Ganz offensichtlich hatte sie die Wohnung in den letzten Monaten vor ihrer Bettlägerigkeit mit der Weitsichtigkeit eines Eichhörnchens mit kleinen Notfall-Sets ausgestattet. Für den Fall, dass sie hier kollabierte. Wieso hatte er nichts davon mitbekommen?

Das Asthmaspray, diese ganzen Tabletten, ihre Symptome waren so rätselhaft wie die Krankheit selbst. Adam dachte nach, die letzte Pandemie war noch kein Jahr her. Wer wusste schon, was als Nächstes kam? Vielleicht trug sie irgendetwas Unsichtbares in sich, etwas Unbekanntes, das sie aus Afrika mitgebracht hatte. Ein »Souvenir«. Etwas, das sich vor Jahren in ihr eingenistet hatte und nun unbeobachtet, aber unaufhörlich vor sich hin wucherte, umhüllt und versorgt von ihrem zunehmend ausgelaugten Körper. Aber was? Er hatte wahrlich recherchiert, hier, die Bücherwand, ein ganz neues Regal war in den letzten Monaten dazugekommen. Ohne Ergebnis.

Er hielt sich die Dose mit Evas Tabletten ans Ohr und schüttelte sie. Oder waren *das* vielleicht seine? Er öffnete den Deckel und legte sich zwei Pillen unter die Zunge. Da, die Wasserflasche auf dem Sessel, danke, Eva, und runter damit. Plötzlich traf es ihn wie ein Schlag. Asbest! Hatte eigentlich irgendjemand von diesen sogenannten »Halbgöttern« bei ihr nach Spuren von Asbest gesucht?

Adam steckte die Tabletten in die Hosentasche und ging zurück in die Küche. Sein Entschluss stand fest, es musste sein.

Er holte den Rucksack aus der Vorratskammer und stellte ihn mitten in der Küche auf den Boden. Dann kniete er sich hin und arbeitete seine Liste ab: dicke Socken, Schlafsack, Handtuch, Troyer, den Revolver, Munition, die Thermoskanne, einmal ausspülen, Instantkaffee rein, heißes Wasser, fertig. Es ging schneller als gedacht, das Packen fiel ihm leicht. Tatsächlich hatte er sich lange nicht so lebendig gefühlt. Auch wenn er sich noch nicht ganz sicher war, ob er es wirklich tun würde. Also, ob er wirklich imstande wäre, über die Schwelle der Haustür zu treten und einfach zu gehen. Aber allein die Möglichkeit ernsthaft in Betracht zu ziehen, versetzte ihn in einen Rausch.

Nach einer Weile stellte Adam den Rucksack an den Türrahmen. Er reckte sich, einmal, zweimal. Sein Rücken schmerzte, ebenso seine Knie. Ein paar Dinge fehlten noch, aber das Gewicht war okay.

Leichtes Gepäck.

Adam stellte sich an das Fenster, das zum Garten hinausging und lehnte seine Stirn an die kalte Scheibe. Sein Blick verlor sich im Abendhimmel. Im Winter kam die Dunkelheit immer so schnell.

Er würde dieses Fenster vermissen. Vielleicht mehr als alles andere.

Die Nacht war ein dunkles Gewand, das die Hoffnungen des Tages verhüllte und erstickte. Manchmal beschützte sie einen allerdings auch. Wenn man klein war oder auf der Flucht.

Er war müde. Doch an Schlaf war seit Wochen nicht mehr zu denken. Zwei, drei Stunden am Stück, dann war er wieder wach. Er dachte an die Eintagsfliege aus seinem Kinderbuch, die auf der Suche nach der Sonne ihr Leben verlängert hatte. Was war mit ihnen? Hatten sie ihn noch, diesen einen, gemeinsamen Sehnsuchtsort, der vielleicht Evas Leben verlängert hätte?

Durch das Waldstück unweit ihrer Wohnung schlängelte sich ein Bächlein. Adam wollte schon immer mal an ihm entlangwandern, er hatte die Route sogar auf einer Karte nachgezeichnet. Dieser Bach mündete irgendwo in einen Fluss, der mündete in einen größeren Fluss, ein paar Mal ging das so weiter, und am Ende führte er ins Meer. Eine Strecke von zweihundert Kilometern, grob geschätzt, vermutlich sogar weniger. Schlafen irgendwo, essen irgendwas, begegnen irgendwem. Es musste nicht der »kindische Ozean« sein, eine kleine mit Reet bedeckte Pension täte es auch. Und dann mit dem Schiff weiter in Richtung Lofoten.

Er musste nur noch die Meisenknödel aufhängen. Hatte er die jetzt eigentlich gemacht oder nicht? Er spähte durch das Fenster, das kleine Vogelhäuschen baumelte im Wind. Wie, um Himmels willen, war es Eva gelungen, den Brief dort zu platzieren?

»Du solltest mich entsorgen!«

Genau das waren Evas Worte gewesen. Sie hatte ihm eine Notiz auf dem Tisch hinterlassen, auf der stand, dass der Schlüssel wieder an seinem Platz lag, in dem gelben Kästchen, auf der zweiten Etage des Vogelhäuschens. Letzteres hatte sie nicht extra dazugeschrieben, weil Adam wusste, dass das der Platz war. Auch nicht, dass sie einen Brief dazugelegt hatte. Den würde er schon finden, wenn er den Schlüssel holte.

Adam stutzte. Der Schlüssel! Ihm wurde heiß und kalt, er musste sich an der Wand abstützen, um nicht den Boden unter den Füßen zu verlieren. Er hatte lediglich den Brief gefunden und den Schlüssel gar nicht geholt. Den Schlüssel für die Tür. Was zum Teuf…??? Adam hastete zur Wohnungstür und drückte die Klinke hinunter.

Die Tür war verschlossen.

22

Ost-Berlin, 12. August 1990.

Totale: der Palast der Republik. »Berlin tanzt« prangt in bunten Lettern an der Fassade des Regierungsgebäudes. Aber hier tanzt niemand mehr. Stattdessen: Sonnenschirme und grünweiße Markisen, Überbleibsel der – in doppeltem Sinne – »gestrigen« Kulturveranstaltung, ein weiteres, herausgepresstes Ausrufezeichen des Apparats: Ja, hier kann man auch Spaß haben! Über allem schwebt eine zehn Meter hohe, aufgeblasene Pepsi-Cola-Flasche. Alles, was an Parolen jahrzehntelang in die Mauer gemeißelt worden ist, hat längst mit ihr zu bröckeln begonnen. Eine Supermarktkette aus dem Westen hat ihren Schriftzug auf Transparenten an die Bau- und Bühnengerüste gespannt. Alles wirkt provisorisch. Ein Übergangszustand. Nahaufnahme: Adams Augen, ein schwaches Blinzeln gegen die Morgensonne. Er betrachtet Eva von der Seite. Sie trägt T-Shirt und Jeans, dazu ihre Chucks, zwei rote, den fehlenden Rechten hat er ihr längst mitgebracht. Doch Adam merkt: Es sind in dieser Sekunde tatsächlich bloß Äußerlichkeiten.

»Aufgeblasene Flasche«, murmelte Eva.

»Ich hoffe, du sprichst nicht von mir.«

Adam konnte ihre Erregung spüren, ihre Wut. Aber er war noch zu müde, um sie zu beruhigen. Eva hingegen schien hellwach.

»Heute Coca, morgen Coma«, setzte sie nach.

»Was?«

»Siehst du die Transparente der West-Supermärkte? Wie Goldsucher, die ihre Claims abstecken.«

»Ja, sie lassen keine Zeit verstreichen.«

»Weil Zeit Geld ist«, sagte Eva verächtlich. »Sie werden uns überrennen. Weil wir für sie unsichtbar sind, als Menschen, wohlgemerkt, nicht als Käufer. Vor sechs Wochen haben sie die D-Mark eingeführt, aus Angst, dass alle in den Westen abhauen. Und jetzt … «

Ein leichter Wind kam auf und verfing sich in Evas Haaren. Sie stand da, mit bebenden Lippen, die Hände in die Hüften gestemmt. Erfüllt von einer Energie, als hätte sie mit der flachen Hand alles erschlagen können.

»Die sogenannte ›freie‹ Marktwirtschaft ist längst da, auch wenn die Volkskammer so tun muss, als gäbe es sie noch nicht.«

Adam nickte. Eva blickte ihn an, als glaubte sie nicht, dass er wirklich die ganze Tragweite ihres Gedankens überblickte.

»Ist das nicht verrückt?«, setzte sie nach. »Zum ersten Mal wurde die Volkskammer der DDR frei gewählt und alles, was ihr jetzt bleibt, ist, sich selbst abzuwickeln.«

»Aber wollten wir das denn nicht?«, fragte Adam zaghaft. »Reisefreiheit undsoweiter?!«

»Natürlich wollten wir das. Doch ganz bestimmt nicht so! Es gibt ja jetzt schon Gewinner und Verlierer. Eure Versicherungsfuzzis sind wie ein Schwarm Heuschrecken hier eingefallen und verkaufen uns Scheiß, den wir nicht brauchen.«

»Tatsächlich?«

»Ja, allerdings. Einer 96-jährigen Nachbarin von uns haben sie eine Fahrradversicherung aufgeschwatzt. Aus einem mobilen Büro heraus, auf dem Marktplatz. Abends stand sie heulend bei meinen Eltern im Garten. Die arme Frau besitzt gar kein Rad.«

»Das ist natürlich scheiße.«

»Und nach Feierabend machen diese windigen Arschgeigen dann die Inter-Hotels zu Bordellen. Aber anstatt für ihr kriminelles Verhalten geradezustehen, säuseln sie unseren Mädchen ins Ohr: ›Ihr müsst noch viel lernen.‹«

Adam nickte wieder bloß. Was hätte er auch anderes tun sollen? Es stimmte ja. Seine Landsleute aus dem Westen hatten sich in diesen ersten aufregenden Monaten des Aufbruchs nicht gerade mit Ruhm bekleckert. Und es war anzunehmen, dass der ganze Prozess so kein gutes Ende nehmen würde.

»Es ist für die Leute ein Realitätsschock«, schimpfte Eva.

»Wessis kommen in ihren dicken Limousinen angerollt und sagen, hey, das Grundstück, auf dem ihr Haus steht, gehört übrigens meiner Familie. Statt eines Gefühls von Freiheit haben jetzt alle existenzielle Ängste. Danke dafür.«

»Tatsächlich ist die Lage, was Grundbesitz betrifft, hier und da unklar«, gab Adam zu bedenken.

Eva sah ihn scharf an.

»Weißt du, wie sie meiner Mutter gekündigt haben? Ich war zufällig dabei.«

Adam wollte zu einer Entschuldigung anheben, aber Eva kam ihm zuvor. Sie knallte die Hacken zusammen und zog die Schultern nach hinten wie eine junge Rekrutin. Im Bruchteil einer Sekunde verwandelte sich ihre Stimme in den schnarrenden Befehlston einer Marschtrommel.

»*Genossin! Das mit ihnen am 3.11.1966 abgeschlossene Dienstverhältnis in dem Organ des MfC wird mit Wirkung vom heutigen Tag auf der Grundlage der Anordnung des nationalen Verteidigungsrates der DDR, Paragraph 16, Absatz 1E, in Verbindung mit der ersten Durchführungs-Bestimmung zur Dienstlaufbahn-Ordnung Paragraph 43, Absatz 1, 2, 6 und 7, gekündigt.*«

Am Ende des Satzes hatte ihre Stimme zu flattern begonnen. Tränen stiegen ihr in die Augen, die sie sofort wutentbrannt mit dem Unterarm wegwischte. Adam ging auf sie zu und nahm sie in den Arm. Er verzichtete darauf zu sagen, dass es ihre Paragrafen waren, ihre empathielose Monotonie, das waren keine Erfindungen des Westens, aber die Übernahme des Klassenfeindes brachte diese alte, böse Hässlichkeit jetzt erst so richtig wieder zum Vorschein.

»Sie haben sie abgeschaltet und weggeworfen wie eine alte Maschine«, flüsterte Eva, »nach fast 25 Jahren. Und mein Vater ist garantiert einer der Nächsten, wenn sie den Laden da drüben demnächst irgendwann dichtmachen.«

Sie wies auf den imposanten Bau direkt vor ihnen, den Palast der Republik, der in diesem Moment der Geschichte nur noch ein Provisorium von gigantischen Ausmaßen war. Nach der kläglichen Betriebszeit von nicht einmal zwei Jahrzehnten.

»Seit November herrscht hier überall Anarchie, und die Regierung ...«, ein verzweifeltes, glucksendes Lachen in ihrer Kehle unterbrach sie, »ich meine, ist das nicht verrückt? Vor einem Jahr hätten die mich schon längst mitgenommen, wenn ich hier so herumgezetert hätte. Jetzt ist das allen scheißegal.«

Adam lachte verlegen.

»Glaubst du mir nicht?«

Sie stellte sich auf die Zehenspitzen und legte den Kopf in den Nacken.

»SCHEEEEEEEIIIIIIIIIIßEEEEGAAAAAAAAAAL!«

Ein einziger, lang gezogener Schrei. Adam drehte sich nach allen Seiten um.

»Ich verstehe dich ja.«

Adam rieb sich die Schläfen. Und natürlich verstand er sie. Er wünschte sich nur, sie hätte es gelassener nehmen können. Aber es war ihre Heimat.

»Komm«, sagte Eva plötzlich bestimmt, »mach die Kamera klar, ich zeig's dir. Wir gehen da jetzt rein.«

»Wo rein?«

»In die Volkskammer, in den großen Saal.«

Adam musste fast lachen, weil Eva plötzlich so unbeirrt vor ihm stand und Anweisungen gab wie ein despotischer Hollywood-Regisseur.

»Und wie stellst du dir das vor? Einfach durchs Foyer rein

ins Allerheiligste? Oder vorher erst beim Pförtner fragen? Du hast ja nicht einmal einen Presseausweis.«

Eva blickte ihn schelmisch an.

»Ich habe was viel Besseres: einen Vater, der hier seit der ersten Stunde als Hausmeister arbeitet.«

Eva packte den goldglänzenden Türgriff mit beiden Händen und stieß energisch die große, gläserne Eingangstür zum »Palast« auf.

»Willkommen im ›Haus des Volkes‹!«

Vor ihnen erstreckte sich das riesige Foyer mit der breiten Freitreppe hinauf zu den Galerien. Der helle, hochwertig eingelassene Marmorboden spiegelte das Licht. Im Atrium hatten es sich ein paar Besucher auf den luftig verteilten, roten Sofas bequem gemacht und bewunderten die artifizielle Skulptur in der Mitte des Raumes, mit der aufgesetzten, blauen Kugel, die sich keinem so recht erschloss, rechts und links flankiert von weißen, modern anmutenden, sorgsam bepflanzten Kübeln. Alles in allem, ein verschwenderischer, etwas vorschnell hochgezogener Bau, der tatsächlich auf beinahe unheimliche Weise der Vorstellung eines modernen Regierungsgebäudes gerecht wurde, zumal in diesem am Reißbrett entworfenen Staat.

»Los, wir müssen da hoch.«

Es herrschte noch nicht viel Betrieb. Einige junge Paare, ältere Eheleute, ein paar Familien mit Kindern, sie alle genossen den arbeitsfreien Tag.

»In ein paar Stunden ist hier die Hölle los«, sagte Eva.

Adam stiefelte neben ihr die elegante, hellgraue Treppe hinauf und ließ die ersten Eindrücke auf sich wirken.

»Ich habe ganz vergessen, wie es hier aussieht«, sagte er verwundert.

»Du warst ja auch bloß einmal hier, damals bei dem Konzert.«

Als sie das sagte, blieb sie abrupt stehen und lächelte ihn an. Das Konzert! Der Abend, an dem sie sich das erste Mal getroffen hatten, vor knapp sechs Jahren. Und noch immer zogen sie an einem Strang, das war keine schlechte Zwischenbilanz. Der Gedanke an dieses Konzert war einer, der die anderen, dunkleren Gedanken verjagen konnte, so wie ein Tropfen Spülmittel die Fettbläschen in der Pfanne vertrieb.

»Wie oft warst du früher hier?«, fragte Adam.

»Jeden Tag, nach der Schule. Meine Mutter musste immer länger arbeiten. Das fand die DDR fortschrittlich, dass Frauen die ganze Arbeit machten, für das halbe Gehalt, und die Männer sich auf ihren Nine-to-five-Jobs den Hintern plattsitzen konnten.«

Adam lachte.

»Im Westen nichts Neues.«

»Also«, sagte Eva, »ich kenne die Bude hier besser als mein Kinderzimmer.«

Sie nahm seine Hand und zog ihn mit sich. Schritt für Schritt, Stufe um Stufe gingen sie weiter nach oben.

»Und jetzt rate mal«, fuhr sie fort, »warum das Ding hier von allen bloß ›Erichs Lampenladen‹ genannt wird.«

Adams Blick wanderte hoch zur Decke, an der unzählige Kugelstrahler an einem komplexen Stangensystem montiert für eine rundum festliche Beleuchtung sorgten.

»Sieht aus wie die Teilchenmodelle, die wir im Chemieunterricht immer auswendig lernen mussten«, sagte Adam.

»50.000 Glühbirnen müssen hier jedes Jahr gewechselt werden.«

Adam sah sie verblüfft an.

»Und das wird wirklich bald alles wieder abgerissen?«

»Mein Vater meint, das Problem mit dem Asbest kriegen sie anders nicht in den Griff, angeblich, keine Ahnung. So oder so ist es ein Planungsfehler der Planwirtschaft.«

»Planungsfehler? Der reinste Wahnsinn ist das.«

»Ja, es berührt mich mehr, als ich dachte.«

Eva schaute, während sie langsam weiterging, zu Boden, sei es, weil sie in Gedanken versunken war oder um keine der Stufen zu verpassen.

»Das Motto, unter dem das Gebäude damals, Mitte der Siebziger, in Betrieb genommen wurde, lautete: ›Bildung, Entspannung, Geselligkeit, Frohsinn‹«, sie schaute kurz zu ihm auf, »wer denkt sich so was aus?«

»Jemand, der nicht genau weiß, was ›Frohsinn‹ ist.«

»Ja, aber es hat die Menschen wirklich abgelenkt. Vor allem die großen Palastbälle. Oder ›Ein Kessel Buntes‹. Später dann die Künstler aus dem Westen: Tangerine Dream, Karel Gott, hier war echt was los. Am Anfang habe ich oft an der Information ausgeholfen und mir so ein paar Talerchen dazuverdient. Und dann spätabends, völlig übermüdet, aber beseelt nach einem aufregenden Abend mit meinem Papa nach Hause. Das war toll.«

Adam hielt mitten auf der Treppe inne und schloss die Augen. Plötzlich konnte er Geräusche erahnen: ein helles Kinderlachen hier, eine klassische Melodie dort, die ersten Geigen der Musiker vom Staatsorchester, die ihre Instrumente stimmen, mit Leder besohlte, blank geputzte Schuhe, die im Dreiviertel-Takt über den Saalboden fliegen, wild applaudierende Hände und mittendrin Eva als junges Mädchen.

»Was grinst du so?«, fragte sie.

»Ich stelle mir gerade vor, wie du hier damals über die Flure gesaust bist ... alle immer freundlich gegrüßt ... hier ein Eis, da eine Limo, ... guck, die Kleene vom Hausmeister ... ein Sonnenschein, der alles zum Strahlen brachte.«

Eva lachte und drückte ihm einen schnellen Kuss auf den Mund.

»So ähnlich war das tatsächlich. Vielleicht trifft es mich deswegen so hart.«

»Ist doch klar.«

»Komm«, sagte sie, »ich stelle dir jemanden vor.«

Blau. Adam war schon beim ersten Besuch vor sechs Jahren aufgefallen, dass man die einzelnen Etagen zur besseren Orientierung mit verschiedenfarbigen Teppichen ausgelegt hatte. Der erste Stock war blau. Und hier im ersten Stock befand sich die Information. Eva steuerte direkt darauf zu.

»Hallo, Gaby!«

»Eva!!! Du hier???«

Eine schlanke Frau, fünf, vielleicht zehn Jahre älter als Eva, stürmte hinter dem grauen Pult hervor, packte Eva bei den Schultern und drückte sie eine gefühlte Ewigkeit lang an ihr Herz. Etwas verlegen löste sich Eva aus der Umarmung, die in ihrer aufrichtigen Herzlichkeit einer Umklammerung gleichkam.

»Ich wollte zu meinem Vater und bei der Gelegenheit einmal Hallo sagen.«

»Das ist süß von dir. Mensch, haben wir uns lange nicht gesehen.«

Gaby strich ihr mit der flachen Hand übers Haar. Wie bei einem Kind, dachte Adam.

»Ich weiß«, sagte Eva, und es klang tatsächlich ein wenig schuldbewusst. Adam spürte, zwischen den beiden Frauen bestand eine tiefe Verbindung.

»Darf ich dir Gaby vorstellen?«, Eva wandte sich an Adam. »Sie arbeitet hier, seit ich denken kann.«

»Mein Gott«, lachte Gaby, »das klingt ja schrecklich, wenn man das so laut ausspricht. Aber, ja, ein paar Jahre sind da wohl schon bei uns zusammengekommen.«

Adams Blick fiel auf Gabys Kolleginnen, zu dritt standen sie hinter dem Tresen und beantworteten Tag für Tag die gleichen Fragen: Wo ist das Spreerestaurant? Wie komme ich zum Theater? Wo geht's zum Bowling? Wo sind die Toiletten? Alle drei Damen trugen die gleiche Arbeitskleidung: eine schwarze Bluse mit weißen Pünktchen, dazu einen beigebraunen Zweiteiler aus einer äußerst tailliert geschnittenen Hose, wie sie Stewardessen trugen, und der dazu passenden Weste, auf der über der linken Brust ein silbernes Namensschild glänzte. Auskunftssoldatinnen, dachte Adam, auf Spur gebracht und uniform. Doch Gaby hatte sich offenbar ein großes Herz und ihren eigenen Kopf bewahrt.

»Und wer ist der junge Mann an deiner Seite?«, fragte sie augenzwinkernd.

»Das ist … Adam.«

»Adam?« Gaby schaute sie nacheinander an. »Du meinst, wie bei *Adam und Eva*?« Sie sprach die Namen aus wie den Titel eines berühmten Liebesfilms und irgendwie, dachte Adam, war das ja auch gar nicht so falsch.

»Tja«, er zuckte mit den Achseln, »was will man machen? Das mit den Namen denkt sich ja keiner aus.«

»Entschuldigt …«, lachend hob Gaby den Zeigefinger, »aber ich warne euch: Finger weg von diesem Apfel.«

Eva winkte ab.

»Jaja.«

»Zum Glück gibt's bei uns ja jetzt auch Bananen«, fügte Gaby hinzu.

»Hör bloß auf«, rief Eva, »die da drüben behandeln uns echt wie Affen.«

»Die haben uns«, sagte Gaby, »als wir mit dem Wartburg rübergefahren sind, um zu gucken, doch wirklich Bananen durchs Fenster gereicht.«

»Ja«, Eva nickte heftig mit dem Kopf, »man weiß nicht, ob die Menschen es gut meinen und einfach dämlich sind, oder ob sie einen veräppeln wollen.«

»Viele meinen es gut«, sagte Adam, »der erste Impuls ist meistens gut, wie im Paradies. Adam und Eva sind ja auch nicht losgezogen, mit dem Vorsatz, gleich zu Beginn das Ende der Menschheit einzuläuten.«

»Na ja.«

Gaby schaute ihn von der Seite an, neugierig, auch ein bisschen ungläubig, dann wandte sie sich wieder Eva zu.

»Hast du von Angela gehört?«

»Deine Freundin Angela?«, fragte Eva. »Die freitags manchmal hierher in die Disco kam?«

»Genau, die Chemie-Nudel von der AdW. Die ist jetzt Regierungssprecherin.«

»Nicht dein Ernst!«

Eva schlug sich die Hände vors Gesicht. Ihre Wangen leuchteten. Gabys vergnügte Art wirkte auf sie wie ein Energiestoß.

»Und wie geht es dir?«, fragte Eva. »Bist du noch mit Stefan zusammen?«

»Na klar, den lasse ich in diesem Leben nicht mehr los. Wir haben doch eigentlich alles, was wir brauchen.«

Wieder lachte Gaby. Diesmal vielleicht eine Spur zu laut, dachte Adam. Aber warum hätte es bei ihr anders sein sollen? Er schaute auf. Gabys Kolleginnen hatten soeben damit begonnen, auf dem Tresen links und rechts ein paar Prospekte auszulegen. Über ihnen flimmerten drei Fernsehmonitore, die, wie Adam vermutete, Bilder vom politischen Geschehen direkt aus dem Großen Saal übertrugen. Ohne Ton. Es war, als schauten ihnen die Lenker und Denker des Staates bei der Arbeit auf die Finger.

»Das sind bestimmt alte Aufnahmen«, sagte Gaby, »die verhandeln da unten gerade unseren Untergang, das werden sie wohl kaum direkt übertragen.«

»Und wie geht es dir damit?«, fragte Eva.

Für einen Moment wurde Gaby sehr still.

»Wenn sie hier irgendwann die Türen zumachen, heule ich Rotz und Wasser. Egal, was vorher war.«

»Ich weiß«, sagte Eva, »das eine hat mit dem anderen nichts zu tun. Die Wehmut packt uns alle. Eine Biografie lässt sich nicht so einfach abwickeln wie ein marodes Geschäft.«

»Genau, das eine sind die Planwirtschaft und die Stasi, das andere sind die netten Kolleginnen und Kollegen.«

»Von denen sich der eine oder andere später leider auch noch als Spitzel entpuppen könnte«, entgegnete Eva zaghaft.

»Ja, es ist verzwickt. Aber für meine Mädels hier lege ich meine Hand ins Feuer.«

Gaby drehte sich um. Ihre beiden Kolleginnen nickten ihr

freundlich zu. Man konnte dem anderen nicht in den Kopf gucken, dachte Adam, und wer seinem Herz vertraute, war dem Bösen schutzlos ausgeliefert.

»Vielleicht wird auch vieles besser«, sagte Eva und lächelte dieses sanfte Lächeln, das Adam so liebte, »es war ja schon alles ein bisschen steif hier.«

»Du, apropos ›steif‹«, Gaby beugte sich zu Eva rüber und senkte verschwörerisch die Stimme, »dir kann ich es ja erzählen. Ich habe vielleicht einen neuen Job. Im Erotik-Geschäft. Beate Uhse«, sie wandte sich an Adam, »schon mal gehört? Die macht hier bald einen Laden auf.«

Eva musterte sie kritisch.

»Musst du dich da ausziehen?«

»Nee, ich glaube nicht ... und wenn schon.«

Wieder lachte Gaby ihr ansteckendes Lachen. Dann nahm sie Eva noch einmal kurz und kräftig in den Arm.

»Du, ich glaube, ich muss hier mal weitermachen. Sonst gibt's Gemecker vom Chef.«

»Ja, wir müssen auch mal weiter«, sagte Eva, »war echt schön, dich zu sehen.«

Sie drückte Gaby einen Kuss auf die Wange, und für eine Sekunde geriet die Szene ins Wanken. Gabys Augen begannen zu glänzen. Selbst Adam spürte einen Kloß im Hals.

»Den Weg kennst du ja«, sagte Gaby. »Und lass dich mal wieder blicken. Kann doch nicht sein, dass jetzt *alle* rübermachen.«

»Komm, ich zeig dir noch einen meiner Lieblingsorte von früher.«

Eva ergriff wieder Adams Hand. Weil sie Halt brauchte,

oder damit er nicht verlorenging, oder beides, schwer zu sagen. Beide hingen ihren Gedanken nach, als sie den breiten Gang hinunterschlenderten, einfach dem blauen Teppich folgend, entlang der gewaltigen Fensterfront. Dahinter öffnete sich ein weiter Blick, eine Gelegenheit für die arbeitende Bevölkerung, zumindest hier, in ihrem »Palast«, dann und wann dem alltäglichen Gefühl der Enge zu entfliehen.

»Und?«, fragte Adam. »Was willst du mir zeigen?«

»Da vorne«, sie deutete auf eine Art Café, das sich in einiger Entfernung vor ihnen auftat, »die Milchbar.«

Adam verstand sogleich, warum dies einmal einer ihrer Lieblingsorte gewesen war: An den Wänden der Milchbar waren unzählige, kunstvoll bemalte Wandfliesen verbaut und zu märchenhaften Fantasiewelten kompiliert worden. Blumenmuster, sich umgarnende Zauberwesen, hier hatte sich ein Mensch mit Fingerspitzengefühl, Sachverstand und Liebe fürs Detail verwirklicht. Eine Leistung, die wieder einmal bewies, wozu der Mensch imstande war, wenn er sich auf seine Stärken berief. Adam war begeistert. Und zugleich packte ihn die Wehmut, angesichts der Frage, ob all diese schönen Dinge schon bald der Abrissbirne zum Opfer fallen würden, ja, echte Trauer überkam Adam in diesem Moment, je mehr er darüber nachdachte, als hätte er selbst jede einzelne Fliese in den Fingern gehabt.

»Schätz mal, wie viele Fliesen sie hier verbaut haben«, sagte Eva.

Adam sah sich um und versuchte, die Anzahl der kleinen Kunstwerke wenigstens für eine Wand zu überschlagen.

»Nur hier in der Bar oder insgesamt?«

»Im ganzen Palast. Boden- und Wandfliesen.«

»Keine Ahnung.«

»Über eine Million.«

»Unfassbar.«

»Ja, die bunten Fliesen kommen alle aus Meißen. Alles Unikate, jede einzeln nummeriert. Hier«, sie deutete auf eine Fliese an der Wand in unmittelbarer Nähe, »daran erkennt man deren Echtheit, die gekreuzten Schwerter, ist wie ein Wasserzeichen.«

»Kaum zu glauben, wie kunstvoll die sind. Ich meine, es sind immer noch *Fliesen.*«

»Meißener Porzellan ist vielleicht das einzige DDR-Produkt, das sich auch im Kapitalismus behaupten wird.«

Eva bestellte für Adam einen Mokka-Sahne-Shake und für sich ein »Schnatterinchen«.

Adam lachte.

»Was ist denn ein ›Schnatterinchen‹?«

»Ein Schokoeis mit Mandarine und Sahne. Benannt nach der kleinen Ente unseres Sandmännchens.«

»Okay.«

Sie setzen sich an einen der kleinen runden Tische, in die orangenen Sessel, und machten es sich einen Moment lang gemütlich.

»Hmmm«, Eva führte den ersten Löffel zum Mund. Voller Genuss schloss sie Lippen und Augen.

»Gut?«, fragte Adam.

»Sehr gut. Wie früher.«

Sie lächelte ihn an.

»Schnatterinchen war toll. Aber mein Lieblingsheld war Pittiplatsch.«

»Pittiplatsch?«

»So ein braunes Viech, ein echter Rebell. Wie Pippi Langstrumpf, nur cooler.«

»Noch cooler als Pippi?«

»Der hat mit altem Schrott Musik gemacht und aus einer Harke einen Helikopter gebaut. Eine Inspiration für uns Kinder.«

»Und die Alten?«

»Oh, die hatten ein Problem mit ihm. Als Pittiplatsch das erste Mal auf Sendung ging, riefen am nächsten Tag ganz viele besorgte Eltern im Sender an und forderten die Absetzung des kleinen Querulanten. Aber da waren meine Eltern, zum Glück, anders.«

Eva betrachtete das Schokoeis auf ihrem Löffel. Sie schien glücklich. Paare, die es wirklich ernst meinen, sollten ab und an gemeinsam Eis essen gehen, dachte Adam, es holte das Kind in einem zum Vorschein. Und in den meisten Fällen tat dies den Menschen gut.

»Ich beneide dich um deine schönen Erinnerungen aus der Kindheit«, sagte er irgendwann, »oder als junges Mädchen. Die tollen Erlebnisse hier mit deinem Vater, deinen Freundinnen, Gaby. Ich hatte *nie* Freunde. Nicht einmal in meiner Fußballmannschaft.«

Eva legte ihre Hand auf seine. Adam schluckte. Es fiel ihm schwer, offen darüber zu sprechen. Er besaß darin allerdings auch nicht viel Übung. Dass er diese dunklen Flecken seines Lebens nun ans Licht ihrer Freundschaft zerren und Eva anvertrauen konnte, war ein Geschenk des Himmels.

»Das tut mir leid, aber …«, Eva suchte kurz nach den richtigen Worten, »es hat vielleicht auch etwas Gutes.«

»Und zwar?«

»Jeder Mensch, den du liebst, reißt ein Loch in deinen Schutzpanzer. Das ist das Problem, wenn du jemanden in dein Leben lässt. Du bist plötzlich verletzlich. Und manchmal ist die Angst, denjenigen zu verlieren, größer als die Angst vor dem Alleinsein.«

Adam nickte. Er war sich nicht ganz sicher, ob er sie richtig verstanden hatte, aber es war gut möglich, dass sie ihm gerade etwas Nettes gesagt hatte.

»Vermisst du Gaby?«, fragte er.

»Ja, schon«, antwortete Eva. »Wie sehr, merke ich immer erst, wenn ich sie dann wiedersehe. Es ist wie mit den Eltern, man vermisst sie, aber aus irgendeinem Grund schafft man es nicht, sie öfter zu besuchen.«

»Ja, sie ist nett. Und hübsch. Sie sieht kein bisschen aus wie eine ›Zonen-Gaby‹.«

»Wie wer?«

»Zonen-Gaby. Die berühmte Titelseite der Titanic? Im letzten November, als alles losging?«

»Erinnere ich nicht.«

»Das Satiremagazin? Sie hatten diese Frau vorne drauf, mit einer geschälten Gurke in der Hand und darunter dem Satz: *Zonen-Gaby im Glück: ›Meine erste Banane‹*.«

»Seeeehr lustig«, sagte Eva und schob den Eisbecher von sich, »wundert mich aber nicht, der Westen hat sich ja von Anfang an über uns lustig gemacht. Diese Frau mit der Gurke sah auch bestimmt richtig bescheuert aus.«

»Nee, das Lustige ist, die kam gar nicht aus dem Osten, sondern aus Rheinland-Pfalz. Wir haben die nur ein wenig zurechtgemacht: ihre Haare gefärbt, so kleine, komische Locken reingewickelt, eine billige Jeansjacke angezogen, Gurke in die Hand und fertig.«

»Stopp!« Eva zog die Augenbraue hoch bis unter die Decke. »Wieso ›wir‹?«

Adam saugte den letzten Rest von seinem Shake durch

den Strohhalm, bis nur noch Schlürfgeräusche im Glas zu hören waren.

»Äh, … *ich* habe das Foto damals gemacht.«

»Was?«

»Ja, nicht offiziell. Aber ich habe zu der Zeit auch ab und an für die Titanic gearbeitet. Und an dem Tag lag der Haus- und Hoffotograf mit Magen-Darm flach. Auf seine Namensnennung wollte er dann aber nicht verzichten, wegen der Tantiemen. Das Motiv verkauft sich bis heute.«

Eva sah ihn völlig entgeistert an.

»Das hast du mir damals gar nicht erzählt.«

»Nein, weil ich wusste, dass du es doof findest.«

»Hmmm.«

»Das Honorar habe ich im Januar in unsere Südafrika-Reise gesteckt.«

»Trotzdem doof.«

»Ich bin ja auch nicht stolz drauf«, fügte er hinzu.

Eva ließ sich nach hinten fallen. Sie schaute an die Decke. Dann aus dem Fenster. Adam betrachtete ihre Nase, ihr feines Kinn, ihre kleinen Ohren. Er fragte sich, ob er die Episode mit Zonen-Gaby besser für sich behalten hätte.

»Ich glaube«, sagte Eva, »es nervt mich einfach, wenn wir als doof oder unkultiviert dargestellt werden. Dabei sind hier großartige Dinge entstanden.«

»Bestimmt.«

»Nein, ehrlich«, sie richtete sich wieder auf, »oben, auf der kleinen Theaterbühne im Fünften hat Heiner Müller mal gelesen. Es ging um sein Stück *Quartett*. Alles war bereit, aber kurz vor der Premiere flohen der Regisseur und ein Schauspieler in den Westen. Einfach auf und davon.«

»Und dann?«

»Also liest Heiner Müller selbst. Ein, wie er selber mal gescherzt hat, ›einmaliger, humanitärer Akt‹. Unsere Intendantin Vera Oelschlegel sprang für die weibliche Hauptrolle ein. Sie wollten zeigen, dass sie ihre Heimat nicht so einfach im Stich lassen.«

»Verstehe.«

»Das war letztes Jahr im Oktober. Also, ungefähr zu der Zeit, als du Zonen-Gaby fotografiert hast. Das ist doch alles total verrückt, oder etwa nicht?«

Sie fuhren über mehrere kleine Rolltreppen Stockwerk um Stockwerk nach oben. Als sich im sechsten Stock die Türen öffneten, war es erstaunlich still.

»Orange, also«, sagte Adam und blickte auf den Teppich.

»Ja, willkommen im Palastrestaurant.«

Eva ging ein paar Meter weiter, auf den Eingang zu, bog dann aber kurz vor der großen Doppeltür nach links ab.

»Um diese Zeit sind noch keine Gäste da, aber die kleine Seitentür hier ist schon offen. Fürs Personal.«

Sie zwinkerte ihm zu und trat ein. Der orange und rot changierende Teppich erstreckte sich durch den Saal wie Sand im Licht einer untergehenden Wüstensonne. Die Tische waren bereits eingedeckt, festlich mit weißen Decken und den dazu passenden Stoffservietten, so als wolle man demonstrieren, dass man hier zu jeder Zeit auch die wichtigsten Staatsgäste bewirten könne, und sei es noch so spontan. Das Ambiente aus Stahl und Glas war standesgemäß. Gläserne Trennwände zwischen den Tischen sorgten trotz der erstaunlichen Grundfläche des Raumes für einen Hauch von Intimität.

»Eigentlich ganz schick«, sagte Adam.

»Ja, *eigentlich* war schon immer ein wichtiges Wort bei uns. Du hast Gaby doch gehört. *Eigentlich* haben wir doch alles. *Eigentlich* fehlt es uns an nichts. *Eigentlich* können wir uns nicht beschweren.«

»*Eigentlich* ist es ja auch so«, sagte Adam.

»Ja, verglichen mit Mandelas Zeit im Gefängnis sogar ganz bestimmt.«

Eva fuhr mit der Hand über eine der verchromten Stuhllehnen. Befühlte die Tischdecke, die Blätter der Zierpflanzen in den länglichen, braunen Kübeln. Adam spürte, das alles ging ihr nah. Als würde sie sich von ihrem Elternhaus verabschieden. Mit jeder Ecke, jedem Möbelstück schien sie eine Erinnerung zu teilen.

»Ist das Essen eigentlich teuer hier?«, fragte Adam.

»Nein, hier war sogar alles relativ günstig, weil zwei Drittel der Kosten vom Staat getragen wurden. Das Bier kostete früher bloß 60 Pfennig. Aber damit ist jetzt sicher Schluss.«

Eva ging an die großen, verglasten Fronten heran und blickte versonnen auf die Straße.

»Als unten schon die Leute auf den Straßen standen und demonstrierten, haben sie hier oben im Palastrestaurant noch den 40. Jahrestag der DDR gefeiert. Aber eigentlich war es schon die Beerdigung.«

Adam pfiff durch die Zähne.

»Alle Oberhäupter der kommunistischen Brüderstaaten waren da«, fuhr Eva fort, »Gorbatschow und die anderen, genau hier standen sie, hinter den goldgelb beleuchteten großen Scheiben, mit ihren Sektgläsern in der Hand und ihren Frauen am Arm und blickten auf das Volk herab.«

Eva schaute einmal nach links und rechts. Niemand da.

Sie gab Adam ein Zeichen, ihr zu folgen, und eilte hinter den Ausschank im vorderen Teil des Restaurants. Dort öffnete sie vorsichtig eine in der Wand eingelassene Nebentür, die Adam zuvor gar nicht aufgefallen war. Direkt dahinter führte eine lange, schmale Treppe über sechs Stockwerke hinunter bis zu einem dunklen, langen Kellergang.

»Ich liebe geheime Tunnel«, flüsterte Adam, als sie unten angekommen waren.

»Ich dachte, du liebst *mich*«, erwiderte Eva.

»Ja, *dich* … und geheime Tunnel.«

»Jaja.«

»Lass mich bloß nicht allein, aus dem Labyrinth finde ich nie wieder alleine heraus.«

»Hier«, Eva klopfte auf eine dicke Stahlbetonmauer und machte ein geheimnisvolles Gesicht, »dahinter verbirgt sich die Disco. Oder der ›Jugendtreff‹, wie es richtig heißt.«

»Ich wusste gar nicht, dass es so was hier alles gab. Wieso sind wir da nie hingegangen? Oder zum Bowling?«

»Hierher? Mit dir? Wo mich jeder kennt? Super Idee.«

Als sie um die Ecke bogen, standen sie plötzlich vor einer Batterie großer, eierschalenweißer Tanks, an deren Oberseite verschiedene Leitungen und Ventile nach oben führten.

»Hier ist das Tanklager. Insgesamt 78 Behälter. Darin werden Bier, Bitter Lemon und Cola gekühlt und bei Bedarf nach oben in die Restaurants gepumpt.«

»Hast du hier früher Führungen gemacht? Du weißt ja wirklich über alles Bescheid.«

»Das war das Lieblingsthema meines Vaters, wie toll und fortschrittlich dieses Gebäude ist«, sie blieb stehen, drehte sich um und schaute ihn eindringlich an, »bis er das mit dem Asbest herausfand.«

Das Kabuff, in dem Evas Vater sein tägliches Arbeiterdasein fristete, war klein, stickig und, wie Adam fand, auch ein wenig überladen.

»Du warst noch nie hier, Adam, oder?«

Evas Vater drückte Adams Hand und schob sich verlegen die Brille auf die Nase. Er schien nicht so recht zu wissen, wohin mit seinen Händen. Vielleicht versuchte er auch nur die Zigarette, die er in der Linken hielt, vor seiner Tochter zu verstecken, die in dieser Sekunde auf ihn zutrat und liebevoll ihre Arme um seinen Hals schlang.

»Entschuldige, dass wir dich so überfallen, Papa.«

»Kein Problem, meine Kleene, ich freue mich doch immer, wenn du mich besuchst.«

Wie der Hobbykeller eines Tüftlers, dachte Adam. Ein beiger, fensterloser Würfel von sechzehn Quadratmetern, die Wände voll mit elektrischen Steuergeräten, Schalttafeln und Kästen.

»Mehr Technik als in einem Flugzeug«, sagte er.

»Hausmeister haben nie ein richtiges Büro«, brummte Evas Vater. »Man denkt vielleicht, das ist keine richtige Arbeit, so ein Hausmeister-Job, also brauchen die auch keinen eigenen Raum. Deswegen gibt man denen immer eine halbe Werkstatt oder ein altes Lager.«

»Niemand denkt, dass das keine richtige Arbeit ist, Papa. Alle wissen, was du hier leistest.«

»Oh, da wäre ich mir nicht so sicher. Aber ich fühle mich hier wohl. Es sollte sowieso nicht zu gemütlich zu sein. Sonst könnte man sich ja nie zu seinem Rundgang aufraffen.«

An der Wand zum Flur, neben der Tür, stand ein alter, weißer Resopaltisch, darauf – mit einer angegilbten Häkeldecke als Untersetzer – eine Kaffeemaschine nebst Zubehör: ein Karton mit Filtertüten, eine schmucklose Dose mit Pulver, ein Zuckerfässchen aus angeschlagenem Porzellan, ein kleine Dose Kondensmilch, eine Hand voll Löffel und zu guter Letzt eine ungeöffnete, gelbe Tüte mit Dresdner Russisch Brot. Auf einem schmalen Regal darüber warteten – in unterschiedlicher Größe – ein paar Taschenlampen wie die Orgelpfeifen auf ihren Einsatz. Daneben, noch etwas höher, eine große, schlichte, nicht zu übersehende, mahnende Uhr. Tick. Tick. Tick.

»Hier hat sich in all den Jahren wirklich kaum etwas verändert«, entfuhr es Eva. Sie klang fast erleichtert. Adam verspürte das dringende Gefühl, sich setzen zu müssen.

»Immerhin haben wir noch einen dritten Stuhl genehmigt bekommen«, sagte Evas Vater und lachte trocken, »jetzt kann man hier wenigstens Skat spielen.«

»Und?«, fragte Eva, »Wie geht's dir?«

Evas Vater kratzte sich am Hinterkopf.

»Schwer zu sagen.«

Sein blauer, pieksauberer Arbeitskittel passte so gar nicht zu dem Drumherum, dachte Adam. Hier unten musste man sich auf seinen Streifzügen durch die Innereien des Palastes doch bestimmt alle naselang die Hände schmutzig machen. Womöglich wechselte er den Kittel jeden Morgen, um Würde und Anstand zu wahren. Oder weil es sich für einen Palastwächter so gehörte.

»Zum Glück muss ich ja nicht mehr so lange.«

»Was meinst du?«

»Es gibt Gerüchte, dass sie den Laden dichtmachen,

sobald sie alles abgewickelt haben. Vielleicht sogar schon nächsten Monat.«

»Im Ernst?«

Evas Vater zuckte mit den Schultern.

»720 Tonnen englischer Spritzasbest. Was willst du da machen? Sollte den Palast gegen Feuer schützen, deswegen haben sie das Zeug bis in die letzte Ecke verbaut.«

Eva wurde immer stiller.

»Alles klar?«, fragte Adam.

»Hier unten habe ich mich früher immer verkrochen. Und gelesen. Stundenlang. Gott, wie viel Zeit ich hier unten verbracht habe.«

Evas Vater nickte. Gedankenversunken zog er an seiner Zigarette. Die andere Hand wanderte in die Tasche seines Kittels.

»Wir kehren am Ende die Scherben auf«, sagte er und blies den Rauch an die Decke, »fahren mit dem Müllcontainer durch die Büros und sortieren den ganzen Mist, den die Kollegen liegen gelassen haben. Und alles, wo *Palast der Republik* draufgedruckt ist oder Hammer und Sichel, geht in den Müll.«

»Dann machst du eben noch mal was anderes.«

Evas Vater guckte seine Tochter an, als hätte sie ihm soeben vorgeschlagen, einen Rückwärtssalto aus dem Stand zu probieren.

»Wer nimmt mich denn jetzt noch? Watt soll ick denn schreiben?« Vor lauter Aufregung verfiel er in seinen Berliner Akzent. »61 Jahre, Nichtraucher, Nichttrinker mit handwerklichen Fähigkeiten, Sinn für Ordnung und Führerschein?«

Eva schmunzelte.

»Nee, rauchen tust du ja wieder.« Sie deutete auf die halb heruntergerauchte Kippe, die ihr Vater immer noch halbherzig zu verbergen versuchte.

»Ja, aber nicht zu Hause«, wehrte er ab, »und irgendein Gegengift muss man hier ja produzieren.«

Eva lachte und nahm ihren alten Herrn in den Arm.

»Kleiner Trost«, sagte er, »wir werden wohl die Letzten sein, die sie rausschmeißen werden.«

»Meinst du?«

»Klar. Wir müssen ja die ganzen Gerätschaften laufen lassen, damit die sich nicht kaputt stehen. Zum Beispiel die Reinigungsmaschinen. Die müssen wir fahren, damit wir die Batterien wieder aufladen können. Sonst gammeln die Bürsten fest. ›Unterhaltungsfahrt‹, nennen die das.«

»Ja«, sagte Eva, »wenn ihr schon nix mehr zu lachen habt, muss man die Maschinen wenigstens unterhalten.«

Adam betrachtete ein altes Mireille-Matthieu-Plakat. Es hing gegenüber vom Tisch, an der einzigen, unverbauten Stelle an der Wand.

»Die hat hier auch gesungen«, sagte Evas Vater, »die kommt nicht in den Müll.«

Eva füllte ein wenig Wasser in den Kanister der Kaffeemaschine und legte einen Filter ein.

»Aber es war auch ganz schön viel Propaganda«, sagte sie, »*Solidarität der proletarischen Klasse, Sieger der Geschichte*, irgendwann konnte ich es nicht mehr hören.«

Sie löffelte ein paar Häufchen in den Filter.

»Mit dem Kaffee musst du nicht sparen, Kleene, Kaffee ist jetzt billig.«

Er nahm ihr den Löffel aus der Hand und gab noch zwei Häufchen dazu.

»Vielleicht kaufen wir uns doch ein neues Auto, deine Mutti und ich. Ick hab n bisschen watt jespart.«

»Aber lass dich nicht verarschen.«

»Bin ja nich blöd.«

»Nee, du nicht. Aber die Autohändler aus dem Westen.« Sie warf Adam einen strafenden Blick zu. »Ihr verkauft uns eure gebrauchten Schrottkarren, weil ihr zu Hause nichts mehr dafür kriegt, und lacht euch kaputt, wenn die Mühle gerade noch so vom Hof rollt und an der nächsten Ecke liegen bleibt.«

»*Ich* verkaufe euch gar nichts«, erwiderte Adam ruhig. So langsam gewöhnte er sich daran, dass er in Situationen wie dieser für Eva nicht auf ihrer Seite, sondern immer »vom anderen Lager« war. Wer wollte es ihr verdenken? Es tat ihr sicher gut, ihre Wut zu adressieren. Immerhin konnte sie überhaupt irgendwohin damit. Und er, er konnte das aushalten. Für sie.

Evas Vater drückte auf den Knopf an der Kaffeemaschine, das rote Lämpchen leuchtete auf. Alle starrten gebannt auf das Gerät, bis es kurz darauf anfing zu blubbern.

»Im Keller kommt schon das Wasser«, sagte er, »ein schöner Swimmingpool wird das. Bald haben wir hier Verhältnisse wie in der Pariser Oper. Wahrscheinlich spukt da auch schon ein Phantom herum.«

»Das wäre doch mal eine gute Geschichte«, sagte Eva und gab Adam einen Klapps auf die Schulter.

»Ja«, entgegnete Adam, »leider kann man Gespenster nicht fotografieren.«

»Eine Schande ist das.«

Evas Vater trat zwei Schritte zur Seite und öffnete eine kleine Tür in der Wandverkleidung, dahinter erahnte man einen der dicken Eisenträger, die dem Gebäude Halt gaben.

»*Jeden* verdammten Träger haben sie mit diesem Zeug eingespritzt.«

Er griff hinein, puhlte ein kleines weißes Bröckchen aus der inneren Ummantelung und hielt es Adam unter die Nase. Schließlich zerbröselte er es zwischen seinen geschunden Fingern.

»Jetzt bin ich asbestbefallen«, sagte er und lachte bitter.

Wie auf ein Kommando überkam Eva ein mittelschwerer Hustenanfall. Sofort schlug ihr Vater das Türchen in der Wand wieder zu.

»Entschuldige, Kleene«, jammerte er, »dit hab ick janz verjessen.«

»Du musst nur ›Asbest‹ sagen«, schnaufte Eva, »und schon spüre ich wieder dieses Kneifen in der Lunge.«

Jetzt bemerkte es Adam auch. Wie ein Hauch des Bösen lag es in der Luft. Unmerklich und unsichtbar, wie ein giftiges Gas. Vielleicht bildete er sich das aber auch nur ein.

»Wussten die denn nicht, dass das gesundheitsschädlich ist?«, fragte er.

»Doch, das war seit den Sechzigern bekannt, aber das meiste war ja hinter den Marmorplatten verborgen, keine Ahnung, vielleicht dachte man, dann ist es kein Problem. Aber wenn es sich löst, verteilt es sich, zum Beispiel über die Klimaanlage.«

Evas Vater war noch immer ganz erschrocken. Verschämt blickte er seine Tochter an. Für eine Sekunde konnte man fast den Eindruck bekommen, wenn er das ganze Elend hier und jetzt auf der Stelle hätte beenden und so die ganze Schuld auf sich nehmen können, er hätte das weiße Gift in Klumpen aus der Wand gebrochen und wie Marshmallows verschlungen.

»Und die Regierung tut gar nichts gegen den drohenden Abriss?«, fragte Adam.

»Welche Regierung?« Eva machte ein verächtliches Geräusch. »Du meinst das Marionettentheater da drinnen? Dass die sich nicht reihenweise vom Dach stürzen, ist eigentlich alles.«

Evas Vater verteilte den Kaffee auf drei Tassen und reichte sie ihnen.

»Ja, es sieht schlecht aus«, sagte er zu Eva, »aber achte trotzdem darauf, was du sagst. Die Wände haben immer noch Ohren.«

»Und kein Herz«, fügte Eva hinzu.

»Ich glaube trotzdem nicht, dass es richtig ist, das Gebäude abzureißen«, begann Adam noch einmal, »es wäre doch ein guter Ort, um die Geschichte aufzuarbeiten. Es ist ja in kurzer Zeit viel passiert.«

»Das sehen *wir* vielleicht so. Aber die Wessis haben doch gar kein politisches Interesse an dem Haus. Und das gilt für alles, was wir hervorgebracht haben. Sie werden das Ding so oder so einreißen. Das mit dem Asbest ist für alle ein willkommener Grund.«

»Ach, Papa. Tut mir leid für dich. Aber so kann es auch nicht weitergehen.«

»Die ham ja jesacht, dat det erst mal schlimm wird, aber dat det so schlimm wird, dat hat bestimmt niemand jedacht.«

Evas Vater setzte die Brille ab. Mit einem Mal schien er komplett die Fassung zu verlieren, so wie sich sein Hochdeutsch endgültig ins Berlinerische verabschiedete. Nein, es war nicht seine Schuld, seine Körperhaltung verriet jedoch etwas anders. Weil er der Hausmeister des Palastes war, trug er – nach seinem Verständnis – für das Malheur als Dienstältester auch die Verantwortung.

»Ick werd nie verjessen, wie se bei Honeckers Machtergreifung ›Hoch soll er leben‹ jesungen haben, und er hat selbst mitjeklatscht. Wie so'n Blödi.«

»Inaugurierung«, murmelte Eva.

»Was?«

»Es heißt Inaugurierung, Papa, nicht Machtergreifung.«

»Aber es war eine Machtergreifung.«

»Können wir in den Saal?«

»Nee, da ist Sitzung. Da jeht's drunter und drüber.«

»Bitte! Ich möchte das Adam so gerne zeigen.«

Eva legte den Kopf schräg und schlug die Augen auf, sodass sich Adam sofort vorstellen konnte, wie sie ihren Vater auf diese Weise schon als kleines Mädchen bezirzt hatte. Gegen diesen Blick kam niemand an.

»Die Bühnentechnik ist topmodern«, wandte sich ihr Vater – nicht ohne Stolz – an Adam, »die Tribünen können sogar hochjeklappt werden. Vierundzwanzig Deckenplatten, alle schwenkbar, fahrbar, fabelhaft. Und natürlich war man stolz, wenn allet jeklappt hat, an so einem großen Show-Abend. Wenn der Direktor hinterher in unser Kabuff kam und jesacht hat: ›Meine Herren, keine Beanstandungen‹, klar, war man da stolz.«

»Zurecht«, sagte Eva, »ich war oft dabei. Du warst dann immer ganz fröhlich auf dem Nachhauseweg. Und ich dachte, oje, morgen ist Schule.«

Evas Vater formte die Lippen zu einem »Ja«, aber es kam nichts heraus.

»Ick hätte dich damals nicht so oft hier spielen lassen sollen«, brachte er schließlich hervor.

»Es waren auch schöne Zeiten«, murmelte Eva, »hoffen wir auf das Beste.«

Sie legte ihren Arm um seine Schultern und streichelte ihm mit der anderen Hand über die Wange.

»Tschüss, meine Kleene.«

»Tschüss, Papa.«

Wieder überfiel sie ein leichter Hustenanfall.

»Los, jetzt raus hier!«

»Und lass du das Rauchen«, sagte Eva.

»Meine Lunge ist doch eh schon übern Jordan. Achte du lieber auf dich, du bist noch jung. Oder«, er wandte sich an Adam, »achte du zumindest auf sie.«

Als Evas Vater das sagte, schaffte er es kaum, Adam dabei in die Augen zu blicken. Wie ein geprügelter Hund reichte er ihm die Hand. Wenn das schlechte Gewissen rauskam, dachte Adam später, saß es einem im Nacken und drückte den Kopf immer weiter nach unten, bis man mit der Schnauze im Dreck lag und nicht mehr von alleine hochkam.

»Mich nervt das, dass er sogar jetzt noch versucht, Entschuldigungen für dieses Desaster zu finden.«

Adam sah sie an. Ihr plötzlicher Husten da unten im Keller hatte ihm Angst gemacht.

»Aber er liebt dich, das ist deutlich.«

»Ja, zumindest ein bisschen.«

»Das ist tausendmal mehr, als ich je hatte.«

Sie gingen den geheimnisvollen Kellergang weiter entlang, bis sie schließlich an eine kleine Eisentür gelangten. Eva öffnete sie mit einem Ruck, sie stiegen eine weitere Treppe hinauf, dann hob Eva die Hand und atmete kurz durch.

»Hier sind wir gleich in dem offiziellen Bereich hinter dem Saal, also den Büros und den kleinen Konferenzräumen. Wäre doch gelacht, wenn uns nicht einer von den Clowns vor die Linse läuft.«

Adam brachte seine Leica in Stellung: einen Meter fünfzig Abstand und die Blende auf Acht. Eva sah ihn an, er nickte ihr zu, und sie öffnete eine weitere Tür. Sie huschten hindurch, Adam versuchte, alles mit einem ersten Blick zu erfassen: die roten Teppiche, die schmalen, holzvertäfelten Gänge, von denen die einzelnen Büros abgingen. War das Kirsche? Die Szenerie erinnerte ihn an frühere Termine mit dubiosen, mächtigen Menschen, in höherklassigen Messehotels. Es waren immer dieselben Szenerien, dachte er, wenn eine kleine Anzahl Menschen über das Schicksal von Millionen anderen entschieden.

Im selben Moment flog direkt vor ihnen eine Tür auf, sodass Eva erschrocken zurückwich und Adam beinahe die Kamera aus der Hand schlug.

»Angela?«, rief Eva überrascht.

»Eva??!!«

Es gab keinen Zweifel, es war keine Geringere als die stellvertretende Regierungssprecherin, die da plötzlich vor ihnen stand.

»Das gibt's doch nicht, wir haben eben noch über dich gesprochen, oben, Gaby und ich«, schob Eva schnell hinterher, wohl auch um ihrer alten Freundin etwas den Wind aus den Segeln zu nehmen. »Wow, ich wusste zwar, dass du Karriere machen würdest, aber nicht so, ich bin wirklich beeindruckt.«

Angela sah sie aus müden Augen an, ging wortlos an ihr vorbei und zwei Zimmer weiter in einen der kleineren Konferenzsäle. Da sie die Tür hinter sich offen ließ, zögerte Eva keine Sekunde und schob sich, wie in ihrem Windschatten, hinter ihr in das Zimmer. Dann schloss sie die Tür. Angela ließ sie sich auf einen Stuhl fallen, ein DDR-Design im Bauhaus-Stil, mit dem Zeug zum Retro-Klassiker. Plötzlich schien ihr die Frage in den Sinn zu kommen, die Adam eigentlich gleich als Erstes erwartet hatte.

»Wie seid ihr denn hier reingekommen?«

»Mein Vater«, sagte Eva, »ist doch Hausmeister hier.«

»Ach ja, habe ich ganz vergessen, der Stress.«

»So schlimm?«

»Es ist sinnlos«, sagte Angela. Sie wirkte erschöpft, die Ringe unter ihren Augen sprachen Bände. »Ich mache das ja noch nicht so lange, aber Politik ist sinnlos, zumindest so. Die ganzen Journalisten, die Ungewissheit, es ist ein Kampf gegen Windmühlen.«

»Wohl eher ein Kampf gegen die Abrissbirne«, sagte Adam leise.

Angela schaute nicht einmal auf. Sie trug eine kurzärmlige Bluse in Zartrosa, dazu einen dunklen Rock und eine Kurzhaarfrisur. Adam fragte sich, ob es der Versuch war, in dieser Männerwelt so unweiblich wie möglich herüberzukommen, oder weil Angela diesen Look tatsächlich als vorteilhaft empfand.

»Und was machst *du* jetzt?«, fragte Angela. Sie lächelte Eva interessiert an. Mit einem Mal schien es, als würde sie sich tatsächlich über den überraschenden Besuch der alten Freundin freuen. Sicher brachte es sie auf andere Gedanken.

»Na ja, ich habe Erzieherin gelernt, wie du vielleicht noch weißt«, antwortete Eva, »aber im Moment sind wir viel auf Reisen. Adam ist Fotojournalist.«

Eva deutete lächelnd auf ihren Freund, der still und brav auf seinem Stuhl saß und sich noch nicht traute, auf den Auslöser zu drücken. Eva hatte, wie versprochen, für einen exklusiven Zugang gesorgt, aber er wollte kein Risiko eingehen, sondern erst mal abwarten.

»Keine Frau sollte nur die Frau an der Seite eines Mannes sein«, sagte Angela bestimmt.

»Du hast gut reden mit deiner Karriere«, sagte Eva und lachte. »Nein, das ist schon okay so. Wir sind ein gutes Team. Und wir haben eine Zukunft.«

»Ja«, sagte Angela, »eine Zukunft ist viel wert.«

Sie legte den Kopf für einen Moment in die Hände.

»Viel los gerade, was?«, fragte Adam vorsichtig.

Angela blickte auf und nickte.

»Ich bin ja in Hamburg geboren, aber«, sie deutete mit der Hand nach draußen, »das hier ist mein Zuhause.«

»Ich weiß«, sagte Eva, »mir geht es genauso. Ich habe Adam eben vom 40. Jahrestag erzählt.«

Fast zeitgleich begannen Angela und Eva zu kichern, und für eine Sekunde machte sich Adam Sorgen um ihren Geisteszustand.

»Das werde ich nie vergessen«, sagte Angela, »wie sich Honecker auf dem Rollfeld hingestellt hat und mit vollem Ernst zu den Journalisten sagte: ›Die Totgesagten leben länger.‹ Dabei waren die im Grunde alle schon erledigt. Ceaușescu wurde zwei Monate später erschossen, Jaruzelski war zu der Zeit bereits von Walesa abgelöst worden. Und Todor Schiwkow wurde jetzt gerade erst von seinen bulgarischen Parteifreunden vom Hof gejagt. Es ist traurig, dass der Kommunismus als System offenbar nicht funktioniert hat.«

»Ja«, wandte Eva ein, »aber der Kapitalismus wird so,

wie er momentan betrieben wird, auch nicht mehr lange funktionieren.«

Angela erhob sich vom Stuhl, ging ans Ende des Raumes zu der kleinen Einbauküche und setzte frischen Kaffee auf. Die erstbeste Antwort auf alle Probleme, dachte Adam, heißt: Kaffee.

»Der Applaus bei Gorbatschow«, sagte Angela, als sie wieder zurückkam, »war allerdings echt.«

»Gorbi, Gorbi!« Eva lachte. »Ich erinnere mich, die Leute haben nicht den Jahrestag der DDR gefeiert, sondern den Reformer aus dem Osten.«

Angela schüttelte ungläubig den Kopf, als sei es selbst jetzt, mit etwas Abstand, im Grunde nicht zu glauben, dass das damals wirklich alles so passiert sein konnte.

»Gorbatschow«, sagte sie, »hat dann vor dem Politbüro gesprochen und den Leuten versucht klarzumachen, es ginge uns wie Polen, wenn sie nicht rechtzeitig die richtigen Entscheidungen träfen. Aber Honecker hat's nicht verstanden. Ich werde nie vergessen, wie die beiden am nächsten Tag der Parade zugeschaut haben. Honecker, steif und alt, mit erhobener Hand, und Gorbatschow, direkt neben ihm, elegant wie ein Dandy und ganz offenbar von dem Gefühl befallen, im falschen Film gelandet zu sein. Ich sage euch, in 30 Jahren wird man diese Bilder aus dem Archiv holen und sich wundern, warum einem das nicht damals schon aufgefallen ist.«

»Ja«, sagte Eva, »dass ein so großer Reformer aus Russland kommen würde, hätte wohl niemand gedacht.«

»Nein«, bestätigte Adam, »aber das ist gut so. Nun kehrt vielleicht Ruhe ein, in die Welt.«

»In die Welt vielleicht«, sagte Eva, »aber in unser Land?

Ein einziges Chaos.« Sie wandte sich an Angela. »Wem gehört es denn jetzt?«

»Das Problem ist«, sagte Angela, »die Menschen haben sich zwar die Demokratie gewünscht, aber eben nur so, wie sie es wollten. Auf ihre Art. Jetzt haben sie das Gefühl, von einer Diktatur in die nächste zu wandern.«

»Ja, von der Diktatur der Kleinhaltung in die Diktatur des Geldes.«

»Insofern«, Angela stieß ein kurzes, schräges Lachen aus, »muss man sagen, hatten die Genossen recht – der Kapitalismus *ist* unser Feind.«

»Ja, aber bei uns ging es doch auch nicht so weiter. Erinnert ihr euch an den Kommentar vom Westfernsehen über die von der Stasi zugeführte, misshandelte Frau im Krankenhaus in Friedrichshain? Und später, am selben Abend, musste das dann die *Aktuelle-Kamera*-Moderatorin nach den Ostnachrichten vor laufender Kamera leugnen. Und dann rief der Arzt aus Friedrichshain bei ihr an und meinte: Doch, die Frau liegt hier, sie können gerne herkommen und sie sich ansehen.«

»An dem Abend kam es zum ersten großen Aufmarsch über den Alex hierher zum Palast. Die Geburtsstunde der Großdemos.«

»Kam danach die Aufhebung des Ausreiseverbotes?«, fragte Adam.

Angela lachte.

»Schabowski, der Trottel. Einen Tag zu früh hat er das vorgelesen. Niemand war vorbereitet. Und dann von einem Zettel, der auch seine Einkaufsliste hätte sein können. Wie sah das denn aus? Der Lothar hat getobt.«

Die Tür flog auf, und wie auf ein Kommando betrat in

diesem Augenblick ihr Chef den Raum, Lothar de Maizière höchstpersönlich.

»Wie lange wird es die DDR noch geben?«, japste er und schlug die Tür mit einem Rumms wieder zu.

Alle starrten ihn an.

»Haben sie mich eben gefragt«, ereiferte er sich. Er war rot im Gesicht und atmete schwer, ein Gejagter. »Wie lange wird es die DDR noch geben?«

Adam musterte ihn fasziniert. Er dachte an diese neue Satiresendung, de Maizière als spuckende Gummipuppe. Er fragte sich, ob die anderen die Sendung ebenfalls gesehen hatten.

De Maizière trug einen grauen Anzug und ein helles Oberhemd. War da ein Stich hellrosa mit drin? Um den Hals eine dunkle Krawatte mit grünen und – als flippigen Akzent – knallroten Querstreifen. Eigentlich todschick, dachte Adam, aber der Politiker selbst schien in diesem Moment eher tot als schick, so sehr setzte ihm das demütigende Schauspiel da draußen zu.

Angela nickte und formte mit den Händen eine Raute.

»Das hast du früher immer schon gemacht«, sagte Eva und deutete auf ihre Hände.

»Für uns ist es ja noch nicht mal so schlimm«, sagte Angela. »Die CDU wird das alles überstehen, aber die anderen Parteien?«

Plötzlich ertönte ein Wummern an der Tür, ein Raunen und Rufen auf dem Flur, als suchte der Mob nach einem Opfer, das nun für alles bezahlen müsste.

»Angela Dorothea, so tun Sie doch was!«, rief de Maizière beinahe ängstlich. Er ging zur Kaffeemaschine und schenkte sich mit zitternden Händen eine Tasse Rondo ein.

»Angela *Dorothea?*«, raunte Eva ihr zu.

Angela schüttelte entnervt den Kopf.

»Er ist wirklich der Einzige, der mich so nennt.«

Dann stand sie auf und schritt bedächtig zur Tür, die auf den Flur zum Großen Saal führte. Vorsichtig drückte sie die Klinke herunter. Schon durch den dünnen Spalt, der sich bot, war erkennbar, was draußen los war.

»Machen Sie bitte mal die Kameras aus«, sagte Angela mit lauter, fester Stimme. Dabei hob sie die Hände, um den Objektiven die Sicht zu verdecken.

»Hey!«, rief einer der Kameramänner, »Das dürfen Sie nicht.«

»Machen Sie die Kameras aus«, wiederholte Angela, »ich weiß, wovon ich spreche.«

Der Typ versuchte, einen Fuß in die Tür zu stellen, aber Angela schob ihn einfach zurück. Erstaunlich, woher sie die Kraft nahm, dachte Adam. Er war kurz davor, die Leica zu nehmen und gewissermaßen für den Gegenschuss die Seiten zu wechseln. Ein Foto von den Fotografen, und mittendrin: Angelas Kurzhaarfrisur von hinten. Aber er ahnte, damit wäre die Situation womöglich eskaliert.

Es war so eine Sache mit den historischen Momenten. Bei entscheidenden Terminen waren nie Medienvertreter anwesend, die kamen immer erst dazu, wenn schon alles beschlossene Sache war. Es sei denn, man stellte sich clever an. Machte sich unsichtbar und öffnete seine Klappe erst im richtigen Moment. Aber manchmal, auch das hatte Adam über die Jahre gelernt, war es notwendig zu erkennen, wann es unangebracht war, die Nähe zu einer Protagonistin auszunutzen.

Angela drückte die Tür wieder zu. Sie drehte den Schlüssel, der von innen im Schloss steckte, zweimal um und setzte sich wieder, erschöpft, aber zufrieden. Die Spannung fiel von ihr ab. Sie hatte ihren Job gemacht, ihre Stimme erhoben, ohne jedoch dabei die Contenance zu verlieren. Eine Eigenschaft, die sie allem Anschein nach vermutlich nie mehr ablegen würde. Eine Stärke.

»Manchmal muss eine Regierungssprecherin eben schweigen«, sagte sie.

De Maizière beobachtete sie fasziniert und nippte an seinem Kaffee.

»Ich werde Sie wirklich vermissen«, sagte er leise, »Sie und den Rondo.«

»Wirklich?« Angela lachte unbeholfen. »Ich meine, den Kaffee?«

De Maizière versuchte ein Lächeln. Dann legte er ihr die freie Hand auf die Schulter, zog sie aber genauso schnell wieder zurück.

»Angela Dorothea«, mit einem Mal wurde er feierlich, »dir steht eine große Zukunft bevor. Gerade so unscheinbar und dennoch so stark, dass man dich ernst nimmt. Eine perfekte Mischung für jemanden, der in die Politik möchte.«

»Zumindest als Frau in Deutschland«, pflichtete Eva bei.

»Dazu noch als ostdeutsche Frau«, fügte Adam hinzu.

Angela seufzte.

»Ach, Lothar, ich weiß gar nicht, ob ich das möchte.«

»Papperlapapp.«

»Vielleicht bin ich in den Naturwissenschaften besser aufgehoben.«

De Maizière zuckte mit den Achseln, plötzlich schien er wieder ganz fahrig. Alles, was ihn ausmachte, schien sich in diesem Moment zu verabschieden.

»Du, Angela Dorothea, hast das Zeug zur mächtigsten Frau der Welt, während ich den meisten Menschen als spuckende Gummipuppe in Erinnerung bleiben werde.«

Und das war ein Satz, dem niemand etwas hinzuzufügen hatte.

23

Als Adam erwachte, war es dunkel. Er lag ausgestreckt auf dem Fußboden zwischen Fenster und Tür und hatte keine Ahnung, wie er da hingekommen war. Seine Füße, Hände, Zunge, alles war taub. Er rappelte sich hoch und machte Licht. Sein Kopf dröhnte entsetzlich. Er schleppte sich in den Flur. Als er dort in den großen Spiegel blickte, erschrak er. An seinem Kopf klebte Blut. Das übrige Gesicht kalkweiß, dunkle Augenringe, mit einem letzten Hauch von Evas Mascara. Er sah aus wie »das Böse« in einem Horrorfilm.

Adam wankte zurück in die Küche, riss ein paar Blätter Küchenpapier von der Rolle, befeuchtete sie und wischte sich das Blut ab. Anschließend drehte er den Hahn an der Spüle voll auf und warf sich mit beiden Händen kaltes Wasser ins Gesicht, bis er wieder einigermaßen klarsah. Die kleine Platzwunde war halb so wild, zum Glück lag das Pflaster noch auf dem Tisch, neben dem Papier für den Brief, den Brief an Eva, den er vorhin … Moment mal … Adam schaute durchs Fenster in Richtung des Vogelhäuschens. Wo war der Brief, den er Eva geschrieben hatte? Nur die Ruhe, Adam, nur nicht wieder die Nerven verlieren, es gibt immer eine Erklärung für alles.

Die Verrücktheit kommt in Wellenbewegungen. Hatte der Arzt damals gesagt.

Adam atmete einmal tief durch, füllte den Wasserkocher und schaltete ihn ein. Im Schrank, der kleine Handfilter aus Porzellan, Größe 100, für eine Tasse. Wie lange er den schon besaß. Adam legte eine Tüte hinein und spreizte sie mit den Fingern. Ein Löffel kolumbianischer Hochlandkaffee, handgemahlen, dazu eine Messerspitze Kakao, eine Prise Salz. Kleine Handgriffe, die ihm jetzt Sicherheit gaben und die Zeit überbrückten, bis das Wasser kochte. Behutsam schüttete er es in den Filter, zügig genug, damit es nicht im Kaffeesatz versickerte, jedoch langsam genug, damit es nicht überlief. Zuletzt ein Tropfen Sahne.

Trinken.

Schon nach dem ersten Schluck fühlte er sich besser. Er fragte sich, was geschehen war. War er gestürzt? Oder einfach eingeschlafen und in sich zusammengesackt? Wie viel Bier hatte er eigentlich getrunken? Und diese komischen Tabletten aus dem Wohnzimmer? Ja, hier, sie drückten immer noch in seiner Hosentasche. Hatte er die bloß eingesteckt? Oder tatsächlich welche genommen? Wie lange genau war er weg gewesen?

Adam stellte den Stuhl ans Fenster zur Straße, setzte sich, trank noch einen Schluck Kaffee und verfolgte eine Zeit lang den zur Ruhe gekommenen Verkehr. Es war zwei Uhr morgens und diese Kreuzung seine Heimat, so schnöde das klang. Die Straßenlaternen leuchteten verlässlich wie eh und je, aber Erleuchtung brachte das keine.

Das Licht, das erleuchtet, muss das Brennen seiner Flamme ertragen. Wo hatte er das noch gelesen?

Am Strand des Ozeans hatte Eva unentwegt nach Muscheln gesucht und zu Hause mit ihnen ein Windlicht gebastelt. Sie füllte ein altes Einmachglas von innen mit weißem Sand und bunten Kieseln und beklebte es von außen mit den schönsten Muscheln, die sie gefunden hatte. Und jedes Mal, wenn sie es benutzte, zauberte es ihr ein Lächeln ins Gesicht. Es stand oben auf dem kleinen Regal neben Sarah Kirschs schwarzen Bohnen. Adam beschloss, es heute anzuzünden. Das Feuerzeug und die Teelichter lagen noch auf dem Tisch. Heute würde er wohl nicht mehr abhauen. Adam hatte sofort die Stimme seiner Mutter im Ohr:

Nicht einmal das kannst du!

Er betrachtete das Teelicht hinter dem Muschelglas. Eine schöne, verborgene Flamme, die beruhigend vor sich hin flackerte. Ein beinahe feierlicher Anblick. Man hätte nach der Wende ausschließlich Zwangshochzeiten durchführen müssen, dachte Adam belustigt, ein Partner aus dem Osten, einer aus dem Westen. Die Mauer in den Köpfen einfach zerbumsen.

Adam schaltete das Radio ein. Die Stille setzte ihm in unguten Momenten im selben Maße zu, wie er sie im Allgemeinen schätzte. Aber das Radio einzuschalten, barg immer ein kleines Risiko. Das Radio zerstört das Wesen, hatten Medienkritiker früh gemahnt, ein »Tummelfeld von Weltgeräuschen«; Adam liebte dieses Zitat, aber gut, bei seinem Klassiksender hielt sich das Risiko in Grenzen. Er hatte Glück, gerade spielten sie *L'amour est un oiseau rebelle,* die Arie aus der Oper *Carmen. Die Liebe ist ein wilder Vogel,* ein bezaubernder Titel. Und so wahr. Adam mochte die Liebesgeschichte vom Sergeanten und dem verrückten Mädchen aus der Zigarettenfabrik. Er, der die Ordnung schätzte, und sie, die alles in Unordnung brachte. Da prallten zwei Welten aufeinander, und es lag auf der Hand, warum sich Adam von dieser Geschichte so angezogen fühlte.

Er drehte das Radio lauter. Die Callas! Vielleicht war sie nicht die Beste, aber sicher die Einzige. Ein Medium! Die Erwartungshaltung vor dem ersten Ton, dachte Adam, die überschritt Grenzen. Die Erwartung, die vielleicht gedeckt wird und zugleich eine neue weckt, vor dem nächsten Ton, die war nicht von dieser Welt. Adam lauschte den Worten. Es war sonderbar, aber manchmal wurzelten die mysteriösesten Rätsel in den klarsten Texten: *Drohen oder beten, nichts wird helfen, der eine spricht, der andere schweigt. Wenn du mich nicht liebst, liebe ich dich. Und wenn ich dich liebe, gib auf dich acht. Gib auf dich acht.* Sie wiederholte es am Ende noch einmal, nein, sie schrie es regelrecht in den Himmel: *Gib auf dich acht!* Wie hätte man anders über die ganze Schwere und Magie der Liebe singen wollen, als mit diesen Worten, eingeschlagen in diese stimmgewaltige Melodie?

Eva und er hatten manchmal getanzt, zu diesem einen Lied von Audrey Hepburn aus dem Film *Breakfast at Tiffany's*. In dem Film sitzt sie auf der Feuertreppe ihres kleinen New Yorker Appartments und begleitet sich selbst auf der Gitarre, und zwar so herzzerreißend schön, dass man als Mann am liebsten in der Zeit reisen und sie aus ihrem Unglück retten wollte. Jedenfalls ließ sich darauf gut ein langsamer Walzer tanzen, sodass es sich für Adam nicht nur gut anfühlte, sondern auch gekonnt aussah. Dieser langsame Walzer war über die Jahre der einzige Tanz gewesen, den sie sich auf Festen und Feiern zugetraut hatten. Und der es ihnen so ermöglichte, ihre Zweisamkeit vor Außenstehenden zu bezeugen.

Eines Abends, ziemlich genau vor einem Jahr, sagte Eva ihm genau dies; dass dieser Tanz für sie eine beinahe konstituierende Funktion habe. Und dass sie viel zu selten tanzten. Adam hatte daraufhin geschwiegen und sogleich seine innere Verzweiflung gespürt, weil er ahnte, dass dies ein Moment war, in dem er hätte tätig werden müssen. Schließlich machte Eva den ersten Schritt. Im wahrsten Sinne. Sie übernahm die Führung und summte dabei diese Melodie in sein Ohr. Ihre Fingerspitzen kribbelten in seiner Hand, er erinnerte sich genau, denn Eva verstand diesen Hauch eines Lächelns, das seinen Mund umspielte, als klares Signal, hier und jetzt diesen Tanz zu versuchen, ohne die Hilfestellung der Musik, ohne die tragenden Säulen des Dreivierteltaktes, einfach nur Auge in Auge, aber … es ging nicht. Schon nach wenigen Sekunden verendeten sie mitten in der Bewegung, verkehrt, scheu und verletzt, wie ein Vogel mit einem gebrochenen Flügel.

L'amour est un oiseau rebelle, que nul ne peut apprivoiser.

Vielleicht ließ sich der rebellische Vogel zähmen, dachte Adam jetzt, aber sicher nicht beherrschen. Schon gar nicht ein ganzes Leben lang. Wenn man ihn einsperrte und hoffte, dass er sich an einen gewöhnte, wuchsen ihm riesige Schwingen und Klauen und ein Schnabel, so lang und scharf wie ein Säbel.

L'amour est un oiseau rebelle.

Er würde auch die Meise vermissen. Und die anderen Tiere. Manchmal verirrten sich Rehe oder Wildschweine im Garten. Adam liebte Tiere. Bis auf die Nacktschnecken, da ergriff er lieber Partei für die Sonnenblumen. Oder den Salat.

Allmählich verloren sich Adams Gedanken immer weiter im Dunkel der Nacht. Erneut presste er seine Stirn gegen die kalte Fensterscheibe und verspürte gleich so etwas wie Linderung. Dann öffnete er das Fenster. Ein eisiger Wind zog hinein. Seine Augen begannen zu tränen. Wann hatte er zuletzt einen so klaren Himmel gesehen?

Er konnte die Welt da draußen ganz gut ausblenden, er betätigte einfach einen kleinen, unsichtbaren Schalter und knipste nach und nach die Umgebung aus, bis er die Beziehung zu sich selbst verlor und einfach übrig blieb, als unvermittelter Rest im Etwas, als kleine, helle Wolke, aufgesogen und verhüllt von einem gigantischen, schwarzen Nebel. Auch am Tage gelang ihm das. Irgendwann erreichte er einen Punkt, an dem er die Wirklichkeiten, die sich wie Löwenzahn unter einer alten Asphaltdecke zurück in sein Blickfeld kämpften, als Witz empfand. Als Kuriosität, als etwas, das so unmöglich von langer Hand geplant gewesen sein konnte. Ein Politiker am Wahlstand, eine junge Frau mit einer Diät-Limo, der Typ mit der Freisprechanlage, ein Feuerlöscher, eine Wippe, ein SUV; wer konnte das alles, wenn es ihm gelang, die Dinge wie zum ersten Mal zu betrachten, ernsthaft zur Kenntnis nehmen, ohne ins Grübeln zu geraten?

An anderen Tagen stand er, so wie jetzt, am Fenster und blickte in den Garten, erfreute sich an der leisen Nachsichtigkeit der Nacht, der tröstenden Anwesenheit der Natur, und dass das leise Rauschen da draußen von der Autobahn hinter dem Waldstück herüberwehte und nicht von heranrauschenden Kampfjets.

Manchmal fragte er sich, wie die Erde wohl aussähe, nachdem die ganz großen Bomben gefallen waren. Wenn alle, die welche besaßen, sie wie auf ein Kommando zündeten und auf einen großen Haufen warfen. Es war eine ernst gemeinte Frage: Hätte er die Auswirkungen wirklich am eigenen Leib gespürt? Oder könnte er dann seinen Kopf so einschalten, seinen Geist so anstrengen, dass er eine solche Katastrophe ungeschehen machen würde? Er war sich seines Dilemmas bewusst. Tschernobyl, Fukushima, die Pandemie oder jeder einzelne, verdammte Krieg, all diese Ereignisse waren im Grunde ein Affront gegen sein Weltbild. Von außen betrachtet, war er wahrscheinlich im Unrecht. Doch sprachen die Absurdität, die groteske Grausamkeit und manchmal auch der perfide Zufall dieser Ereignisse zugleich nicht auch dafür, dass so etwas nicht wirklich passiert sein konnte?

Drei Uhr morgens. Im Radio verlas ein Mann die letzten Nachrichten. Durch seine tiefe, müde Stimme klangen sie schlechter als noch eine Stunde zuvor. Das Radio zerstört das Wesen. Oder waren es die Nachrichten?

Die Flüchtlingszahlen stiegen wieder. Das erhitzte die Gemüter. Adam ahnte, was jetzt kam, schaffte es aber nicht, das Radio auszuschalten. Er hatte genügend Länder dieser Erde bereist, um sicher sagen zu können, dass kein Mensch seine Heimat freiwillig für immer verließ. Und dass sich hierzulande niemand, der es nicht am eigenen Leib erfahren hatte, vorstellen konnte, wie schlimm es für einen Vater sein musste, mitanzusehen, wie sein eigenes Kind mit einer Muttersprache aufwuchs, die ihm selber ein Leben lang fremd bleiben würde.

Erst kürzlich hatte er irgendwo den Satz gelesen, eine Demokratie müsse den Rechtsruck und den Populismus aushalten. Nein, dachte Adam, nach allem, was er darüber gelernt hatte, sollte man die Demokratie eine Weile außer Kraft setzen, um sie vor sich zu retten.

Der Tod ist ein Meister aus Deutschland.

Es gab dieses Gedicht von Paul Celan, die *Todesfuge*, darin dieser eine Satz, der alles enthielt: *Der Tod ist ein Meister aus Deutschland.* Ja, auch andere Nationen hatten Blut an ihren Händen, aber am Schreibtisch zu sitzen und für Tausende unschuldige Männer, Frauen und Kinder die richtige Menge Giftgas zu berechnen und kontinuierlich nachzubestellen, als wären es Getränke für einen Kindergeburtstag oder Büromaterial für die Schadensabteilung einer großen Versicherung, das war nicht einfach nur böse. Das war unheimlich böse.

Lukas hatte immer wieder davon angefangen, wie viel Schuld die Generation vor ihm auf sich geladen habe, und der kleine Adam wollte es auch verstehen. Alles. Hatte seine Mutter gefragt, damals in Schwabing, wie das alles möglich gewesen war. Und die Mutter entgegnete, sie sei selbst noch ein Kind gewesen, im Krieg. Insofern war Adam heute ganz froh, dass Eva und er keine Kinder hatten, die irgendwann dieselbe Frage an ihn richten würden. Denn jetzt braute sich ja dasselbe Gift wieder zusammen. Und warum? Weil immer noch viel zu viele Menschen nach den Hebeln der Macht strebten, die zwar skrupellos genug waren, alles dafür zu tun, sich aber nicht im Geringsten dafür eigneten. Wobei, nein, nicht »Menschen«, sondern in erster Linie Männer. Verzweifelte kleine Jungs, denen in der Schule der Turnbeutel geklaut und um die Ohren gehauen worden war und die nun Rache nahmen. Männer wie er, dachte Adam in dieser Sekunde. Die Erbmasse, aus der ihn die Engel zusammengeschraubt hatten, war der reinste Schrott, aber gerade sein Beispiel zeigte doch auch, dass das Leben keine Sackgasse sein musste, wenn man sich nur ansatzweise bemühte, wenn man reiste, etwas Sport trieb, ab und an ein Buch las, Kopf und Hände benutzte und sich irgendwann auf eine Beziehung auf Augenhöhe einließ. Es stand nirgendwo geschrieben, dass der Mensch das Paradies in eine Hölle verwandeln *musste*. Oder? Oh, Gott! Plötzlich überkam Adam ein schrecklicher Gedanke: War alles seine Schuld? Oder, noch schlimmer, Evas? Ihn befiel ein leichter Schwindel, seine Knie zitterten, zugleich sah er völlig klar, es war verrückt. Er sah das Feuerzeug auf dem Tisch, daneben das kleine Album.

Notfalls mit Gewalt.

Das hatte sie ihm doch gesagt, oder nicht? Dachte er doch zu klein? Wie gesagt, so eine Bombe, da musste sich seine Fantasie nicht besonders anstrengen. Adam verwarf den Gedanken sofort wieder, Eva hätte ihn sicher nicht gutgeheißen. Andererseits war sie es doch gewesen, die ihm den kackverfluchten Apfel angedreht hatte, oder nicht? Sie war doch die Allererste gewesen, die sich der Obrigkeit widersetzt hatte. Gegen keinen Geringeren als seinen Vater! Seinen abwesenden, übergroßen Vater! Gegen Gott! Also sollte Eva es doch am besten wissen, die Schlange hatte es ja versprochen: Wer von der verbotenen Frucht aß, wäre danach in der Lage, zwischen Gut und Böse zu unterscheiden. Deswegen sollte ihr doch klar sein, dass eine Tat keine böse Tat war, wenn sie einem guten Zweck diente, oder? Das waren doch ganz normale, sinnvolle Gedanken. Warum wusste Adam dann jetzt schon, dass er dafür als verrückt erklärt werden würde? Aber die Menschen hatten es doch nicht anders verdient, oder? Der Himmel hatte eine Plage auf die Erde gesandt, um den Menschen zur Umkehr zu bewegen. Und eine Zeit lang hatte das sogar etwas bewirkt. Der Mensch blieb zu Hause, und die Erde konnte einmal kurz Luft holen. Und dann ging wieder alles von vorne los. Der Mensch hatte nichts gelernt, nichts. Anstatt fortan Maß zu halten, stopfte er wie ein ungezogenes Kind weiter Süßigkeiten in sich rein. Zum Kotzen!

24

Adam schaltete das Radio aus. Die Stille tat gut. Auf dem Fußboden wartete ein zur Hälfte gepackter Rucksack auf weitere Schritte. Aber was war sein Plan? Er musste wirklich mal herauskriegen, was Lukas machte. Wie alt er nun sein mochte!? Vielleicht konnten sie sich wieder zusammentun!? Einfach mal wieder, wie früher, in die *Zwicke* gehen, Karten spielen und Kakao trinken. Adam dachte nach. Ein halbes Jahr nach dem Mauerfall war herausgekommen, dass ein paar Hartgesottene aus der Gruppe in der DDR untergekommen waren. Susanne Albrecht, zum Beispiel, hatte bis 1990 unter dem Namen Ingrid Becker als Chemielaborantin in Ost-Berlin gearbeitet. War er Lukas, ohne es zu wissen, vielleicht sogar mal begegnet? Irgendwo in Ost-Berlin auf der Straße?

Adam wischte sich den Schweiß von der Stirn. Ihm war heiß, sein Rücken klatschnass. In seinem Kopf hämmerten die sieben Zwerge mit ihren kleinen Bergwerkhämmern von innen an seine Schädeldecke. Adam horchte in sich hinein, sein Atem ging schwer. Der Rücken schmerzte jetzt so sehr, er konnte kaum aufrecht stehen.

Er ging zur Spüle, trank ein Glas Wasser. Es kam ihm vor, als würde er die ganze Flüssigkeit sofort wieder ausschwitzen. Sein verdammter Körper war ein einziges Auslaufmodell. Nun rächte sich der jahrelange Raubbau. Um sein

Studium zu finanzieren, hatte er ein paar zweifelhafte Jobs übernommen, zumeist für deutsche Magazine, die gut für seine Fotoreportagen bezahlten, aber von den Umständen, unter denen sie entstanden, lieber nichts wissen wollten. Reportagen über Gewalt, Unterdrückung, Folter. Adam wusste, wie das aussah, wenn ein Mensch einem anderen Menschen wieder und wieder ins Gesicht schlug, mit der blanken Faust oder mit einem Gegenstand, um sich selbst nicht zu verletzen oder zu besudeln, oder um keine Spuren zu hinterlassen. Er wusste auch, wie das *klang*. Man konnte die Augen verschließen, aber nicht die Ohren. Und immer, wenn der Auslöser seiner Leica »Klick« gemacht hatte, war gleichzeitig auch in seinem Kopf etwas ausgerastet. Es war allerdings auch denkbar, dass schon vorher ein paar Schrauben locker gewesen waren. Seit dem Kirmesbesuch mit seinem Vater. Oder den Orgien mit seiner Mutter. Wenn der kleine Adam ihre *Bubu* bürsten oder sich irgendwo dazwischenlegen musste. Herr im Himmel, wo warst du da? Pädophilie war kein Tabu Ende der Sechziger. Und seine Mutter? Die schaute lieber weg. Nein, sie schaute gar nicht hin. Weil sie viel zu sehr mit sich selbst beschäftigt war. Kein Wunder, dass sich ihr schöner Hals am Ende verfangen hatte, in ihrem blauen Rock für wichtige Anlässe, so wie sich Iokaste an ihrem Schleier erhängte, und er, Ödipus, nein, stopp, bitte nicht schon wieder seine Mutter, raus aus dem Kopf, stopp, er vermischte Dinge, verdammt, Adam hämmerte sich die Fäuste an den Kopf, warum, zum Teufel, vermischte er immer all diese Dinge?

Tief einatmen. Und wieder aus.

Die Verrücktheit kommt in Wellenbewegungen. Er kannte das schon.

Adam horchte in die Stille hinein. Sein Leben war eine Krankenstation. Er vernahm aus dem Schlafzimmer einen leisen Seufzer. Gleich müsste er Eva wecken. Vielleicht quälten sie Schmerzen. Oder ihr Traum. Andererseits musste sie schlafen. Es war mitten in der Nacht, schwer abzuwägen, wann er ihr Schlaf gewähren und wann er sie daraus befreien musste. Sie würde Hunger haben, wenn sie aufwachte. Er musste sich also auch bald um ihr Essen kümmern. Vielleicht eine kleine Portion Rührei, nichts Schweres. Milch und ein paar Eier waren noch da. Und eine letzte Dose Bier, in der Seitentasche des Rucksacks. Sein Fluchtbier. Adam zögerte kurz, ging in die Hocke, zog die Dose heraus, öffnete sie, trank. Braver Rucksack.

Eva liebte Eier. Ihre Großeltern hatten in der DDR einen Hühnerstall besessen, ihr ganzer Stolz. Es war Evas Lieblingsbeschäftigung als Kind, die Hühner mit lebenden Regenwürmern zu füttern, die sie vorher mit ihrer kleinen, roten Blechschaufel ausgebuddelt hatte. Dafür schämte sie sich heute. Auf einmal erschien Adam die Vorstellung von einer Parzelle auf dem Land wieder unheimlich reizvoll. Alt hatte man in der DDR ganz gut werden können. Wer brauchte schon eine eigene Meinung, wenn er um die letzte Kurve bog?

Adam zog sein T-Shirt aus und legte es zum Trocknen über die Stuhllehne. Warum war ihm bloß immer noch so heiß? Er triefte vor Schweiß. Oder hieß es »troff«? Eine Hitze wie im Sommer.

In diesem Moment fiel ihm etwas auf: Eva und er hatten nie zusammen Urlaub gemacht. Sie waren zwar viel gereist, aber diese Reisen erfüllten stets einen Zweck. Er fragte sich, wie Eva die Sache sah.

Seine »bessere Hälfte«.

Die meisten Männer, denen er begegnet war, benutzten diesen Ausdruck nur, weil sie ein schlechtes Gewissen hatten. Andererseits war es für einen wie ihn, der ohne sie tatsächlich schlechter und weniger gewesen wäre, ein schöner Ausdruck. Die Dinge wurden dadurch, dass Eva sie ebenfalls sah, erst wahr und lebendig. Geteiltes Leid ist halbes Leid, und geteilte Freude ist doppelte Freude, so hieß es doch, und es stimmte. Sie war die bessere Hälfte und er blind und taub ohne sie. Dabei hatte sie, die gelernte Erzieherin, ihn um sein Studium beneidet. Und Adam sie wiederum um ihre praktischen Erfahrungen, die so viel lebensnaher und lebensfroher waren als seine. Dass sie mit ihren Eltern Urlaub gemacht hatte, mit der Oma Marmelade eingekocht und ihren Kindern in der Krippe vor dem Mittagsschlaf Geschichten vorlesen durfte.

Eva hatte immer die Welt retten wollen, dachte Adam und fragte sich sogleich, warum andere das oft als Makel empfanden, wenn das über jemanden gesagt wurde. Er hätte sich für sie geopfert, auch wenn er ahnte, dass der Vater auf diesen Tausch nicht eingehen würde.

Adam nahm eine Pfanne aus dem Schrank und stellte sie auf den Herd. Sie würden später zusammen essen, wie jeden Tag.

Er hielt die Plastikflasche mit dem Öl vor das Licht der Abzugshaube und betrachtete das flüssige Fett. Auf Schwedisch bedeutete »öl« übersetzt: Bier. So wie sein Vater Alkohol immer verächtlich »Sprit« genannt hatte, bis dieser ihm sprichwörtlich das Genick brach. War Sprache nicht herzzerreißend komisch?

Er schaltete die Herdplatte auf die höchste Stufe. Das Gerät war noch nicht alt, ein Jahr vielleicht. Eva hatte nach dem Kauf gelacht und gesagt, dieser Ofen werde sie überleben.

Eine Erzieherin ohne eigene Kinder, das war wie ein Automechaniker ohne eigenes Auto. Wie ein Gärtner ohne Garten, ein Schornsteinfeger ohne Kamin. Ein Hirnchirurg ohne eigenes … ja, das ließe sich endlos fortführen.

Wie gebannt starrte Adam auf den rot glühenden Kreis unter dem Ceranfeld. Seine Hand wollte das Glas berühren. Die Innenfläche draufpressen und gucken, was passierte. Der polnische Massenmörder Leszek Pekalski soll als Kind auf diese Weise von seiner Großmutter gequält worden sein und später über seine Kindheit gesagt haben: *Als meine Oma meine kleinen Hände auf die heiße Herdplatte legte, wusste ich, wie hart und kaputt mein Leben ist.*

Dieser Satz hätte so ähnlich auch von Adam stammen können.

Einmal hatte er als Kind einen Rest Senf übersehen und eine neue Tube angebrochen. Zur Strafe hatte ihm sein Vater den ganzen Rest aus der alten Tube aufs Wurstbrot gedrückt und ihn gezwungen, das Brot zu essen. Wobei er ihm mit ganz ruhiger Stimme erklärte, das sei keine Strafe, man dürfe mit Lebensmitteln bloß nicht verschwenderisch umgehen.

Die Seele eines Kindes war nach wie vor das größte Geheimnis der Menschheit, dachte Adam, was den Grad ihrer schöpferischen Kraft, Verwundbarkeit, aber auch ihrer Widerstandsfähigkeit betraf.

Alter ist nur eine Frage der Zeit, auf die man nie eine ehrliche Antwort bekam.

Adam schaute hinab auf seine Hand, seinen Arm. Ein paar neue Flecken waren hinzugekommen. Braune, schwarze, blaue, rote. War das alles, was von ihm bleiben würde? Ein Gorilla ohne Fell, der zufällig ein paar Momente festgehalten hatte, die ihn womöglich überdauerten?

Gott, wie er sich nach etwas Geborgenheit sehnte; dem Gefühl, *irgendetwas* auf dieser Welt zu hinterlassen, was sie nach seinem Tod zu einer besseren Welt gemacht hätte. Wenn es sie dann noch gab.

Er machte einen Schritt nach vorne. Die Pillendose drückte in seiner Hosentasche. Er klappte den Deckel auf, nahm zwei von den Dingern heraus und spülte sie mit einem Schluck Bier hinunter. Komm, Adam, die Treppe nach oben, du schaffst das. Er gab sich einen Ruck, es war nicht der Mount Everest. Nein, es war schlimmer. Als er im Flur angekommen war, merkte er erst, wie dünn die Luft hier oben war. Jeder Atemzug brannte in seinen Lungen. Ein Schluck Bier könnte helfen. Adam klammerte sich an diese letzte Dose wie an einen Kompass. Vor seinen übermüdeten Augen begann es zu flirren, der ganze Flur erstrahlte mit einem Mal in einem hellen Licht. Adam tastete sich voran, Zentimeter für Zentimeter, erst vor dem Kruzifix blieb er stehen. Er wusste, was die Uhr geschlagen hatte. Der Heilige Geist war auf die Erde herabgestiegen, um ihn, Adam, den allerersten Menschen auf dieser Erde, anzuleiten, die Menschheit zu retten. Er, Adam, das auserwählte Kind, der Knabe, der Kraft seiner Liebe an Weihnachten … Gott, der ganze Flur geriet ins Wanken. Er konnte sich kaum auf den Beinen halten. Wo war Eva? Da, das Schlafzimmer, er musste … mit ausgestreckten Armen torkelte er von rechts nach links gegen die engen Wände, ihm war speiübel, Herr, lass den Kelch … warum … endlich, die Tür. Festhalten. Kurz. Augen schließen und wieder öffnen, ein bisschen besser. Er blickte ins

Schlafzimmer. Was er sah, ließ sein Blut in den Adern gefrieren! Wo war … Adam suchte nach der richtigen Frage … wo war … die Schlange, die sie hinters Licht geführt hatte? Plötzlich befiel ihn eine schreckliche Angst. Wenn er jetzt das Zimmer betreten und genauer hinsehen würde, was würde er sehen? Wenn er ganz dicht an ihr Bett kommen und die Decke hochheben würde, was würde zum Vorschein kommen? Ganz langsam näherte er sich dem Bett. Unter der Decke bewegte sich etwas, ein zuckender Körper. Ob es ein Mensch oder ein Tier war, ließ sich beim besten Willen nicht genau sagen. Adam schlug das Herz bis zum Hals. Er fasste den äußersten Zipfel der Decke, zählte innerlich bis drei und riss dem Ding, das da in ihrem Bett lag, die Decke vom Leib. Hätte er das mal nicht getan. Der Anblick des Wesens ließ ihn erstarren. Vielleicht war es Eva, aber sicher war er sich nicht. Langsam drehte es sich zu ihm um, eine verzerrte Fratze, mit rollenden Augen und gebleckten Zähnen. »Hilf mir«, röchelte sie, wie ein Zombie, so was konnte man sich nicht ausdenken, »sie wollen mich holen, Adam, hilf mir … BITTE!!!« Eva – oder das, was von ihr übrig war – streckte den Arm nach ihm aus, einen langen, dürren, durchsichtigen Arm, unter dessen Haut sich blaue und rote Äderchen abzeichneten wie der schmale Streifen einer Landkarte. »Erlöse mich!« Ihre Stimme war kaum zu verstehen, es war mehr ein Gurgeln, ihr bluttriefender Mund kam näher und näher. Adams Gedanken rasten, war der Dämon noch in ihr? Oder war er gerade entwichen? Er musste sie erlösen, ja, er musste es tun, notfalls mit Gewalt, ja, aber wie denn, um Himmels willen? Eva schrie und ächzte, ihre spitzen Finger krallten sich an ihm fest … Adam rannte aus dem Zimmer heraus, panisch vor Angst, er fiel fast die Treppe hinunter. In der Küche warf er sich auf den Boden. Gekrümmt lag er da, wimmernd, hielt sich schützend die Hände über den Kopf. Um ihn herum wurde alles bedrohlich größer oder er immer kleiner, die Wände, die Schränke, der Tisch, die Stühle, alles kam auf ihn zu. Adam schrie um Hilfe, aber wer sollte kommen? Adam schrie und schrie, so laut er konnte, bis ihm vor Erschöpfung schwarz vor Augen wurde.

25

Adam schlug die Augen auf. Vor ihm auf dem Tisch eine Pfütze Erbrochenes. Es roch nach Galle. An seinem Mund klebte getrockneter Speichel? Was? Adam versuchte, sich zurechtzufinden. Was war passiert? Wieso saß er am Tisch? Er musste wieder eingenickt sein. Das war die einzige Erklärung. Aber dieser ganze Horror?

Sein Puls hatte sich wieder beruhigt. Ebenso seine Atmung, die rasenden Gedanken. Was für ein Albtraum. Er schämte sich. Für alles. Das Bier, die Tabletten, das unbestimmte Gefühl, auch den letzten Bezug zu seiner Frau verloren zu haben. Wow, was für eine gottverdammte Scheiße.

Mehr als einmal hatte Adam daran gedacht, das letzte Kapitel seiner Geschichte aus eigenem Antrieb vorzeitig zu schließen. Am Anfang, bevor Eva ihn an die Hand nahm, und jetzt am Ende, wo sie drauf und dran war, ihn wieder loszulassen.

Es gab diesen alten Spruch seiner Kamera-Kollegen, die fürs Fernsehen arbeiteten: *Was nicht auf Band ist, ist nicht passiert.* Dieser Spruch besagte, dass man es tunlichst für sich behielt, wenn man beim Filmen einer Reportage ein wichtiges Ereignis verpasst oder verpennt und somit nicht dokumentiert hatte: *Was nicht auf Band ist, ist nicht passiert.* Warum ihm dieser Satz gerade jetzt wieder einfiel? Vielleicht, weil es von ihm kaum Bilder gab. So gesehen, konnte man sagen, er, Adam, sei nicht passiert. Er war nicht auf Band. Und wenn er sich hier und jetzt eine Mülltüte über den Kopf gezogen hätte, wäre die Zeit auf einmal stehen geblieben und die Welt gleich mit ihr, dessen war er sich nun sicher. Die Welt, wie er sie kannte, wäre wie eine Seifenblase zerplatzt.

Seifenblasen, dachte Adam, in der Vorratskammer, falls mal Kinder zu Besuch gekommen wären. Über den Mülltüten. Neben den Einmachgläsern mit der Angst.

Adam horchte. Die Geräusche aus dem Schlafzimmer waren verstummt. Kein Rufen, kein vom Traum geschüttelter Aufschrei, nichts. Er hörte nur noch seinen eigenen Atem. Jegliches Zeitgefühl war dahin. Und mit einem Mal wusste er, was ihn die ganze Zeit zurückhielt. Mit einem Mal wusste er, warum Eva, wie immer, die ganze Zeit recht gehabt hatte. Warum es für ihn wohl wirklich das Beste zu sein schien, sie zu »entsorgen«. Auch wenn sie dafür diesen furchtbaren, furchtbaren Ausdruck gewählt hatte. Adam fürchtete sich so sehr davor, bald Abschied von ihr nehmen zu müssen, dass er den Zeitpunkt selbst bestimmen wollte. Es war die Angst vor dem letzten Gespräch, dieses große, unvorstellbare Monster. Worüber sollte man da reden? Sie würde ihm sagen, dass er sich nicht hängen lassen solle. Vermutlich würde sie ihm, was das anging, sogar ein Versprechen abringen. Und Adam würde es ihr versprechen, weil es vielleicht ihr letzter Wunsch wäre. Aber wie sollte er ihr das wirklich versprechen können? Das war so, als müsste das Feuer dem Regen versprechen, in ihm nicht zu erlöschen.

Regel Nummer eins.

Das letzte Gespräch – drei Worte, die schwerer wogen als sein ganzes Leben. Er sah es vor sich. Er würde versuchen, seine Tränen zu unterdrücken, so wie er es als Kind gelernt hatte. Aber so was konnte man bei guter Führung auch wieder verlernen. Eva würde sein Gesicht in ihre zarten Hände nehmen und sagen, er dürfe ruhig weinen. Und hinzufügen, sie sei sogar beleidigt, wenn er es *nicht* täte, aber den Satz gar nicht zu Ende bringen können, weil er schon vorher in Tränen ausgebrochen wäre. Und dann hätten sie sich beide umarmt, und aus dem letzten Gespräch wäre eine letzte, stumme, scheinbar endlose Umarmung geworden, an deren Ende er seine tote, geliebte Frau im Arm gehalten hätte, ja, so oder so ähnlich wäre das verlaufen, nicht schlecht für einen emotionalen Krüppel, nein, ernsthaft jetzt? Halt doch endlich die Fresse da drinnen!

»Adam?«

Jetzt hörte er sie wieder. Sofort stieg diese Übelkeit wieder in ihm auf. Er versuchte, sich zusammenzureißen, aber …

»Adam, Liebling? Ich bin wach.«

Gott, schon wieder? Er hörte Evas Stimme, die nicht mehr ihre Stimme war. Eine Stimme, die sich als ihre Stimme tarnte, weil sie aus ihrer Richtung ertönte. Eine Stimme, die Evas alte Stimme erobert und zerfressen hatte. Die ihre Grausamkeit dadurch entfaltete, dass sie Adam daran erinnerte, wie sie eben *nicht* klang und wessen Stimme sie eben *nicht* war. Und wer sie einst gewesen waren.

»Adam, wo bist du?«

Gott, er musste seine Kräfte sammeln, ein letztes Mal. Ihr zuliebe. Evas Liebe war das Geschenk seines Lebens. Ein gebrauchtes Leben, das er sonst mit Sicherheit schon viel früher zurückgesandt hätte. Dessen kluge Schönheit und alles umspannende Unendlichkeit er sonst nie entdeckt hätte. Dass er, das Waisenkind mit Eltern, es tatsächlich geschafft hatte, nicht nur zu überleben, sondern auch noch die Liebe für sich zu entdecken, war ein Wunder. Dass das Schicksal, egal, wie schlecht die Vorzeichen waren, unter denen es wucherte, eben doch nicht bis zum Schluss die Fäden in der Hand hielt, sondern der Mensch dieses Knäuel aus schwarzen Fäden mit eigener Kraft entwirren konnte, um daraus ein Rettungsseil zu knüpfen, *notfalls mit Gewalt,* hätte man sich so etwas ausdenken können?

Adam erschrak. Ein Knall! Irgendetwas war mit hoher Geschwindigkeit gegen die Fensterscheibe geflogen. Ein Stein? Adam erhob sich, um nachzusehen. Er hatte sofort eine böse Ahnung. In Zeitlupe bewegte er sich in Richtung Fenster. Auf dem Fenstersims lag die Meise, regungslos, auf der Seite, wie ein winziger, an Land geschwemmter gefiederter Fisch, mit geschlossenen Augen.

»Adam, wo bist du?«

Adam atmete tief durch und nahm sich vor, diese falsche Eva-Stimme zu besiegen. Sich mit der ganzen verbliebenen Kraft seiner Liebe ins Bewusstsein zu rufen, dass sie ihn nicht willentlich täuschte, sondern er es vielmehr schaffen musste, dieser falschen Schlange, die oben in ihrem Bett lag, den Kopf abzuschlagen, um zu dem wahren, inneren Kern der Stimme vorzudringen.

Zu seiner Frau.

Seiner Eva. Die er über alles liebte.

Seiner Evelyn.

Adam und Evelyn. Das sei *ihre* Geschichte, hatte Eva immer gesagt. Adam nahm das Buch in die Hand, er sah die Zeilen nur verschwommen. Egal, er hatte ihn ohnehin vor Augen, diesen Absatz zu Beginn, in dem so treffend beschrieben wurde, wie das fotografierte Motiv im Entwicklungsbad langsam, aus dem Weiß herauswachsend, nach und nach als Bild auf dem Papier greifbar wurde. Und wie aus dem Nichts beschlich Adam mit einem Mal das unheimliche Gefühl, bei Eva und ihm könnte es genau andersherum sein. Nun, am Ende, würde das Bild von ihnen beiden wieder in ein unendliches Weiß zurückgehen.

Und zwar für immer.

Das Leben ist wie ein Buch, dachte Adam. Am Ende kannst du die Deckel zuklappen und leise ausatmen.

Sein Blick fiel auf den großen Rucksack, der still im Türrahmen lehnte wie ein alter Freund am Ende einer langen Nacht. Die Thermoskanne mit dem Kaffee in der Seitentasche. Braver Rucksack.

Er füllte den Kaffee in einen Becher. Dann nahm er den Revolver und das Päckchen mit der Munition. Zwei Kugeln würden reichen. Wie in ihrer Eisdiele an einem lauen Sommerabend im Garten Eden.

Do I feel lucky?

Hier, jetzt.
Totale: Ein Raum, den sie Schlafzimmer nennen. Hell erleuchtet. Eva im Bett. Nahaufnahme: Das Gesicht der Frau. Ihre Augen, ihre Lippen, ihre Haut, ihre Haare, ihre Nase, ihre kleinen Ohren, Wunderwerke, wie alles andere an ihr.

❦

Adam betrat das Zimmer, demütiger mit jedem Atemzug, jedem Schritt, jeder Sekunde. Nicht zu glauben, dass das gleich alles nicht mehr da sein würde.

Die Morgensonne fiel durchs Fenster herein und tauchte den Raum in ein untrügliches, atemberaubendes, goldenes Licht. Eva war wach. Er sah sie an. Sie erkannte ihn und lächelte, ein letztes Mal.

»Ich dachte schon«, sagte sie, »du kommst überhaupt nicht mehr.«

Er lächelte auch und stellte den Becher behutsam ab. Nie zuvor hatte er sie schöner gefunden.

»Leg dich zu mir«, sagte sie leise. Adam stiegen die Tränen in die Augen, so erleichtert war er, ihre warme, klare Stimme zu hören.

Sie hob die Decke, und er kroch zu ihr. Behutsam legte er seinen Kopf in ihren Arm. Erstaunlich, wie gut sie roch, trotz allem, ja, der Geruch raubte ihm fast die Sinne. Er spürte, wie eine seltene Schwere seinen Körper ergriff. Langsam, ganz langsam begann sich alles um ihn herum aufzulösen. Er fühlte sich gut. Endlich. Glücklich.

»Du musst schrecklich müde sein«, flüsterte Eva.

Aber das hörte Adam schon nicht mehr.

ENDE

Die Handlung ist frei erfunden. Alle realen Personen, die im Rahmen der Handlung eine Rolle spielen, sind nicht als reale Personen zu verstehen, sondern ebenso Teil der Fiktion. Gleiches gilt für die im Text beschriebenen »historischen« Ereignisse.

Ich danke

all den zauberhaften Wesen, die mein Leben bereichern; King Kong, Rocky & Tælandi (die Vierbeiner), meiner Familie, die ich mir nicht besser hätte aussuchen können, speziell unseren drei Jungs, die parallel zum Buch viel zu schnell und endgültig erwachsen geworden sind.

Bärbel Brands, Dr. Jan Jost-Fritz, Sebastian Stuertz, Gian-Philip Andreas und Melissa Manav für ihr Feedback, Frank Schliedermann darüber hinaus für sein wunderbares Exposé.

Meinem Verlag Minimal Trash Art, insbesondere Marc Frese für die tolle Optik (außen und innen), Michael Weins für den 1A-Titel »Eben noch Eden« und die vielen wertvollen, geistreichen Gedanken zum Text, Jan Billhardt für ebendies und noch viel mehr (»Jan-Uwe«).

Margit Knapp Cazzola und Arpad Bondy für ihren berührenden und inspirierenden Dokumentarfilm »Der Hausmeister und sein Palast – ein Berliner Schicksal« (1991).

Und - ~~das~~ die Wichtigste zum Schluss - meiner Frau Amrei. Ich musste nicht viel Fantasie aufbringen, um über die Tiefe einer großen Liebe und die daraus resultierende Verlustangst zu sinnieren. Auch das habe ich Dir zu verdanken. HDssslufmnavJmD

Gerrit Jöns-Anders
Hamburg, im Juli 2023

1. Auflage 2023

Minimal Trash Art (MTA), c/o futur-zwei GmbH
info@minimaltrashart.de
Umschlaggestaltung und Satz Marc Frese
Gesetzt aus der Arno Pro
Korrektorat Henrik Drüner

Druck CPI Books GmbH
ISBN 978-3-9814175-7-9